Lise Syven

Un Crush, des Dramas et un Bal pour Noël

ScriNeo
Romance

À ma mère, qui a toujours adoré Noël.
À Silène, mon lutin facétieux.

1

Mardi 15 octobre

Ah, l'automne ! D'habitude, j'adore l'automne. Adieu la canicule et la transpiration, bonjour l'air frais et la demi-saison ! Tout devient plus poétique à mesure que les journées raccourcissent. Les vitrines de Chantelbourg se garnissent de potirons, de mousse et de champignons. Les arbres sur la place de la mairie prennent des teintes vives, on ressort les manteaux, les grosses chaussures, les jupettes à carreaux... Et le vent pousse toutes les feuilles mortes du coin jusque dans la cour du lycée Gisèle Halimi, créant de petits tourbillons çà et là qui viennent mourir sous le préau.

Pourtant, cette année, je ne suis pas d'humeur à apprécier le spectacle. Même la perspective toute proche d'Halloween me laisse de marbre. L'automne me fatigue, il me paraît interminable. Je ne souhaite qu'une chose : le remiser au placard en compagnie de mes mauvais souvenirs.

J'attends l'hiver de pied ferme. Lui seul pourra me consoler avec ses chocolats chauds, ses plaids douillets et ses décorations de Noël. Je le guette, les yeux rivés à la fenêtre, désespérée de voir tant de feuilles s'accrocher encore aux branches des arbres. Je me sens grise comme un ciel en attente de neige. Mon cœur tout froid peine à se remettre de la rentrée, et je compte les jours qui me séparent des vacances d'octobre.

— Je ne tiendrai jamais jusqu'à vendredi.

— Tu as fini de râler, un peu ? souffle Imani entre ses dents. Tu ferais mieux de te mettre au boulot.

Plus concentrée que moi, elle recopie le vocabulaire d'anglais. Ma meilleure amie est l'incarnation de l'élève rigoureuse, méthodique, toujours première de la classe ou presque. Ce trait de caractère se ressent dans sa tenue et sa coiffure – ses cheveux crépus sont plaqués par des tresses, pas un frisottis ne dépasse. Elle porte généralement du noir ainsi que des chemises blanches, elle en possède toute une collection aux manches, aux coupes et aux cols variés. Vu que je fais quinze centimètres de moins, et que je voue un amour immodéré aux sweats et aux gros pulls en maille multicolores, j'ai souvent l'impression de ressembler à un Pokémon à ses côtés.

D'un coup de coude, elle me rappelle à l'ordre. Mme Potts fait reculer son fauteuil roulant et se décale, de sorte à remplir une deuxième colonne sur le tableau qui a spécialement été mis à sa hauteur. Je suis loin d'être la seule à m'être dispersée. Le volume des bavardages augmente considérablement de minute en minute.

Une boulette de papier vole par-dessus ma tête, signe que la situation est proche de dégénérer, puis une autre me frappe dans la nuque. Je me raidis de colère et, les narines frémissantes, je me retourne pour foudroyer l'affreux perturbateur du regard.

— Désolé, fait Raphaël, sans en penser un traître mot.

Il replace une longue mèche derrière ses oreilles, avec un début de sourire. Ce qu'il m'énerve... Dire que je le trouvais séduisant quand je sortais avec lui. Il ne peut pas m'oublier à la fin ! Ce n'est pas assez pénible d'être dans sa classe et de le croiser tous les jours ?

Imani en rajoute une couche, ce qui efface son air ironique :

— Tu arrêtes ton cirque ou je te fais bouffer ton message.

— C'était pour Julie, se justifie-t-il. Je n'ai pas fait exprès.

Bah voyons. L'ensemble des élèves profitent du spectacle, et la concernée, une fausse blonde avec le bout des cheveux roses, hausse les épaules. Connaissant Julie, elle se fiche de l'intérêt qu'il lui porte.

— Raphaël, vous voulez nous faire part d'un de vos traits d'esprit, peut-être ? lance à son tour Mme Potts en faisant pivoter son fauteuil vers la classe.

Son intervention a le mérite de ramener le calme. Alors qu'il reste une dizaine de minutes avant la fin du cours, elle décide de s'arrêter là pour aujourd'hui.

— Pendant que vous finissez de recopier, je voudrais vous toucher deux mots à propos du voyage en Cornouailles.

Inutile d'en dire plus pour capter toute notre attention. Comme mes camarades, j'ai hâte d'entendre ce qu'elle a à nous annoncer. J'attends beaucoup de cette escapade, qui est prévue pour mars prochain. Mme Potts a établi un programme alléchant avec, entre autres, une visite du Launceston College. En secret, je rêve de partir faire mes études supérieures outre-Manche ou, soyons folles, en Amérique du Nord. Du moins, si je réussis à trouver un programme d'échange ainsi que, pourquoi pas, un tas d'or au pied d'un arc-en-ciel.

— J'ai une bonne et une mauvaise nouvelle, continue la prof.

Un murmure d'inquiétude traverse la classe et mon pied se met à battre le sol nerveusement. Pourvu qu'il n'y ait rien de grave.

— La mauvaise, c'est que les familles d'accueil ont communiqué une hausse de leurs tarifs. Le coût par élève a augmenté, ce qui pose problème, comme vous pouvez l'imaginer. La subvention que l'État nous donne ne suffira pas à couvrir les frais supplémentaires.

Imani fronce les sourcils. Ses parents ne pourront pas payer plus, ils ont quatre enfants et son grand frère travaille pour financer ses études ; quant à ma mère, elle pourra peut-être, mais rien n'est moins sûr. Son salaire d'infirmière lui interdit de faire des folies. Sinon, je peux toujours appeler mon père à la rescousse, mais il verse déjà une pension alimentaire et je déteste lui réclamer de l'argent.

— Madame, on ne va pas tous partir ? intervient Jade depuis le premier rang.

Je retiens un soupir. Comme si elle avait du souci à se faire, celle-ci, avec son père chirurgien et sa mère PDG d'une start-up…

Mme Potts nous rassure immédiatement.

— Tout le monde sera du voyage. Cependant, il va falloir faire mieux que les opérations chocolats, savons et calendriers que nous menons habituellement afin de récolter des fonds.

Un sourire se dessine sur ses lèvres.

— Ce qui m'amène à la bonne nouvelle ! Nous allons organiser un bal de Noël !

Un brouhaha submerge aussitôt les rangs. Je suis à deux doigts de me pincer, ai-je bien entendu ? Un bal de Noël ! Devant moi, Julie lève la main.

— Quand vous dites un bal de Noël, ça signifie quoi au juste ?

— Une soirée dansante à l'américaine, vous savez, comme les bals de promo aux États-Unis, mais dont le thème sera Noël.

— Avec un sapin, donc ?

— Par exemple !

Il n'en faut pas plus pour que la classe entre en ébullition. Seule Imani paraît dubitative. De mon côté, je fantasme déjà. Mon cerveau s'empresse de monter un film où virevoltent de jolies robes sous des arches de ballons, dans des décors de guirlandes lumineuses et de boules suspendues. Ravie de la réaction de son auditoire, Mme Potts tape dans ses mains afin de ramener le silence.

— Un peu de calme, s'il vous plaît ! La soirée aura lieu dans le gymnase, qui sera transformé à la hauteur de l'évènement. Bien sûr, la décoration devra être soignée, mais il y a beaucoup plus de travail en perspective. Il faudra gérer l'accueil, les boissons, le vestiaire, et mille et un autres détails, comme la communication, la musique... J'ai donc besoin de volontaires pour constituer un comité d'organisation. Qui est intéressé ? Je vous rappelle que l'enjeu est ni plus ni moins le voyage en Cornouailles.

Spontanément, mon bras se dresse. J'ai toujours rêvé d'assister à un bal de ce genre, et j'adore Noël ainsi que tout ce qui s'y rapporte. Imani m'envoie un coup de coude. Trop tard. Jade Srinivan aussi s'est proposée. Mme Potts nous remercie en inscrivant nos deux noms dans son cahier. Oh, la boulette... Je viens de me jeter dans la gueule du loup en chantant à tue-tête. La seule chose qui me réconforte à ce stade, c'est le déplaisir qui se peint sur le visage de cette chère Jade tandis que nous échangeons un regard venimeux. Il y a entre nous un certain passif qui remonte à l'époque du collège. En un mot comme en cent, elle me déteste et je le lui rends bien.

Je me penche discrètement vers Imani :

— Je parie qu'elle s'est proposée juste pour avoir une raison de se faire mousser sur les réseaux.

— Bien entendu, répond-elle sur le même ton.

Puis elle lève la main, avec cet air tranquille et assuré qui est devenu sa marque de fabrique.

— Je me porte également volontaire.

Tandis que Mme Potts l'ajoute à sa liste, je lui adresse mon plus beau haussement de sourcils. Noël et tout le tralala, on ne peut pas dire que ce soit sa tasse de thé.

— Je ne vais pas t'abandonner aux griffes de ta meilleure ennemie, mon petit chou à la crème, précise-t-elle tout bas. Entre nous, je sens que ça promet d'être intéressant. Et puis, ça va être l'évènement de l'année, non ? Autant participer !

À ces mots, un frisson d'excitation me parcourt la colonne vertébrale. Je suis persuadée qu'elle a raison et que cela mérite bien quelques efforts de ma part.

Il va y avoir un bal de Noël au lycée !

2

Comme on pouvait s'en douter, trois volontaires ne suffisent pas à Mme Potts. De fait, un silence funèbre règne sur la classe. Roulant dans l'allée centrale, elle examine l'assistance avec circonspection.

— Personne d'autre ? Je voudrais que le comité compte quelques garçons. Allons, messieurs, soyez gentils de vous dévouer ou je devrai choisir pour vous.

Devant l'absence de réaction et les têtes baissées, elle pousse un soupir de contrariété. Devinez qui choisit de ricaner avec son voisin pile à ce moment ?

— Raphaël, puisque vous cherchez à attirer mon attention, j'imagine que c'est pour que je vous désigne. Très bien, je prends note de votre enthousiasme.

Je me décompose, que dis-je, je me liquéfie de l'intérieur. Immédiatement, ce sinistre individu proteste.

— Mais non, madame ! Je...

— Taratata ! le coupe-t-elle. Ne faites pas votre timide, je suis persuadée que vous donnerez le meilleur de vous-même. (Elle marque une pause.) Dans votre propre intérêt.

Je n'en crois pas mes oreilles. Raphaël ? Dans le comité lui aussi ? Ce n'est pas possible, je suis maudite. Jade, passe encore, elle est motivée et je pourrais m'en arranger avec un peu de bonne volonté. Mais Raphaël ? Au mieux, il va tirer au flanc, au pire, il me mettra des bâtons dans les roues.

— Il me faut encore un élève.

Si elle désigne un autre boulet, autant nous donner des pelles pour creuser nos tombes. Je me tends, suspendue à ses lèvres, pendant qu'elle consulte son cahier.

— Très bien, ce sera donc Yanis Salah.

L'annonce suscite la surprise générale. Le type encaisse sans broncher. Je ne suis pas étonnée outre mesure, ce n'est pas son genre de s'épancher, voire de communiquer avec ses semblables.

Yanis est pour ainsi dire la « sensation » de la rentrée, un nouveau fraîchement débarqué qui a la particularité d'être une ancienne star montante du football. On parle, accessoirement, d'un mec beau, grand, musclé, vraiment splendide dans son genre. Brun, des yeux clairs, un visage d'ange, bref, canon. Il hante les rêves d'une bonne partie des élèves du lycée.

Mais les dieux vivants ne fréquentent pas les simples mortels. En dehors des cours, il ne traîne avec personne, à part avec Melvin à l'occasion, son binôme en sciences.

Je ne lui ai jamais parlé. Enfin, je ne compte pas la fois où je l'ai informé que le prof de chimie, M. Fluoret, était absent et qu'on pouvait rentrer chez nous. Il n'a pas fait d'effort pour s'intégrer jusqu'ici. Je suppose que la prof l'a choisi pour cette raison.

Quand la cloche retentit, Raphaël quitte la salle, furieux. Je jette un regard intrigué à Yanis en sortant et note son look soigné de mec toujours propre sur lui. Je me demande ce que ça va donner, cette histoire de comité du bal de Noël. Pour l'instant, je crois qu'on n'est pas sortis de l'auberge. Heureusement que je vais pouvoir compter sur Imani.

— Sérieusement ? lui dis-je. Tu aurais dû me laisser dans le pétrin.

— Seule avec Raphaël et Jade ? Non, merci. Je n'ai pas envie de tenir un bureau des pleurs durant les trois prochains mois.

— Comme si c'était mon style de geindre...

Imani ne peut retenir un rire. Peut-être qu'en effet, j'aime râler... parce que c'est bon pour la santé. Ma mère le répète à longueur de temps. Elle est championne olympique dans cette discipline. Julie nous saute dessus par-derrière :

— Alors, les boulettes, vous êtes contentes ? Cette soirée va être la meilleure de notre vie !

— Décidément, il t'en faut peu ! s'esclaffe Jade en nous dépassant dans le couloir. Mais tu as raison : toutes les fêtes que j'organise sont mé-mo-rables.

Ce n'est pas la modestie qui l'étouffe, celle-ci.

— Je suis certaine que vous allez tout déchirer ! nous lance Julie avant de prendre le chemin de son cours d'italien. On compte sur vous !

ZÉRO PRESSION. Imani me pousse en direction de la salle d'espagnol.

— Rassure-toi, mon petit chamallow. Tout ira bien.

C'est vrai, qu'est-ce qui pourrait déraper ? Honnêtement, j'ai une ou deux idées en tête, mais je préfère éviter d'y songer. Je ne crois pas au mauvais œil, hein, mais on ne sait jamais. Inutile de le provoquer.

En me faufilant entre les tables dans la classe, je bouscule Raphaël par mégarde.

— Tu ne peux pas regarder où tu mets les pieds, Ada ?!

La moutarde me monte au nez, mais aucune réplique cinglante ne me vient à l'esprit. Je le dévisage sans répondre, à la recherche de ce qui a pu me plaire chez lui, puis après une moue dédaigneuse, je poursuis ma route. Le temps que je rejoigne Imani, j'entends Enzo chuchoter à Raphaël :

— Tu lui fais de l'effet, à Ada. Tu devrais essayer de te la faire.

— Désolé, mec, elle est trop moche pour moi.

Le sang quitte mes joues. Je lutte pour ne pas riposter, les poings serrés. Quelle ignoble raclure de fond de bidet ! Il me chantait une autre chanson en août !

Imani n'a pas l'air d'avoir entendu.

— C'est pourquoi, cette tête ?

— Rien. Je te raconterai plus tard.

❄

Tu parles d'une journée pourrie. Casque sur les oreilles, j'attends le bus, ce qui me laisse tout le loisir de remâcher les paroles de Raphaël. Au moins, j'ai découvert pourquoi il m'a jetée. Je ne suis pas assez jolie à ses yeux. Et la pilule a du mal à passer.

Quelle riche idée j'ai eue de sortir avec lui… Tout ça à cause d'un stage de badminton auquel maman m'a inscrite pour que je ne reste pas enfermée tout l'été à bouquiner. Ce n'était pas non plus l'histoire d'amour du siècle. On a commencé par disputer quelques matchs. De là, on s'est mis à se fréquenter et, un rapprochement en entraînant un autre, il a fini par m'embrasser en sortant d'un cinéma. Rien de très exotique.

Je ne dirais pas que j'étais folle de lui, mais j'étais très heureuse. On s'envoyait des pelletées de messages, des *reels* marrants… C'était le bon temps. Et puis, la rentrée de septembre approchait. Pour une fois que j'avais un vrai petit ami, je me réjouissais à l'idée de m'afficher en couple.

J'avais déjà eu des copains, mais le genre qui dure une soirée ou un week-end, pas plus. Donc, comme mes amies ont tendance à avoir une vie amoureuse palpitante, je commençais à désespérer que ça m'arrive aussi. À force, je me demandais ce qui clochait et si quelque chose dans ma personnalité repoussait les mecs. Autant dire que cette histoire avec Raphaël est tombée à point nommé pour rebooster ma confiance en moi et mon capital séduction. J'ai dégringolé de l'équivalent de l'Empire State Building quand il m'a envoyé ce message, pour ainsi dire la veille de la rentrée :

sorry je crois que sa peut pas continuer
entre nous A+

Aucun effort ni sur la ponctuation, ni sur l'orthographe, pas le moindre gramme d'élégance. Ironie du sort, il a fallu que nous nous retrouvions dans la même classe, lui et moi. Comme s'il n'y avait pas assez de premières à Gisèle Halimi pour m'épargner ce tourment ! J'ai été tellement secouée que j'en ai perdu l'appétit – ce qui a failli traumatiser ma mère, puisqu'elle exprime la puissance de son amour maternel en me gavant. Vu que je dois aussi me tartiner mon ex dans le comité du bal de Noël, j'en déduis que la vie adore me torturer.

Au moins, je suis certaine à cent pour cent de ne plus rien ressentir à son égard. Maigre consolation… « Désolé, mec, elle est trop moche pour moi. » Est-ce pour cette raison qu'il m'a larguée comme une vieille chaussette ? Par texto, en plus ? Qu'il n'ait plus envie d'être mon copain, OK, je peux le concevoir. Mais je croyais qu'on s'appréciait assez pour espérer qu'il fasse cas de mes sentiments. À la place, il a envoyé un scud m'écrabouiller sans état d'âme, et voilà qu'aujourd'hui, il me crucifie pour le plaisir. Il savait que j'écoutais, j'en mettrais ma main à couper. Quand je l'ai raconté à Imani, elle m'a proposé d'aller lui dire deux mots, histoire de le remettre à sa place, mais j'ai refusé. J'aime autant éviter de mettre de l'huile sur le feu. Il va bien falloir qu'on se supporte au sein du comité.

Mon téléphone vibre. C'est Imani.

> Ça va, mon petit loukoum à la rose ?
> N'oublie pas, Raphaël est un âne, il ne mérite
> pas de poser les yeux sur toi !

Je lui renvoie une flopée de petits cœurs. Je n'ai pas le courage d'écrire un truc, là, tout de suite.

Le problème, c'est qu'il a tapé là où ça fait mal. Je ne suis pas ce qu'on appelle une fille super belle, dans le style de Jade Srinivan. Malgré son caractère de despote, elle me fait penser aux lévriers afghans, ces chiens élégants aux poils longs, bien peignés, façon bêtes de concours... Moi, je joue dans la catégorie caniche, mais pas le joli petit chien tout frisé qui sort de chez le toiletteur : non, on parle plutôt de Caramel, le toutou patate de la voisine du dessus, à la fourrure inégalement ondulée, beaucoup trop volumineuse, qu'on trouve mignon par politesse parce qu'il a de grands yeux, et dont on ne dira jamais qu'il est magnifique.

Maman estime que la beauté, c'est surfait, qu'elle existe surtout dans le regard de l'autre. Donc, à ses yeux, je suis la plus belle personne du monde et je devrais m'en satisfaire. J'aimerais en être capable.

Mais aujourd'hui, je me suis sentie moche dans le regard de Raphaël. Peut-être à cause de mes lunettes. Il les enlevait chaque fois qu'il voulait m'embrasser. Avant, je les aimais bien, mes grandes lunettes rondes. Je n'ai plus qu'une envie, les jeter.

❄

À son retour à la maison, ma mère, Sandra, me trouve avachie sur notre vieux canapé en velours orange renard, tout droit venu des années 1980, sûrement sauvé d'une benne à ordures, mais d'un confort inégalé à ce jour. J'y suis vautrée depuis une heure, très occupée à légumer devant *Heartstopper*, une de mes séries favorites. Il me faut accomplir un effort surhumain pour relever le nez et lui faire une bise. Elle me tapote la joue avec commisération.

— Eh bien, on dirait que la journée a été mauvaise. Tu as fait tes devoirs ?

— Maman... consulte Pronote, s'il te plaît. Je coche les cases exprès pour que tu puisses vérifier par toi-même. Et je te rappelle que j'ai dix-sept ans, inutile de me fliquer.

— M'enfin ! C'est ma façon de te prouver que je me préoccupe de ton existence autant que de ton avenir !

Avec un sourire moqueur, elle expédie ses chaussures dans l'entrée et son manteau sur le monticule de vestes accumulées, sous lesquelles un peu de spéléo révélerait une patère solitaire. Ses chaussettes enlevées, elle se jette dans le fauteuil assorti au canapé, tout émoustillée d'avance par l'interrogatoire qu'elle compte mener.

— Qu'est-ce qui peut bien te mettre dans cet état ? Laisse-moi deviner. Un garçon ? Ne me dis pas que ce satané Raphaël a encore fait des siennes !

— Maman...

— Allez, raconte ! Tu sais bien que j'adore les histoires de garçon ! Je n'ai pas de vie amoureuse, il faut bien que j'en vive une par procuration !

— Mais je n'ai pas d'histoire, Maman. Je suis seule. Et je suis moche en plus.

Choquée, elle s'éjecte de son fauteuil et me saute dessus.

— Je t'interdis de dire ça !

Attrapant ma main, elle me tire jusqu'au miroir de l'entrée malgré mes tentatives de lui échapper.

— Maman !

— Regarde la merveilleuse, l'extraordinaire, la superbe personne que j'ai mis dix-neuf heures à expulser dans ce monde. Ce petit nez adorable, ces cheveux ondulés presque auburn, et de façon naturelle en plus ! J'aurais tué pour ne pas avoir des cheveux lisses à ton âge !

— Maman, s'il te plaît…

Elle continue en appuyant au creux de mes joues :

— Admire ces lèvres en forme de cœur capables de lancer des piques assassines, ces longs cils noirs pleins de mascara parfaitement posé, et enfin, ces jolis iris marron qui prennent une teinte verte si on braque un projecteur dessus…

Maintenant qu'elle est en orbite, plus moyen de la faire taire.

— Ouvre la bouche, contemple-moi ces dents ! Tu n'as pas porté un appareil pour rien, ça m'a coûté un rein !

Je suis obligée de me débattre pour me débarrasser d'elle.

— Maman, ça suffit !

— Dis que tu es belle et je te ficherai la paix.

Je lève les yeux au ciel et je l'abandonne à son délire, direction ma chambre. Je ferme derrière moi. Elle vient aussitôt gratter à la porte.

— Ada ! J'ai acheté des mousses au chocolat.

Je rouvre le battant de cinq centimètres.

— Tu essaies de m'appâter avec un dessert industriel ?

— Aux grands maux, les grands moyens. Tu ne crois pas ? En outre, je te promets de dire beaucoup de mal de Raphaël si tu me racontes tout.

Comment résister à une telle proposition ?

3

Jeudi 17 octobre

Mme Potts n'a pas traîné pour nous convoquer à notre première réunion du bal de Noël. Elle a lieu aujourd'hui, avant le premier cours de l'après-midi. La queue au self m'a paru interminable, et Imani et moi avons dû avaler notre repas en un temps record. Alors que nous sommes en chemin, j'ai la gorge nouée par l'appréhension. Me retrouver en petit groupe avec Raphaël ne m'enchante pas le moins du monde. Même la présence de Jade m'inquiète moins que la sienne. Quand je pense que je me suis fourrée toute seule dans le pétrin… J'enrage.

— Salle P4, me rappelle Imani en m'empêchant de m'engouffrer dans le mauvais couloir. Au fait, tu as parlé du bal à ta mère ?

— Tu rigoles ? Dès qu'elle va le savoir, elle va se mettre dans tous ses états. J'ai besoin de me préparer psychologiquement avant de libérer le monstre.

Maman était bien trop excitée cette semaine pour que j'aborde le sujet. C'est fréquent à son retour de l'hôpital, mais encore plus vrai en ce moment, parce qu'une de ses collègues est en arrêt maladie. Les infirmières de son service sont déjà en sous-effectif, alors autant dire qu'elle voit à peine la lumière du soleil ces temps-ci. Elle a une façon très personnelle de compenser le stress et la fatigue par des pitreries qui ne font rire qu'elle, et je m'attends à ce que le bal de Noël déclenche un fort investissement émotionnel de sa part.

— Et toi ? je demande. Qu'en pensent tes parents ?

— Pour l'instant, pas grand-chose. Ils sont rentrés tard hier.

Le père d'Imani est cheminot, et sa mère auxiliaire de vie. Leurs emplois du temps respectifs ne sont pas toujours compatibles et la conduisent régulièrement à prendre soin de ses sœurs âgées de huit et dix ans, aussi adorables et espiègles l'une que l'autre.

— Je leur annoncerai la nouvelle ce week-end, poursuit-elle. Mais sache que j'en ai déjà parlé à Erell.

Voilà qui est intéressant ! Il semblerait que notre chère Imani soit plus séduite par cette histoire de bal que ce qu'elle laisse paraître ! J'en frémis de joie.

— Qu'est-ce qu'en dit Erell ? Tu crois qu'elle pourrait t'accompagner ?

— On ne connaît même pas la date... Mais l'idée lui plaît beaucoup !

Je ne peux m'empêcher de sautiller de joie, ce qui la fait glousser en retour. Je vais peut-être un peu vite en besogne, mais ce serait génial si Erell lui rendait visite pour l'occasion. En général, elles se voient pendant les vacances, quand Imani part chez sa tante, avec ses frangines, en Normandie. Elles se sont avoué leurs sentiments en avril, lors d'une promenade romantique, mais je n'en sais pas beaucoup plus à son sujet. J'aimerais bien la rencontrer. Imani esquisse un sourire.

— Peut-être que mes parents seront d'accord pour l'héberger si elle décide de venir au bal.

Je ne peux m'empêcher de battre des mains. Ce serait merveilleux, magique, extraordinaire !

— Ada, ne t'enflamme pas, s'il te plaît. Tu sais que dans ces moments-là, tu es le portrait craché de ta mère ?

Si elle avait raison, je serais en train de lui tirer la langue. Néanmoins, je suis plus mature que ce qu'elle sous-entend, et c'est donc souriante que j'entre dans la salle. Ma bonne humeur reste accrochée à mon visage tandis que j'ignore Raphaël avec superbe. Je savoure son air renfrogné et, tout naturellement, je m'assois le plus loin possible de lui, les tables étant disposées en U pour faciliter les discussions.

— Salut, me fait mon voisin de gauche.

Une voix grave au timbre assuré. Je me suis installée à côté de Yanis, l'ex-joueur de foot. Sweat crème repassé de frais, rasage impeccable, mâchoire bien dessinée, oui, pas de doute, c'est lui. Je suis assez près pour sentir son parfum. Je hume par réflexe, séduite par son odeur, avant de surprendre son regard interloqué. Ressaisis-toi, Ada, on ne renifle pas ses voisins de la sorte.

— Salut, répète-t-il.

Oups, il faut que je réponde!

— Salut.

Dans le genre loquace, on a vu mieux. J'ajoute un sourire gêné pour faire bonne mesure, puis me détourne aussitôt. Qu'est-ce qui m'a pris? Certes, il n'est pas vilain, mais de là à ce qu'il me fasse de l'effet... En plus, le football me passe au-dessus de la tête. Personnellement, je m'en fiche qu'il ait marqué en coupe du monde junior, ou qu'il ait fréquenté des stars du ballon rond.

Imani se penche à son tour pour lui lancer un « Bonjour » intrigué. Comme elle lit en moi à livre ouvert, elle a dû remarquer mon trouble. Je plonge le nez dans mon sac, à la recherche de mon bloc et d'un crayon, histoire de reprendre mes esprits et de masquer un début de rougeur, vu que mes joues semblent être prises de combustion... Mme Potts arrive, essoufflée, propulsant son fauteuil à grands coups de bras dans la classe.

— Tout le monde est là?

Le comité paraît au complet. Les volontaires de l'autre classe concernée par le voyage en Cornouailles sont également présents : Pierre, Kévin, Léa, et Flo. Flo est le géant du lycée. Il flirte avec les deux mètres, joue au rugby et il lui manque un bout d'oreille, ce qui ne l'empêche pas d'être aussi sympa que populaire.

En revanche, Pierre, Kévin et Léa, jamais vus. Kévin m'adresse un signe de la main. Petit, pas un poil sur le visage, il fait jeune pour un élève de première. On dirait qu'il a sauté deux classes et que sa mère choisit ses vêtements. Léa, frange brune, les cheveux longs et lisses, ouvre des yeux de poisson mort – pas envie d'être là, visiblement. Quant à Pierre, khôl au ras des cils, tout de noir vêtu, vernis à ongle écaillé, des piercings un peu partout, il ne quitte pas Imani du regard. S'il a un coup de foudre, il risque d'être déçu. Elle n'aime que les filles.

Mais celle qui s'arrange pour capter l'attention, c'est la seule, l'unique, l'incroyable Jade Srinivan... L'énorme classeur qu'elle vient de sortir de son sac à dos tombe sur sa table dans un bruit sourd. Je sursaute. Méfiance, elle pourrait se servir de ce truc comme d'une arme.

— J'imagine qu'on peut y aller ? déclare-t-elle. J'ai bien réfléchi, nous allons créer des équipes...

— Merci, Jade, l'interrompt la prof, mais tu vas un peu vite en besogne. Commençons par le commencement.

— La date ? suggère Imani, impassible. Le budget ?

— Par exemple.

Jade se renfrogne. Elle devrait se tenir tranquille un moment. À côté de moi, le beau Yanis fait tourner son stylo entre ses doigts. Il paraît ailleurs et le mouvement du crayon m'agace. Dans un réflexe malheureux, je pose ma main sur son avant-bras, et je la retire aussitôt, comme si j'avais reçu une décharge électrique. J'ai « juste » senti la forme d'un muscle sous mes doigts.

— Désolé, fait-il tout bas en reposant l'objet du délit.

— C'est rien.

— Ada, Yanis, vous m'écoutez ? s'énerve Mme Potts, une ride de colère au milieu du front. Je n'ai pas l'intention de me répéter.

Nous coulons dans nos chaises, embarrassés, pendant qu'elle reprend son exposé. M. Mazingue, l'autre enseignant impliqué dans l'excursion en Cornouailles, l'aide à gérer toutes les formalités autour du bal. Assurance, présence des pompiers, trésorerie, etc.

— Cette soirée représente un travail considérable en plus du voyage, pour lequel nous avons déjà fort à faire, ne serait-ce que sur un plan administratif. Il faut écouler au minimum cinq cents entrées pour le bal pour boucler le budget, et ce, en espérant que les ventes de chocolats et de savons seront aussi bonnes que lors de la précédente édition.

Le gymnase peut accueillir jusqu'à mille deux cents personnes, mais afin d'éviter tout problème, la prof veut limiter le nombre de places vendues à mille, hors bénévoles que nous recruterons pour nous aider.

Le lycée Gisèle Halimi étant le seul de Chantelbourg et de la région, il compte assez d'élèves pour remplir la salle et atteindre les objectifs fixés par Mme Potts.

— Si nous ne rentrons pas dans nos frais et que nous ne réunissons pas la somme prévue, nous prévient-elle, il faudra dire adieu au voyage en Cornouailles. Nous ne pouvons pas demander aux familles de participation supplémentaire. Il est d'une importance cruciale que vous preniez votre rôle au sérieux.

Son regard s'attarde sur Raphaël qui se renfrogne.

— L'association des parents d'élèves accepte de gérer les interactions avec le fournisseur de boissons, sans alcool, bien évidemment. Vous devez vous charger du reste : la décoration, la musique, la billetterie, l'affiche... La date que j'ai retenue est le samedi 21 décembre.

Je ne peux m'empêcher de protester.

— Pourquoi pas le 25 ? Et la magie de Noël, alors ?

— Ada, tu es gentille, mais je me donne déjà corps et âme pour ce voyage, j'aimerais autant disposer de mon jour férié et le passer avec mes proches.

Sa décision paraît sans appel. Au temps pour l'esprit de Noël. Sensible à ma déception, Imani me tapote gentiment la main.

— Du calme, mon petit lutin en chocolat, on réussira bien à convaincre un père Noël de passer distribuer des bonbons.

— Bonne idée !

Je la note aussitôt sur mon bloc.

— Pour être parfaitement transparente, continue la prof, je n'ai pas le temps d'arbitrer des querelles entre vous. Débrouillez-vous pour vous entendre et répartissez-vous les tâches au plus vite : les vacances de la Toussaint commencent vendredi. À la rentrée en novembre, il ne vous restera que quelques semaines qui fileront en un clin d'œil jusqu'au bal.

— Concernant le budget, intervient Jade, comment est-ce qu'on s'organise ?

— J'ai préparé un prévisionnel.

Elle nous remet un polycopié à chacun. Impressions, déco, location de matériel... Jade en prend connaissance en grimaçant. Elle a l'air de croire que c'est peu. Pourtant, je pourrais facilement partir en vacances avec une somme pareille. J'avoue, je n'ai jamais rien organisé de plus incroyable qu'une pyjama-party, donc je n'ai pas d'échelle de référence qui m'aiderait à me rendre compte des fonds nécessaires à notre projet de bal. Je jette un coup d'œil à mon voisin de gauche. Yanis aussi semble dubitatif.

— Ça va être compliqué, non ? fait Jade avec une moue.

Mme Potts hausse les épaules.

— Envisagez le problème sous la forme d'un défi. Faites preuve de créativité ! J'espère que vous mettrez l'accent sur l'écologie en utilisant des matériaux de récupération, par exemple.

— Merveilleux.

Jade se laisse retomber sur sa chaise, dépitée. Vraiment, quelle drama queen... En s'y mettant tous à fond, on devrait pouvoir organiser quelque chose de canon. Il suffit de croire en la magie de Noël ! Je m'esclaffe dans mon coin, m'attirant une œillade courroucée de Jade. Ma joie de vivre doit lui taper sur le système, hi, hi. Yanis se tourne brièvement vers moi. Un air amusé fendille un instant son expression sérieuse. Il est sûrement plus sympa qu'il n'y paraît quand on le connaît un peu.

Avant de rouler hors de la salle, Mme Potts a une dernière recommandation pour les garçons du groupe :

— Messieurs, je ne vous ai pas beaucoup entendus aujourd'hui. Mais j'attends de vous que vous vous remuiez le popotin. Si je m'aperçois que ce sont les filles qui font tout le boulot, je prendrai des mesures de rétorsion, et croyez bien que je suis une personne particulièrement créative.

4

Le départ de Mme Potts a jeté un froid. La moitié d'entre nous ne se connaît pas, l'autre ne s'apprécie pas beaucoup. Et comme j'ai horreur des silences, je me jette à l'eau, sans avoir réfléchi au préalable. Mon cœur adore parler à ma place.

— Je sais bien que, pour la plupart, vous n'avez pas choisi d'entrer dans le comité, mais on a tous envie de partir en Cornouailles comme prévu, non ? Donc, il n'y a pas de raison que ça se passe mal si chacun y met du sien.

Ma déclaration sonne faux à mes propres oreilles. Je me fige, mortifiée. Léa n'a toujours pas prononcé un mot et son regard agonisant me file la chair de poule. Le petit Kévin paraît résolument fasciné par ses baskets blanches. Pierre le Ténébreux – rapport à son look gothique – attend, les bras croisés. Raphaël me toise avec dédain. Il y a des baffes qui se perdent. Quant à Jade, elle se tait, mais n'en pense pas moins. Heureusement, Flo hoche la tête, ce qui me réconforte un minimum.

— Bonjour l'ambiance, lâche soudain Léa. On n'a pas le cul sorti des ronces, si j'ai bien compris.

C'est vrai qu'elle a tout d'un boute-en-train, celle-là !

Imani, qui a le nez dans l'agenda de son téléphone, décide de calmer le jeu.

— Je propose qu'au lieu de discuter dans le vide, on se mette au travail. À la rentrée de novembre, nous n'aurons que sept semaines pour tout organiser. C'est court. Il n'y a pas de temps à perdre.

— C'est pour ça que j'ai apporté mon classeur, s'exclame Jade, en tapotant le parpaing posé devant elle. Ma sœur faisait partie du comité du gala de son école d'ingénieurs l'an dernier, elle a compilé tout un tas d'informations qui pourraient nous être utiles.

Bref regard de connivence entre Imani et moi, façon « on t'a vue, Jade, on sait que tu en profites pour te vanter que ta sœur est en école d'ingénieurs ».

— Bonne idée, approuve Kévin d'une voix fluette, en approchant du redoutable classeur.

Il n'a pas encore mué, à ce que j'entends... Pourquoi est-ce que Mme Potts nous l'a mis dans les pattes ? Il a l'air aussi à l'aise qu'un poisson sorti de son bocal, le pauvre !

— Au risque de passer pour une emmerdeuse, poursuit Jade, je vous préviens, il est hors de question que je me tape la honte et que ça se transforme en kermesse d'école primaire. La prof a dit : un grand bal à l'américaine. Tenue de soirée exigée, déco qui explose les rétines. Je me suis bien fait comprendre ?

— Mollo, la caporale en chef, rétorque Flo en se redressant de toute sa hauteur. Tu ne nous donnes pas d'ordre pour commencer. Ensuite, OK, la déco, ça compte, mais il va nous falloir de la musique.

J'en profite pour y mettre mon grain de sel.

— Je pense vraiment qu'il nous faut un groupe, et puis un DJ pour animer le reste de la soirée.

Imani note avec une grimace, puis revient au prévisionnel sous ses yeux. Il n'est pas fait mention d'un orchestre.

— Quel genre de groupe ? me demande Pierre, soudain intéressé.

— Le genre qui fait des reprises, qui peut jouer des morceaux connus…

Le Ténébreux tripote ses bagues tête de mort.

— Et des compos originales ?

— Aussi. Le principal, c'est de donner envie de danser.

Il hoche la tête, puis recroise les bras. Raphaël s'esclaffe.

— Je ne suis pas sûr que tous les mecs soient très emballés à l'idée de devoir danser sur des reprises. Il vaudrait mieux mettre le paquet sur un bon DJ.

— C'est vu et revu, les soirées avec un DJ, réplique Yanis. Avoir un groupe nous permettrait de nous démarquer.

J'acquiesce, à la fois ravie de son soutien et enchantée parce que Raphaël, agacé, ne répond rien. Flo se racle la gorge.

— Yanis a raison. Si on veut que les lycéens viennent, il faut qu'on envoie du lourd sur le programme. Ensuite, on a besoin de quoi d'autre ?

La réunion est lancée pour de bon. Nous décidons de voter nos décisions à main levée, et la première que nous prenons est de nous réunir toutes les semaines jusqu'au jour J. Très vite, la liste des détails auxquels nous devons réfléchir s'allonge. Les idées fusent, et je prends conscience que notre budget n'est pas bien gros, par exemple en cherchant sur Internet le prix des gobelets réutilisables.

— Ça coûte un bras, dites donc.

Je montre à Imani mon écran, elle souffle devant le prix.

— On fera un joli design, tempère Jade. Si les verres sont consignés pour un euro, certains les garderont en souvenir, et ce sera une plus-value pour le voyage.

— Bel exemple de greenwashing, jette Léa. À quoi ça sert de les fabriquer spécialement pour le bal, si on n'en fait rien après ?

La vache, elle a bouffé du lion ? Je me fends d'un sourire crispé pour lui répondre.

— Un gobelet est un gobelet. Si on les donne à l'association des parents d'élèves après la fête, ils pourront toujours s'en resservir.

Yanis se penche vers moi.

— Ils en ont peut-être même déjà.

— Tu as raison, il faudrait leur demander s'ils en ont à nous prêter ! Comme ça, on pourra en commander moins ! On fait d'une pierre, deux coups : moins de pollution pour la planète et moins de dépenses pour notre budget.

Je suis à deux doigts de lui taper dans la main, mais je me retiens *in extremis*. Léa croise les bras, toujours sceptique. J'ignore ce qui lui passe exactement par la tête, mais son expression me fiche un peu les jetons.

— On n'a pas de logo pour le moment, remarque Flo. Autant commencer par-là, non ?

De fil en aiguille, le comité se met à parler de l'affiche – papier recyclé, impression locale, insiste Léa – et de ce qu'il faudra indiquer dessus, les informations de base, mais aussi les animations. Par exemple, il nous faut un groupe pour un bal à l'américaine, mais tant qu'on ne l'a pas choisi, impossible de le mettre sur le programme. Plus nous avançons, plus nous nous rendons compte qu'en effet, ainsi que Mme Potts l'a souligné, le délai dont nous disposons est assez court.

— Avec notre budget, ce sera difficile de proposer aux artistes un cachet correct, s'inquiète Imani, qui prend le sujet très au sérieux. Et puis, il va falloir payer le DJ aussi !

— Je peux faire le DJ, jette Raphaël avec froideur.

Devant l'incrédulité générale, il précise :

— Je mixe de temps en temps le week-end. Je m'y connais pour le matos, le son, l'éclairage... Mais si vous préférez chercher quelqu'un d'autre, pas de problème.

— Si c'est gratuit, on serait bête de refuser, réplique Imani, pragmatique. Tout le monde est OK ? On vote ?

Je valide, comme les autres. J'aurais pu la jouer mesquine et ne pas approuver, parce que je n'ai pas particulièrement confiance en lui, mais je préfère ne pas lui chercher des poux.

Imani et Jade prennent ensuite les choses en main pour établir un calendrier. Elles ont beau ne pas trop s'apprécier, elles se complètent bien niveau rigueur et organisation. Il en ressort que nous allons avoir besoin de devis rapidement, surtout si l'on veut pouvoir afficher au 1er décembre et démarrer les ventes de billets la semaine suivante. La prochaine réunion du comité, le 5 novembre, paraît assez lointaine. J'en ai la tête qui tourne.

— Je ne suis pas dispo pendant les vacances, nous informe Raphaël.

Tiens donc.

— Mais je vais me renseigner pour la sono et les lumières, ajoute-t-il. Si on ne se dépêche pas de réserver, on n'aura rien le jour J.

La sonnerie retentit. Le temps a filé à toute vitesse et nous avons juste effleuré le sommet de l'iceberg.

— Je nous crée un groupe Insta, décide Flo. Il faut qu'on communique en dehors des réunions.

La motion est adoptée à l'unanimité, moins Pierre le Ténébreux qui refuse de décroiser les bras, semble-t-il. Il n'a plus ouvert la bouche depuis sa question tout à l'heure. Il nous file quand même son contact et disparaît telle une anguille dans le flot des élèves. Bizarre, ce type.

❄

Sur le chemin de la salle B4, où nous avons chimie, je me retrouve à marcher avec Yanis. Imani nous précède d'un pas vif, je ne sais pas quelle mouche l'a piquée, et j'ai abandonné l'idée de la rattraper. Nous traversons la cour, bondée à cette heure. Je surprends des regards curieux, mais ce n'est pas ce qui me tracasse. Perdu dans ses pensées, Yanis ne dégoise pas un mot et je ne sais pas quoi lui dire. Pourtant, je suis bavarde, j'ai même tendance à raconter tout ce qui me passe par la tête*. Ah, j'ai une idée :

— Ça va, tu n'es pas trop fâché après Mme Potts de t'avoir forcé à rejoindre le comité ?

*** Note de Sandra : Elle tient ça de sa merveilleuse mère. Dommage qu'elle n'ait pas regardé le documentaire sur les rats des villes avec moi le week-end dernier. Elle aurait pu lui parler du projet Armageddon sur la vie secrète des rats à Paris.**

Les mains dans les poches, il soupire.

— Je ne crois pas que ça m'avancerait à grand-chose. Autant jouer le jeu, non ?

— Si. Il vaut mieux de toute façon, vu le pain qu'on a sur la planche...

Des gens se retournent et chuchotent sur notre passage. Je me sens soudain mal à l'aise. Yanis me fait signe de poursuivre ma route, l'air navré.

— Désolé pour... ça. En général, j'évite de passer par ici à cette heure.

— Ça ne t'ennuie pas trop toute cette attention ?

— On m'a demandé moins de selfies cette semaine, lâche-t-il. J'imagine que ça devrait se tasser avec le temps.

À sa place, je ne serais pas aussi à l'aise avec la notoriété. Mais Yanis est passé à la télévision, il a fait la couverture de plusieurs magazines de sport. Il comptait des centaines de milliers d'abonnés sur les réseaux sociaux avant de rendre ses comptes privés. En comparaison, traverser la cour ne doit lui faire ni chaud ni froid. Nous entrons dans le bâtiment B, ce qui nous débarrasse des importuns.

Yanis s'arrête au pied de l'escalier et consulte son téléphone.

— Au fait, tu as reçu l'invitation de Flo pour Instagram ?

— Je regarde...

Pour l'instant, je n'ai pas de notification.

— Tu peux me donner son Insta ? enchaîne-t-il. Et le tien ?

Mes joues chauffent. Je deviens cramoisie, façon sauce barbecue intensité quatre piments. Je rassemble mon courage pour déclarer avec une assurance toute relative :

— Euh, fougasse666.

— Tu aimes la fougasse ?

Je hoche la tête tout en maudissant ma génitrice. Comment lui avouer que ma mère a choisi à ma place quand j'étais en troisième* ? À l'époque, j'ai dû batailler tellement longtemps pour avoir le droit de créer mon compte que, lorsqu'elle a fini par capituler, j'ai accepté ses conditions sans sourciller. Elle craignait que je me fasse harceler et que des pervers m'envoient des photos de pénis. Donc, en plus d'un identifiant improbable, j'ai en guise de photo de profil un chat âgé légèrement moribond – notre pauvre Moumoune nous a quittées l'an dernier, il n'était plus très beau, mais c'était le meilleur chat du monde.

J'accepte aussitôt la demande de contact de Yanis, en me retenant à grand-peine de glousser. Qu'est-ce que je vais faire comme jalouses s'il commente mes publications ! Malheureusement, Yanis ne s'arrête pas là. Il veut se connecter avec tous les membres du comité. Je lui

*** Note de Sandra : Je suis très fière de ma trouvaille. Fougasse666, c'est beaucoup plus original que Adadu27, les gens retiendront ce nom plus facilement que n'importe quel autre. Et puis, tout le monde aime la fougasse, à part peut-être les intolérants au gluten et au lactose.**

fournis même l'Insta de Jade, que j'ai bloquée depuis un moment. Je me détourne, le temps de la réactiver, elle ainsi que Raphaël, puisqu'il le faut.

— Merci, fait-il, après avoir envoyé des invitations à tout le groupe.

— De rien. J'avoue, je ne m'attendais pas à ce que tu t'impliques autant.

Il se recoiffe machinalement, un peu amer.

— Mme Potts veut que je m'intègre et que je participe plus. J'ai foiré la moitié de mes évaluations la semaine dernière. Je ne peux pas me mettre les profs à dos.

— Moi aussi, je me suis ramassée en SVT. C'était compliqué...

Un éclair de compréhension passe entre Yanis et moi. Je n'en ai pas encore parlé à ma mère, parce que la connaissant, elle va stresser pour ma moyenne. Puis la cloche sonne, nous signalant que nous sommes en retard.

Fin de mon quart d'heure avec une célébrité.

5

Lorsque je rentre en classe en compagnie de Yanis, je ne suis pas prête pour l'accueil que Jade nous réserve.

— Fais gaffe, Yanis ! Si tu es trop gentil avec Lagrange, elle va te suivre partout comme un petit chien.

Il baisse le regard vers moi, surpris par cette pique. Submergée par une bouffée de honte, je file m'asseoir au premier rang à côté de Julie, histoire de mettre un peu de distance entre moi et le « beau gosse ». Je n'ai pas envie qu'on me prenne pour une de ses groupies. D'autant que dans ce lycée, les rumeurs circulent à la vitesse de l'éclair. Jade chuchote un truc à l'oreille d'Illiès, ce qui le fait se tordre de rire. Tous les deux se tournent autour depuis un moment, et apparemment, ça ne gêne pas son prétendant de rire à mes dépens.

Intégralement vêtue de jean aujourd'hui, un foulard rose noué autour de son cou, Julie mâche un chewing-gum à la fraise dont le parfum chimique embaume l'atmosphère. On dirait qu'elle est entrée dans une période « Barbie » en termes de look. Elle me gratifie d'un regard bovin :

— Où est passée Imani ? D'habitude, vous êtes toujours collées l'une à l'autre.

— Elle a dû faire un détour par son casier.

Je l'ai perdue de vue dans la cour, mais elle ne devrait pas tarder. Yanis ne paraît pas troublé outre mesure. J'espère qu'il ne va pas me prendre pour une fan hystérique qui ne songe qu'à lui tomber dans les bras. Quoique, à bien y réfléchir, je ne serais pas forcément contre me jeter sur lui, avec son consentement bien entendu. Je serais de mauvaise foi si je prétendais le contraire. Il est canon. Et sympa.

Jade se marre encore avec Illiès. J'enrage. Qu'est-ce que je m'imaginais ? Que parce qu'on fait partie du comité du bal de Noël, elle enterrerait la hache de guerre ? Vraiment, je suis trop naïve par moments. Dire qu'en CP, on était les meilleures amies du monde. Elle m'avait même offert un bracelet *Best Friend Forever!* Pour la petite histoire, lorsque mes parents se sont séparés, ils ont vendu leur maison et j'ai changé d'école.

J'étais ravie de la retrouver au collège deux ans plus tard ! Hélas, j'ai vite déchanté : elle ne pouvait plus m'encadrer... J'ai toujours eu l'impression qu'elle m'en voulait de l'avoir abandonnée. Ce qui est plutôt ridicule, vu que je n'ai jamais eu le choix. J'aurais préféré garder ma maison, mes parents, et toutes mes petites habitudes. Bref, depuis cette époque, notre amitié n'est plus qu'un vague souvenir d'enfance. Jade n'hésite pas à me balancer une vacherie à l'occasion, naturellement, mais, en règle générale, on s'évite toutes les deux. Avec une bonne dose de mépris mutuel, cela va sans dire.

À son retour, Imani note immédiatement mon manque d'enthousiasme.

— Qu'est-ce qui t'arrive, mon petit yaourt ? La réunion a pourtant été un succès.

Je n'ai même pas envie de geindre. Cela ferait trop plaisir à Jade si mes plaintes lui arrivaient aux oreilles... Dès que le bal sera terminé, je rebloque cette peste sur les réseaux.

— Rien, je suis ronchon. Et toi, où étais-tu passée ?

— J'ai récupéré un bouquin dans mon casier, et j'ai profité du fait qu'Erell était en ligne pour lui envoyer un message. Elle a oublié de me répondre hier soir.

Elle n'a pas l'air de meilleure humeur que moi.

— Tout va bien ?

— T'inquiète pas. C'est juste qu'elle a annulé notre appel de ce soir. Elle a promis de se rattraper demain.

❄

Si on y réfléchit, la journée s'est mieux déroulée que ce que j'espérais. Jade s'est montrée correcte pendant la réunion, et Raphaël ne s'est pas comporté comme un monstre. Quand je pense qu'il y aura un groupe ET un DJ !

Le bal de Noël s'annonce démentiel. Je n'arrive pas à croire qu'en plus, je vais participer à la décoration de la salle !

Profitant d'être seule à attendre mon bus, je mets mes écouteurs, je sélectionne *Snowman* de Sia – ma chanson de Noël préférée – afin d'être dans l'ambiance et je cherche un peu d'inspiration sur Internet. Le but, me construire un magnifique *mood board** et avoir un plan à proposer à la rentrée au comité. C'est Jade qui va être contente.

Mais alors que je fredonne gentiment *Don't cry snowman, not in front of me...*, j'aperçois Yanis sur le trottoir d'en face. Il ne m'a pas vue, il marche avec un casque, perdu dans ses pensées... Il dégage une mélancolie qui s'accorde bien à la mélodie. Parce qu'il est seul, il ne semble plus froid ni détaché. Juste triste. Beau et triste. Puis il disparaît au coin de la rue, trop vite à mon goût.

Je sursaute. Est-ce que je viens de pousser un grand soupir ? Non ! Hors de question de craquer pour lui, juste parce qu'il sent bon, qu'il est canon, et qu'en plus, il a l'air tout cassé à l'intérieur, ce qui donne envie de le prendre dans ses bras pour le réconforter. C'est non de chez non ! Même pas en rêve. Ma vie est déjà compliquée,

*** Note de Sandra : C'est pénible cette habitude de tout mettre en anglais. C'est vilain *mood board*, ça ne veut rien dire. Pourquoi ne pas utiliser « tableau d'inspiration virtuel », tout simplement ? Non, je rigole, je suis d'une mauvaise foi absolue.**

je n'ai pas besoin d'en rajouter une couche avec un *crush* improbable.

Au bout de quelques minutes, je finis par me replonger dans mon écran. Sauf que ce faisant, mû par sa volonté propre, mon doigt a glissé vers Instagram. C'est l'occasion d'examiner les comptes des autres membres du comité. Enfin, surtout un. Est-ce que ce ne serait pas une bonne idée d'en apprendre un peu plus sur Yanis ?

Non. Mais je suis faible.

À part les rumeurs qui ont circulé à son arrivée à la rentrée, je ne sais pas grand-chose sur lui. Il paraît qu'il a eu un accident au cours d'un match important pendant la coupe du monde U16 – je ne sais pas ce que signifie U16, mais les gens le précisent à chaque fois qu'ils abordent le sujet.

L'Instagram de Yanis est plutôt parlant. Il n'a rien publié depuis sa rééducation après son opération du genou. Sur son dernier post, il s'exerce à marcher sous la surveillance d'un soignant. Avec un sourire forcé. Auparavant, il apparaît sur le terrain en train de marquer un but – le but qui a qualifié son équipe en finale si j'en crois ce qui est écrit. Impressionnant. On le voit aussi à l'entraînement – j'ai la confirmation qu'il est vraiment bien foutu lorsqu'il soulève son maillot pour s'essuyer le visage. C'est beau le sport.

Je scrolle jusqu'à tomber sur une soirée de gala. Le smoking lui va comme un gant – il va juste être merveilleux au bal ! Son clin d'œil charmeur à la caméra me remue plus que je ne l'aurais imaginé. Je commence à comprendre ses groupies. Mais c'est un Yanis très différent que j'observe, la version pré-accident : il serre des mains avec chaleur, il plaisante avec tout le monde, il rit, détendu, heureux. Un vrai rayon de soleil. Rien à voir avec le Yanis que je connais, lointain, distant... Presque dépourvu d'émotions.

Mes muscles fessiers étant en passe de congeler sur le banc froid, je me trémousse pour les réchauffer. Je me demande à quel point sa blessure était grave. Comment est-ce possible qu'il n'ait pas pu revenir sur le terrain ?

Les réponses sont sûrement quelque part sur le Net. Je finis par dénicher une vidéo de l'accident. Je la lance avec appréhension. On le voit subtiliser le ballon, courir... Oh mon Dieu ! La violence avec laquelle l'autre joueur le tacle ! Il ne visait pas la balle, il l'a fait exprès, c'est évident ! Yanis se tord de douleur sur l'herbe. Le pauvre. C'est trop pour mon petit cœur tout mou.

La chute lui a valu une rupture des ligaments croisés. Les footballeurs se remettent en général bien de cette blessure, à la suite d'une opération qui est devenue courante. Yanis a été soigné par un chirurgien dont c'est la spécialité, l'un des meilleurs, même. Cependant, la médecine n'est pas une science exacte. Malgré la rééducation, les soins, la patience, il n'a pas pu retourner à l'entraînement. Dans une déclaration officielle, son entraîneur explique que « malheureusement, son genou reste trop fragile pour reprendre la compétition ».

Mon bus arrive. Consternée, je m'installe au fond, hantée par l'expression désabusée de Yanis quand nous traversions la cour. J'essaie d'imaginer ce que c'est que d'être promis à une grande carrière, moi qui n'ai pas encore décidé ce que je ferai comme études après le bac. Toucher son rêve du doigt. Le voir exploser comme une bulle. Il a « suffi » d'un tacle.

Difficile de me mettre à sa place. Je n'ai jamais essayé d'être une championne, avec tous les sacrifices nécessaires pour y parvenir. Yanis n'a pas été blessé seulement sur le plan physique. Ses repères ont volé en éclats.

C'est plus concret à mes yeux. La séparation de mes parents m'a marquée de façon indélébile. Le déménagement, la solitude dans une cour d'école inconnue, les promesses non tenues de mon père qui a choisi sa vie professionnelle plutôt que moi... J'ignore pourquoi je joue le jeu, les grandes embrassades quand on se voit, les smileys quand il annule à la dernière minute. Depuis le temps, je m'y suis habituée.

Mais Yanis ne cherche pas l'attention d'un père égoïste. Il n'a pas perdu une enfance insouciante. Il souffre de l'absence d'une tout autre vie à laquelle il était destiné.

J'en ai le cœur serré pour lui.

❄

Avant de rentrer, je m'arrête à la supérette du quartier, en bas de chez moi. Jeanine, la gérante, m'adresse un signe depuis la caisse. Je flâne cinq minutes au rayon des livres. Entassées dans un coin, quelques comédies hivernales attendent d'être mises en avant, tandis que les romans d'horreur caracolent sur la table des nouveautés à côté d'un portant de déguisements et de maquillage dédié à Halloween. Je frémis de joie en songeant que les vacances de la Toussaint commencent demain et que dès qu'Halloween sera passée, tous les magasins sortiront leurs décos de Noël !

La soixantaine, les cheveux courts et grisonnants, Jeanine peste en scannant mes articles.

— Sandra a encore oublié les yaourts ?

— Tu connais maman, elle a beau faire des listes de courses, elle revient quand même avec seulement la moitié des trucs.

Jeanine nous connaît depuis que nous avons emménagé dans notre appartement. Elle est tout sauf surprise.

— Le café, elle ne l'oublie jamais ! Alors que ça ne t'aidera pas à pousser.

Je pouffe, certaine que je ne grandirai plus désormais. Et puis mesurer un mètre soixante-trois, ce n'est pas si mal, tout compte fait. Jeanine me glisse une sucette. À ses yeux, je reste la gamine bavarde qui attendait avec elle après l'école que sa mère revienne du travail.

— Tu diras à Sandra qu'il y aura une promo sur les croquettes de poisson pané la semaine prochaine. Tu sais, ses préférées, à la tomate. Je lui en mettrai deux boîtes de côté.

Je promets de transmettre le message avant de m'éclipser. Je suis pressée d'arriver chez moi, d'enlever mes chaussures et de m'allonger sur le canap en attendant que mort s'ensuive.

— Maman ! Je suis rentrée !

Qu'est-ce qu'elle fabrique ? Pas de musique, pas de bruit bizarre... Je traverse l'espace de vie encombré par, outre notre gros canapé orange, une table ronde et ses quatre chaises. Je vérifie dans la cuisine, qui a tout d'un couloir et au bout duquel une porte vitrée donne sur notre balcon. Elle est fermée. Bon, maman n'est pas sortie fumer en cachette. Tant mieux. Elle a arrêté depuis six mois, et si ça pouvait être la dernière, ça me ferait des vacances.

— Maman ?

— Je suis dans la salle de bains, ma puce !

Je la découvre assise dans la douche, occupée à frotter son sac à main tout neuf, d'un magnifique bleu céruléen, avec une éponge et du savon de Marseille. La mousse est d'une couleur étrange, orangée. Elle repousse les mèches brunes qui lui tombent sur les yeux d'un mouvement de bras.

— Tu te souviens de Regé-Jean ? Le stagiaire ?

Il ne s'appelle pas du tout Regé-Jean, mais elle l'a baptisé ainsi parce qu'elle lui trouve une ressemblance avec l'acteur de la série *La Chronique des Bridgerton*. Comprendre : il est jeune et canon.

— Il y a dix jours, on a rempli ses tennis avec de la mousse à raser. Mais c'était une blague gentille, il suffisait de les rincer à l'eau froide et de les mettre à sécher ! Même que ça en améliore l'odeur !

— Laisse-moi deviner ? Il s'est vengé ?

Il fallait s'en douter aussi, avec leur manie de se faire des blagues dans leur service. Il ne se passe pas une semaine sans une catastrophe. Maman poursuit le nettoyage de son sac avec application. Une énorme tache violette occupe près d'un tiers du simili cuir bleu.

— Bétadine, soupire-t-elle. Il a attaqué avec une seringue. J'étais en blouse de travail, il ignorait que j'étais allée chercher mon sac pour le montrer à Babette. J'ai fait de mon mieux pour le protéger, tu me connais... Mais il y a eu des dégâts.

Abandonnant la lutte, elle l'accroche dans la douche afin qu'il sèche.

— Peut-être que la tache aura disparu quand il sera sec ? espère-t-elle sans conviction.

Nous observons toutes les deux une minute de silence. Il est évident que ce pauvre accessoire bon marché ne se remettra pas de cette malheureuse expérience.

— Bon, et si tu me racontais ta journée, ma chérie ?

— Pas terrible, si tu veux tout savoir. Jade m'a pris la tête alors que je pensais la hache de guerre enterrée.

Maman se redresse, avec une étincelle dans le regard.

— Vous vous reparlez ? J'ai raté un épisode ? Il me semblait que depuis la sixième, Jade était devenue l'antéchrist, qu'elle adorait te jeter des méchancetés à la figure et que tu te plaçais le plus loin possible d'elle en classe.

Elle flaire qu'il y a anguille sous roche. De toute façon, inutile de lui cacher cette histoire de bal plus longtemps.

— Mme Potts nous a mises sur un projet ensemble. Promets-moi de rester calme, OK ?

— Je suis tout le temps calme. Je suis semblable à la surface d'un lac tranquille sous la brume du petit matin, lisse et imperturbable...

— N'en fais pas de tonnes non plus, s'il te plaît.

— Allez, crache le morceau !

Je prends une profonde inspiration.

— Il n'y a pas assez d'argent pour le voyage en Cornouailles. Pour le financer, on doit organiser un bal de Noël, un genre de soirée à l'américaine, si tu vois ce que je veux dire...

Son cri me perce les tympans. Elle se met debout sur le fauteuil, bat des mains, se tapote les joues.

— C'est génial ! Ma fille va aller à un bal ! Oh mon Dieu, j'ai du mal à y croire ! Tu sais s'il y aura besoin de parents pour surveiller ? Une robe, il va te falloir une robe !!! OH MON DIEU ! OH MON DIEU ! J'en ai toujours rêvé !!!

Le monstre est bel et bien réveillé.

6

Jeudi 31 octobre

Le réveil affiche 9 heures. J'émerge avec peine d'un rêve où j'étais en train de faire la vaisselle... Mais, si c'était un rêve, d'où viennent ces bruits de casserole ? Je bâille en tendant l'oreille.

— J'y crois pas... Maman...

Qu'est-ce qui lui prend de s'agiter si tôt le matin ? Il y a aussi de la musique dans le salon. Elle veut vraiment que je me lève. Dire que j'avais le fol espoir qu'elle profiterait de son long week-end pour dormir, faire la grasse matinée, se reposer, quoi... Comme une personne normale. C'est à se demander ce que grand-mère a mis dans son biberon quand elle était petite. De la potion magique, je présume.

Elle peut continuer son boucan si ça l'amuse. Je n'ai pas l'intention de mettre le nez hors de mon lit. Il fait chaud sous la couette, et je parie qu'elle a préparé un programme quasi militaire pour occuper notre journée. Elle va me traîner dans un musée, au cinéma ou à une exposition, peut-être même les trois ! Sur ma table de chevet, mon téléphone s'illumine brièvement. Un message d'Imani, sans doute. Ou d'un membre du comité. Bon. Vu que je suis réveillée, autant vérifier.

Flo voudrait déplacer la réunion de jeudi à mardi. Rien de très excitant. Pour l'instant, on n'a pas beaucoup avancé. On est sans nouvelles de Raphaël qui doit se renseigner pour louer une sono et des lumières – quelle surprise, le mec est aussi fiable que la vieille bagnole de mon cousin qui démarre une fois sur deux –, et on n'a toujours pas de piste pour le groupe. Ce dernier point m'inquiète un peu.

Il faut que j'en parle avec Imani, mais elle n'a pas une minute à elle. Elle a passé la semaine dernière chez sa tante, en Normandie, et depuis son retour, elle garde ses petites sœurs. J'adore Asha et Kali, mais elles parlent tellement quelles me donnent mal à la tête au bout d'une heure.

Les vacances d'Imani ne paraissent pas s'être déroulées comme elle l'espérait. Je me demande s'il n'y a pas un problème avec Erell. Lorsque nous nous sommes vues, elle a évité le sujet. Je n'ai pas voulu insister. La connaissant, elle se confiera quand elle sera prête. Ou pas, et je mourrai de curiosité, frustrée de ne pas en savoir plus.

De mon côté, j'ai passé quelques jours chez mon père. J'en ai profité pour regarder les épisodes de *Heartstopper* et de *Wednesday* où il y a un bal. Je prévois de visionner des téléfilms de Noël avec maman dès la semaine prochaine. J'avoue, je me projette au maximum, et j'ai commencé à chercher une robe ! J'ai aussi écumé Internet à la recherche de tutoriels de déco. J'ai plein d'idées pour transformer le gymnase en un lieu féérique ! Pourvu que Jade ne s'oppose pas à mes propositions. D'ailleurs, je m'étonne qu'elle soit silencieuse sur Insta. Elle donnait l'impression de vouloir prendre le comité en main.

Soudain, « quelqu'un » tape dans une poêle juste devant ma porte. Je râle de sorte à chasser ma gamine de mère. L'expression « être jeune dans sa tête » a été inventée pour elle. J'ai intérêt à me lever, parce que sinon, elle pourrait passer aux représailles, et je refuse d'affronter les élans ubuesques de son imagination. Elle pourrait m'attaquer avec un canon à paillettes. Ce ne serait pas la première fois. Je trouve encore des confettis dans ma chambre lorsque je fais le ménage.

C'est donc à regret que je m'extirpe de mon lit, que je m'enroule dans un vieux peignoir molletonné – le plus moche, mais le plus confortable de l'univers – et que je me traîne jusque dans la salle à manger.

Maman m'adresse un grand sourire depuis sa chaise.

— Comment ça va, ce matin ? Bien dormi ?

Elle prend son petit-déj sur la grande table, vêtue de son pyjama en flanelle préféré, qui est recouvert de corgis miniatures. Elle l'a acheté quand elle a su pour le voyage en Cornouailles. Depuis, elle s'est prise de passion pour tout ce qui a trait à l'Angleterre. Néanmoins, en cet instant, elle est captivée par les manchots d'un documentaire sur Arte. Comme je ne réponds pas, elle enchaîne :

— J'ai fait des pancakes, va te servir ! Ça faisait une éternité que j'avais envie d'en faire ! Ils sont réussis. Dis, tu savais que les manchots peuvent sauter à un mètre quatre-vingts hors de l'eau ?

Je m'éclipse avec toute la vivacité dont je suis capable au réveil, soit à peu près à la vitesse d'une limace neurasthénique qui cherche l'ombre pour échapper au soleil. Il fait gris à travers la fenêtre de la cuisine. Décidément, l'automne n'en finit pas.

— Quelle vilaine tête, ricane ma mère alors que je m'installe en face d'elle avec une assiette bien garnie. Tu sais que c'est Halloween, ce soir ?

— Comment pourrais-je l'oublier ?

Je pointe du doigt le squelette assis sur la chaise à sa droite. Son crâne ballotte chaque fois que la table tremble. Maman feint la surprise.

— Allons ! Tu sais bien que je sors toujours Jasper pour Halloween ! Sinon, il devient chafouin, et je ne veux pas qu'il se mette à nous hanter.

Jasper, c'est le squelette. Il fait pour ainsi dire partie de la famille.

— Jasper n'a rien à faire à table, maman. Si tu l'installais sur le balcon, il aurait une mort plus intéressante, il pourrait effrayer le voisinage, ou mieux, l'espionner.

— Oui, tu as raison. Mais j'aime bien l'avoir à côté de moi.

Au moins, elle a fait sobre, cette année. À part le squelette et quelques Jack O'Lantern sur les rebords de fenêtres, il n'y a rien d'extravagant qui traîne. Pas de sorcière empaillée ou de tombe en carton sur laquelle trébucher dans le salon. Pas de parcours du combattant entre les fausses araignées et leurs toiles dans le couloir. Rien non plus dans les toilettes – l'année dernière, elle avait suspendu des dizaines de chauves-souris en papier. Étrange.

Je lève le nez de ma tasse de thé.

— Pourquoi tu n'as pas décoré partout ?

— Jasper n'avait pas envie de voir trop de bestioles. Il en a peur.

— Sérieusement ?

— Ça va, j'ai eu la flemme !

La voilà qui oublie les manchots et me lance un sourire charmeur.

— Tu n'as pas une fête prévue quelque part pour Halloween ?

Tiens, tiens. On dirait qu'elle veut que je dégage le plancher. Je sirote une gorgée de thé.

— Je ne vais pas courir après les bonbons dans le quartier, si c'est ce que tu insinues.

— Oh zut, j'espérais pouvoir me déguiser en sorcière sexy et suivre ma petite fille adorée en poussant des rires sardoniques !

Elle se lance dans une démonstration de ses talents, de façon trop forcée pour être crédible, mais c'est plus fort que moi, je pouffe dans mes pancakes.

— Tu pourrais aller au ciné avec Imani ? suggère-t-elle ensuite, presque innocemment.

— Maman ? Tu n'essaierais pas de te débarrasser de moi, là ? Tu as un rendez-vous ?

— Moi ? répond-elle, outrée. Non ! Mais je me disais que des potes allaient peut-être passer...

— Qui ?

— Tu sais, les habituels. Marie, Nadège, Romuald...

— Et Martin ?

— Peut-être, je ne sais pas.

Elle se fiche de moi, elle sait qui elle a invité, tout de même ! Mon regard revolver fait son petit effet. Elle finit par cracher le morceau.

— Oui, il y aura Martin. Comme ça, tu sais tout. Contente ?

J'ai ma réponse. Martin lui tourne autour depuis un moment. Elle n'est pas insensible à son charme, et j'aimerais bien qu'il se passe enfin quelque chose entre eux.

— Bon alors, s'impatiente-t-elle, tu sors ou pas ?

— J'appelle Imani.

❄

Imani décroche aussitôt.

— Pourquoi est-ce que tu n'envoies pas des messages, comme tout le monde ?

— C'était ça ou des vocaux. Or, tu détestes quand je t'en laisse.

Son soupir me confirme que j'ai vu juste. De toute façon, elle râle, mais elle adore ça, elle n'oublie jamais de décrocher.

— Attends, je m'installe, annonce-t-elle.

Moi, je suis déjà calée avec des coussins au fond de mon lit. Je fais face à un mur couvert de photos, principalement moi, ma mère, mes copines, Moumoune, mon pauvre chat disparu... Il y a aussi un poster de Timothée Chalamet que je dois jeter, mais j'y suis encore attachée. Qui a dit que j'étais parfaite ?

— C'est bon, m'informe Imani. Je t'écoute.

— Il faut qu'on sorte ce soir. Ma mère invite des amis.

— Il y a Martin ?

— Il y a Martin.

Je frétille par anticipation.

— Elle ne veut pas m'avoir dans les pattes. Elle va peut-être tenter un rapprochement.

— Ou elle craint tes allusions dépourvues de finesse.

— Mais non...

Imani prend une voix aiguë :

— Oh Martin, ne reste pas là, viens t'asseoir à côté de

ma mère, elle sera si contente. Tu veux à boire ? Tu sais qu'elle fait des gâteaux trop bons ?

— Oh, tu exagères...

— À peine. Tu le regardes comme une licorne tout droit descendue de Mars. J'étais là quand il a déposé des outils, avant les vacances.

Pff. Tout ça parce que j'essaye d'être gentille avec lui. Il est sympa, ils s'entendent bien et ça fait longtemps qu'elle n'a pas eu d'aventure, même si elle persiste : ce n'est qu'un collègue de travail. Un radiologiste célibataire et charmant. Il coche toutes les cases.

— Ada ? Tu es toujours là ?

— Avec un peu de chance, ils pourront se retrouver en tête à tête si je leur laisse le champ libre. On pourrait sortir, non ? C'est Halloween ! Julie doit sûrement avoir un plan pour une soirée.

Notre Barbie Girl aime faire la fête : elle est amie avec tout le monde et elle met l'ambiance. Elle danse, elle chante, un vrai boute-en-train ! Mais la proposition n'emballe pas Imani.

— C'est trop tard pour s'incruster à une fête. Ou alors, on va au cinéma et tu dors à la maison ? Il y a une soirée Tim Burton à l'Arcadia et mon père m'a donné des tickets de son CSE.

Je renâcle de déception.

— Mais c'est Halloween ! On devrait demander à Julie,

elle est au courant de tout ce qui se passe dans le coin. Ça ne te dirait pas de te déguiser ?

Quelle question. Elle déteste sortir de sa zone de confort.

— Ce n'était pas prévu, argumente-t-elle sans conviction.

— On improvisera ! Au pire, on se maquillera en calaveras, comme l'année dernière ! J'envoie un message à Julie et on voit ensuite ?

— Ada… Stop.

Je l'entends qui prend une inspiration. J'ai un mauvais pressentiment, tout à coup.

— Julie va à la fête de Jade ce soir. Toute la classe est invitée. Le comité du bal de Noël aussi. Ne t'en fais pas, en ce qui me concerne, j'ai refusé poliment.

J'ai l'impression d'avoir reçu une porte en pleine figure. La voix tremblante, j'essaie de masquer mon désappointement.

— Ça aurait été bizarre qu'elle m'invite. On n'est pas en bons termes.

— Exactement, et puis il y aura Raphaël. Autant t'épargner la vision de ton ex en train de draguer d'autres filles.

En vérité, ce n'est pas à lui que je viens de penser, mais à Yanis. S'il y va, j'espère que ce n'est pas pour les beaux yeux de Jade.

— Ada ? Toujours là ?

— Oui.

Petite voix. Ce n'est pas très agréable de découvrir que je suis la seule à avoir été exclue de la soirée. Même si je comprends, vu nos rapports. Imani pousse un soupir du plus profond de son cœur.

— Bon, tu veux faire la tournée des bonbons avec mes petites sœurs avant d'aller au ciné ?

— Ouiiiiii !

Au moins, tout n'est pas perdu.

7

Comme on aurait pu s'y attendre, Imani ne s'est pas vraiment déguisée. Juste maquillée. Et encore, c'est subtil, un trait d'eyeliner argenté qui ressort sur sa peau foncée. Pour le reste, elle s'est habillée en noir, avec une chemise blanche à lacets, aux manches amples, serrées aux poignets, renaissance je crois.

— Je savais qu'il fallait qu'on se prépare ensemble ! C'est Halloween, enfin ! C'est un jour où on peut se permettre un peu d'exubérance !

— Calme-toi, Ada, on dirait ta mère. Je suis déguisée en pirate, regarde : j'ai un cache-œil.

Elle brandit une pièce de plastique sous mon nez. De mon côté, j'ai mis le paquet sur le maquillage, style Harley Quinn : teint blafard, paupières dépareillées bleu et rose électrique, petit cœur noir sur la joue, et bien sûr, mes lèvres sont en rouge pétant. C'est fou ce que ça me donne l'air plus âgée. J'adore et, en même temps, je trouve ça étrange. Jamais je n'aurais osé sortir comme ça un autre jour. Évidemment, j'ai lissé mes cheveux, fait des couettes, et je porte un short à paillettes emprunté à ma mère. Elle m'a proposé une batte de baseball, pour péter les rotules des inconscients qui oseraient venir me parler, mais j'ai décliné, à sa vive déception.

Kali et Asha ont décidé de déambuler sous l'apparence de scientifiques folles. Elles ont récupéré deux vieilles blouses blanches qu'elles ont personnalisées avec du faux sang. Les petites me sautent au cou en poussant des cris de ravissement. Elles valident mon personnage à cent pour cent. Je suis beaucoup plus cool que leur grande sœur. Hé, hé.

— Mettez vos manteaux, les filles, nous recommande leur maman, Mme Hersi. Il fait froid dehors, et vous deux, les terreurs, interdiction d'embêter les grandes. Ada, tu es magnifique ! Venez là, que je vous prenne en photo !

La mère d'Imani imprime tout, à l'ancienne. Je sais que dès que nous serons sorties, elle ajoutera ce cliché avec une légende dans l'album familial. Imani a hérité d'elle son don pour l'organisation. Cette dernière pousse notre joyeuse troupe dehors.

— En avant !

❄

Nous profitons de la promenade nocturne sur les trottoirs luisant d'humidité. Les filles courent de porte en porte, tandis que nous les attendons sans interférer. Elles hurlent « un bonbon ou un sort ! » à pleine gorge chaque fois qu'on leur ouvre. Puis elles remercient d'une voix fluette. C'est marrant. Je repère une belle lumière sous un lampadaire orange. Je tire Imani en dessous et la force à faire un selfie.

— Je peux la mettre sur Insta ? Tu sais que mon compte est privé. Et puis, maman sera contente de voir qu'on s'amuse !

— OK. Mais c'est bien pour te faire plaisir.

Elle adopte un air féroce tandis que je me fends d'un sourire tout en dents. Satisfaite du résultat, je poste le cliché. Ma mère envoie un cœur dans les trente secondes. Elle est irrécupérable. Imani vérifie sa montre, pour la cinquième fois depuis que nous sommes parties. Quelque chose ne va pas, mais je n'arrive pas à mettre le doigt dessus. J'essaie de la rassurer.

— On a le temps avant notre séance de ciné.

— Je sais... (Elle m'adresse un regard de cocker.) Erell doit m'appeler.

— Sur ton portable ? Dans ce cas, je veillerai sur tes sœurs pendant que vous discuterez. Comme ça, tu seras tranquille !

Elle acquiesce machinalement, d'une façon qui me laisse penser que ce n'est pas ce qui l'inquiète. Je décide de crever l'abcès.

— Tu ne m'as presque pas parlé de tes vacances. Vous avez pu en profiter, au moins ?

— Oui. (Elle baisse le nez.) Mais pas autant que cet été.

— Ce qui paraît logique, tu es restée moins longtemps ! Toujours voir le positif.

— On se promenait ensemble tous les jours en août, souffle Imani. Et cette fois, elle n'a eu qu'une heure ou deux à me consacrer dans la semaine. Elle n'était jamais dispo. Elle ne répond plus à mes messages aussi vite qu'avant. Parfois, elle rate nos rendez-vous téléphoniques. C'est mauvais signe, tu ne crois pas ?

— Elle a peut-être des problèmes que tu ignores. Par exemple, avec sa famille. Tu ne devrais pas tirer de conclusion hâtive.

— Tu as sans doute raison.

Je lui frotte le bras avec affection.

— Si tu as des craintes, le mieux, c'est de lui en parler. Je suis sûre qu'elle est toujours raide dingue de toi.

— Merci, mon petit chou multicolore. Bon, tu veux sonner aux portes avec moi ? J'ai envie de bonbons !

La séance au ciné était super. Il y avait la possibilité de se faire photographier avec un Beetlejuice en taille réelle, et j'ai réussi à convaincre Imani de prendre la pose pour la dérider. Au vu du résultat canon, il m'apparaît indispensable de prévoir un décor pour faire de jolies photos au bal de Noël. Mais l'humeur de ma meilleure amie est retombée. Toujours pas de nouvelles d'Erell.

— J'espère qu'elle a une bonne raison, cette fois, marmonne-t-elle alors que nous nous pelotonnons sous la couette.

Selon ma mère, nos aventures amoureuses d'adolescentes sont des entraînements pour notre vie d'adulte, un peu comme des répétitions avant le grand final de la vie. Ou comme les enfants qui imitent les grands en jouant à la dînette, au papa et à la maman. La différence, par rapport à l'enfance, c'est que tout fait beaucoup plus mal. L'innocence s'efface sous les coups des autres. Enfin, c'est ce que j'ai ressenti à cause de Raphaël. Cependant, je ne dois pas projeter mes échecs sur Imani. Elle n'en est pas là avec Erell.

— Elle doit avoir des problèmes, je soupire. Il faut vraiment que vous en discutiez et qu'elle éclaircisse la situation.

— Si elle consent à décrocher son téléphone.

Elle reprend son portable pour vérifier une ultime fois. De mon côté, j'ouvre les réseaux sociaux. La fête de Jade me trotte dans la tête. Je suis curieuse. Est-ce qu'il y a vraiment tout le monde chez elle ce soir ? Si j'espionne ses *stories*, elle le remarquera. Hors de question de lui faire ce plaisir. Il me reste l'option Julie. Comme c'est une copine, elle trouvera normal que je jette un œil à ce qu'elle publie.

Elle s'est transformée en Barbie – quelle surprise. Et elle a tapé fort : elle porte une robe rose, identique à celle de Margot Robbie dans le film. Elle n'a pas lésiné sur le maquillage, les faux ongles. L'ensemble est très réussi, et elle se déhanche avec une joie évidente.

— Qu'est-ce que tu regardes ? me demande Imani. Oh non, pitié, Julie, ne danse pas en te filmant… C'est insupportable, ce genre de vidéo.

— Arrête ! Elle s'éclate, elle est au top !

J'ai le droit à un tchip de circonstance. J'essaie de voir qui participe à la soirée pendant qu'Imani tente de me confisquer mon portable.

— Lâche ça, tu vas te faire du mal. Après, tu vas chouiner pendant des semaines.

— Mais non, c'est bon. On se déteste depuis longtemps, Jade et moi, ça ne m'atteint pas, je t'assure. En plus, sa fête n'a aucun rapport avec moi.

— Si c'était juste une question d'affinité, grommelle Imani, elle n'aurait pas invité absolument tout le monde sauf toi. Personnellement, je me méfie.

La colère tend sa voix. Je suis bien d'accord avec elle, même si j'évite d'y penser pour ne pas ruminer et plomber l'ambiance. Pourtant, quand je vois passer Léa, qui fait la tronche comme d'habitude, j'encaisse mal. Dire qu'elles se connaissent à peine !

— Elle aussi ? s'exclame Imani, dépitée. Bon, allez, ça suffit ! On arrête de se faire du mal, ferme cette *story*.

Trop tard, j'ai eu le temps d'apercevoir le profil de Yanis. Il n'était pas déguisé et parlait avec des filles. Bon, pas avec Jade, ce qui est une maigre consolation. Soudain, je pousse un cri. Il a liké la photo d'Imani et moi sous le lampadaire.

— Qu'est-ce qui te met dans cet état ?

Je glousse comme une dinde en lui montrant la notification. Elle roule des yeux.

— Tu crushes sur lui, maintenant ? C'est nouveau ?

— Mais non... Je ne suis pas folle. Il est trop beau, trop riche, ce n'est pas mon style. Disons que je le trouve pas mal. Et que ça fera les pieds à Jade, vu qu'il est à sa soirée.

Aucune de mes paroles ne parvient à chasser la moue dubitative d'Imani.

— Ça ne va pas être de la tarte à organiser, ce bal de Noël, déclare-t-elle, avant d'éteindre la lumière.

8

Mardi 5 novembre

La rentrée a eu lieu hier. Ressenti : une semaine. Ainsi que j'aurais pu le prévoir, la fête d'Halloween revient dans toutes les conversations. Les potins circulent, parfois accompagnés de critiques mâtinées de jalousie. Parmi les nouveaux couples qui se sont formés, celui de Jade et Illiès occupe une bonne partie de l'attention. Chaque rire qui éclate me rappelle la fiesta que j'ai manquée. Imani ne s'en préoccupe pas, elle a d'autres soucis en tête, mais je ne peux m'empêcher de me sentir humiliée. On m'a demandé trois fois où j'étais. Mon optimisme légendaire en a pris un coup.

— C'était trop bien, tu aurais dû venir ! m'a chanté Julie avant de se rendre compte de sa maladresse, grâce à mon regard lourd de promesses de mort.

Comment dire ? Je ne serais pas venue même si j'avais été invitée, par pure fierté mal placée. J'ai gardé cette vérité pour moi, bien entendu.

De son côté, Jade n'en a pas rajouté et n'a fait aucune mention de l'évènement en ma présence. La guerre froide, quoi. Mais le comité doit se réunir ce midi. Alors j'ai préparé ma contre-offensive. Quand arrive l'heure de se retrouver, après une course dans le réfectoire et une engueulade pour qu'on nous cède la priorité, je bombe la poitrine*. Hors de question de me laisser marcher sur les pieds une seconde fois.

— Hey! Salut, tout le monde! lance notre reine d'un soir en entrant.

Face à Jade, mon bel aplomb s'étiole. À chaque nouveau membre du comité qui nous rejoint, je me sens jugée, à croire que j'ai un panneau « n'a pas été invitée à la fête » épinglé au-dessus de la tête. Même Kévin était présent, mais, point positif, il paraît plus à son aise qu'avant les vacances. Léa me salue d'un hochement de menton avant de s'installer, avec l'énergie d'un bigorneau desséché. De toute évidence, elle rêve de se trouver ailleurs. Quand Yanis pénètre dans la salle, son sourire me transperce le cœur, et il vient s'asseoir près de moi. J'ai l'impression de m'illuminer de l'intérieur. Je me détourne, sous le coup d'une bouffée de chaleur. Ce n'est pas le moment de me mettre à baver...

— Et si on commençait, maintenant que nous sommes au complet? me devance Jade.

— Ouais, si on pouvait aller vite, j'ai pas que ça à faire, renchérit Flo.

*** Note de Sandra : En avant, les seins! Si tu n'as pas la réf, regarde *The Marvelous Mrs Maisel* 😉.**

Je me dresse, histoire d'attirer l'attention.

— Bonne nouvelle ! J'ai une piste pour notre groupe.

Grâce à ma mère, qui a demandé de l'aide à sa copine Nadège. J'ouvre ma pochette et je leur distribue des photocopies des infos que j'ai trouvées.

— C'est un site Internet qui propose le genre de prestation dont nous avons besoin. Il y a toute une liste de groupes. Et, surprise, ça entre dans le budget. Il va juste falloir compter un surcoût pour rembourser les frais de déplacement et offrir un repas aux artistes.

— Beau boulot, Ada, commente Flo. Ça me semble pas mal, même si on dépasse un peu côté thunes.

J'en rosis de plaisir.

— C'est gérable en rognant un peu sur les autres postes de la soirée, confirme Imani qui avait bien entendu étudié la chose au préalable.

— Encore faut-il que ces groupes soient disponibles, fait remarquer Léa. Je peux prendre contact avec eux si vous voulez.

Par rapport à la première réunion, elle paraît plus conciliante. Je suis tout à fait ravie qu'elle se charge de passer les coups de fil – j'ai toujours eu horreur d'appeler des inconnus, je déteste les déranger.

Pierre le Ténébreux décroise les bras et lève la main, l'air passablement mécontent.

— J'ai une meilleure idée. Pourquoi ne pas embaucher un groupe du lycée ?

— T'as des noms ? s'étonne Raphaël. J'en connais pas, désolé.

Pierre fait craquer sa nuque. Son arrogance naturelle est à son maximum.

— Il y a le mien. On n'a pas encore de nom, mais on s'est déjà produit à la fête de la musique. On peut faire des reprises si on répète tous les week-ends d'ici le bal, et on a écrit trois morceaux originaux. Je vais vous les faire écouter.

Les nerfs à vif, de ses ongles peints en noir, il lance un morceau sur son téléphone. Des influences pop et électro, une voix agréable qui me fait penser à Feu! Chatterton, je suis positivement impressionnée. Les autres écoutent avec concentration, sans commenter pour le moment.

— OK, je vois, grommelle Pierre, vexé en éteignant subitement son portable. J'aurais dû m'en douter.

Léa roule des yeux.

— Du calme, la drama queen ! Tu nous laisses à peine dix secondes pour donner notre avis. Il va nous falloir plus que ça. Envoie-nous ta maquette sur Insta, pour commencer.

— Et on voudrait vous voir jouer au moins une fois avant d'accepter, ajoute Jade. Non ?

Le comité s'accorde sur ce point. Pierre acquiesce, visiblement soulagé. Je soupçonne son assurance d'être une façade qui masque des nerfs à fleur de peau, façon artiste déchiré. Voyons le bon côté des choses : ce serait plus simple d'avoir recours à un groupe local en termes de logistique.

— Du coup, on n'a pas besoin de les payer ? avance Kévin en toute innocence.

— Si vous ne nous payez pas, on ne joue pas, s'énerve Pierre. On ne va pas sacrifier tous nos week-ends à répéter pour rien. On veut les 500 euros prévus au budget, c'est ça ou vous trouvez quelqu'un d'autre pour votre bal pourri.

Kévin, tout pâle, se mure dans le silence. Le pauvre. Quant à Raph, qui a accepté de faire le DJ gratos, il est devenu tout rouge. Je ne peux pas lui jeter la pierre.

— Stop ! s'agace Imani. Ça ne fait pas dix minutes que la réunion a commencé et tout le monde se tire déjà dans les pattes. Je ne suis venue pour supporter ni les petites mesquineries des uns (son regard se porte sur Jade), ni les sautes d'humeur des autres. Dois-je vous rappeler la raison pour laquelle nous organisons ce bal ? Nous devons sauver le voyage en Cornouailles. Est-ce qu'on pourrait, s'il vous plaît, se concentrer là-dessus et mettre de côté nos ego le temps des réunions ?

Son ton n'appelle aucune réplique.

Imani est au top, comme d'habitude.

Pierre nous a lâchés, sous prétexte de devoir discuter avec ses musiciens — d'ailleurs, ce serait pas mal qu'ils se décident pour un nom au plus vite. Je crois surtout qu'il a eu ce qu'il voulait et qu'il se fout du reste. Au moins, son absence a permis à Kévin de retrouver des couleurs. Sa timidité me fait de la peine, ça ne doit pas être facile pour lui de se faire une place parmi des élèves plus âgés.

La discussion suivante concerne le *dress code*. Dans l'idéal, on aimerait voir garçons et filles jouer le jeu et venir bien habillés, comme le veut la tradition américaine, et pas juste se contenter d'éviter les baskets comme pour entrer en boîte. L'affiche comportera la mention « tenue de soirée exigée », mais est-ce que cela sera suffisant ?

— Comme il faudra communiquer sur les réseaux, déclare Jade, on pourra susciter de l'intérêt autour des smokings et des robes, non ?

Pas d'écho chez les mecs. Ils ont l'air de s'en tamponner le coquillard, comme dirait Michel, un ami de ma mère et un grand poète*. Flo contemple son téléphone, Raphaël baye aux corneilles ; quant à Yanis, il paraît indifférent.

*** Note de Sandra : Michel est un vrai poète, un penseur et un doudou sur pattes. Mais il a son franc-parler. Ne tapez pas sur Michel.**

Jade semble attendre un assentiment de ma part. Il se trouve que j'ai mon idée sur la question.

— Généralement, il est prévu de couronner le roi et la reine du bal...

— C'est un peu démodé, et puis ce n'est pas très inclusif.

Elle se soucie des LGBT, elle ? Je balaie l'argument d'un mouvement de main.

— Laisse-moi finir, s'il te plaît. Je propose qu'à la place, on élise le plus beau couple, peu importe que ce soient des meilleurs potes ou des amoureux, hétéros ou pas, on s'en fiche. La seule chose qui compte, c'est le look. Il faut que ça claque : on veut du glam, de la paillette, on peut pousser le curseur aussi loin que possible, c'est le bal de Noël, il faut se lâcher, se faire plaisir. Et pour immortaliser l'instant, on va prévoir un décor et photographier les participants.

J'avoue, je me suis laissée emporter.

— Qu'est-ce que vous en dites ? dis-je, calmée par le silence.

— Que ça motiverait les gens à faire un effort tout en restant inclusif, réplique Imani. Bien vu, mon petit caramel !

Je pique un fard. Elle ne doit pas utiliser de surnom gourmand en public. Elle avait promis ! Jade nous dévisage l'une après l'autre, l'air vachement surpris. Même

Raphaël me fait l'honneur d'un regard et acquiesce. Mais le plus important, c'est que mon idée plaît à tout le monde. Yanis lève un pouce. Et je me réjouis, parce que j'ai réussi à clouer le bec de Jade.

Comme la réunion touche à sa fin, Imani suggère de former des équipes. Raphaël doit gérer avec Léa la problématique des éclairages et de la sono. Apparemment, les comités d'entreprise prennent d'assaut les équipements tous les samedis avant Noël, sans oublier les mariages qui ont lieu en hiver. Il nous promet de continuer à chercher. Flo doit s'occuper de l'affiche et contacter les STD2A, qui ont des modules de communication, de dessin et autres. Kévin l'accompagnera.

— Est-ce que tu as des idées à partager, Yanis ? l'interroge Imani. Sinon, je t'affecte à la recherche de volontaires pour la déco et le reste.

— Je voudrais voir si la chorale pourrait interpréter des chants de Noël au début de la soirée. Ce serait classe.

— Pas mal. Tu t'occupes de ça avec Ada.

Mon cœur fait un léger bond dans ma poitrine.

Imani esquisse un sourire en coin. C'était donc prémédité.

— Tu m'as oubliée, on dirait, lui fait remarquer Jade, désabusée.

— Absolument pas. Il faut qu'on commence à réfléchir à l'organisation des espaces dans le gymnase. Tu viendras avec moi. Du moins, si ça te convient ?

— Pas de problème.

Elle a même l'air contente. J'en déduis avec un ricanement intérieur qu'Imani a décidé de la tenir à l'œil.

❄

Alors que nous filons en cours de SVT, Jade nous rattrape dans le couloir. Qu'est-ce qu'elle nous veut encore ? Je me prépare à une nouvelle vacherie.

— Au fait, les filles, je suis désolée pour Halloween.

C'est surtout à moi qu'elle s'adresse. Elle baisse les yeux.

— Lagrange, je pensais que tu ne viendrais pas, mais j'aurais dû t'inviter par politesse. Imani a raison, on ne devrait pas se tirer dans les pattes. Sans rancune ?

Ce ne sont pas des excuses, mais ça en a le goût, au point que je suis presque émue – du sang d'artichaut coule dans mes veines. Je lui tends une main, qu'elle saisit. Je hoche la tête.

— Je ne serais pas venue, c'est vrai. Sans rancune.

Elle nous sourit. Pour un peu, j'ai l'impression de revoir ma copine d'enfance. Il faut que j'évite de me faire trop d'illusions. Trop d'eau a coulé sous les ponts. Néanmoins, c'est encourageant pour la suite !

— N'oublie pas qu'on va au gymnase demain, Imani, lance-t-elle par-dessus son épaule.

— Ce n'est pas mon genre, réplique la concernée, imperturbable.

Une fois qu'elle n'est plus à portée d'oreille, je glisse à ma meilleure amie :

— Tu crois qu'on peut lui faire confiance ?

— Elle a eu un beau geste. Ce n'est jamais facile de reconnaître ses torts et de faire la paix. Rien que pour cela, elle mérite le bénéfice du doute.

Je suis bien d'accord avec elle.

9

Je retrouve ma mère en train de faire quelques courses chez Jeanine. Les masques d'Halloween et les bonbons ont disparu des rayons, remplacés par des chocolats et des guirlandes. Mieux, un véritable symbole de Noël dresse fièrement son étoile à l'entrée du magasin : le sapin, baroque avec ses épines en fibre optique qui changent de couleur. Il illumine les comédies de Noël mises en avant sur la table des nouveautés, pile devant le porte-cartes où se mélangent vœux d'anniversaire et condoléances.

— Jeanine ! la hèle maman. Il faut passer les chants de Noël, voyons ! Pour se mettre dans l'ambiance !

— Pas avant le 15 novembre, rétorque la vieille dame en ajustant sa blouse brodée à son prénom. On ne plaisante pas avec les traditions.

— Voilà qui est sage, en effet. Tu pourrais t'attirer les foudres du vieux barbu à barbe blanche.

— Ne te moque pas, Sandra.

Je me retiens de rire, ce qui me vaut un regard noir de la part de la gérante.

— Vous devriez vous arrêter aux fruits et légumes. Il y a une promotion sur les ananas, et ils sont délicieux.

— Merci, Jeanine ! dis-je en poussant devant moi mon imbécile de mère, hilare.

— Tu es intenable !

— J'ai une idée. Et si on planquait des lutins un peu partout pour lui faire une blague ?

— Certainement pas ! Laisse Jeanine tranquille. Garde tes blagues pour le boulot.

Une fois nos emplettes terminées, il faut encore rentrer et tout ranger.

— Au fait, j'attends ton compte rendu ! me rappelle maman, en me tendant le lait à stocker dans le placard.

— De quoi tu parles ?

Elle fait mine de lancer une boîte d'œufs dans ma direction.

— Mais de ta réunion pour le bal de Noël ! Comment ça s'est passé ? Tu lui as damé le pion, à l'abominable Jade, avec ta liste de groupes ? Et le concours, tu en as parlé ?

— Je croyais que tu avais promis de rester en retrait ? De ne pas me tirer les vers du nez pour tout savoir, jusqu'à la couleur du papier toilette dans les W.-C. ?

Elle se met à gesticuler, signe qu'elle est plus survoltée que ce que j'imaginais.

— J'ai menti, voyons ! Tu le sais, je le sais, cesse de me torturer et raconte-moi ! Vous avez choisi la couleur des guirlandes ? C'est important pour donner le ton de la soirée. Rouge et or, par exemple, fait plus prétentieux qu'argent et bleu…

— Maman, les sapins rouge et or brillent tout aussi gentiment que les autres. Au risque de te décevoir, nous n'avons pas encore abordé ce genre de détails. On en est loin.

— Vous avez bien dû discuter de deux ou trois choses ? Dis-moi ! Allez, je t'en supplie !

Je rafle une pomme dans la coupe à fruits, dans laquelle je croque, histoire de réfléchir une minute.

— Pourquoi est-ce que je soulagerais ta curiosité alors que toi, tu ne m'as toujours pas parlé de ta soirée d'Halloween ?

Un sourire se glisse sur le visage malicieux de ma mère.

— Ada Céline Aurélie Lagrange, quel est donc cet odieux chantage ? Ce n'est pas ainsi que je t'ai élevée…

Je m'efforce de garder mon sérieux. Elle craque la première.

— Malheureusement, ma pauvre chérie, si je ne t'ai rien dit, c'est qu'il n'y a rien de croustillant à se mettre sous la dent.

— Il y avait Martin, et tu adores Martin. Même un peu plus que ça. Alors ?

Son crush a été charmant comme à son habitude, puis il s'est envolé une fois les douze coups de minuit passés sous prétexte qu'il devait aller chercher son fils à une fête.

— Ce qui me rassure, c'est que ce n'est pas une excuse bidon. Il a vraiment un fils.

Les mains dans les sacs de courses, elle ne me confie pas ses espoirs déçus. Elle ironise sur les mille et un détails qui lui ont donné la sensation que l'intérêt n'était plus réciproque, elle se moque d'elle-même pour avoir entrevu une ouverture là où il n'y avait rien. Elle ne pleure pas, mais ses yeux ne sont pas complètement secs.

— Je me suis retrouvée à finir le punch avec Nadège.

— Du punch ?

— Elle avait sculpté des petits fantômes dans des litchis, c'était mignon tout plein, ils coulaient comme des tombes au lieu de flotter dans son breuvage.

La voilà qui mime *Le Cri* de Munch.

— On s'est endormies pompettes dans le canapé.

Le problème avec maman, c'est qu'elle craint les déceptions si fort que parfois, elle tient ses prétendants à distance sans s'en rendre compte. Martin et elle ont déjeuné deux fois en tête à tête en l'espace de quinze jours. Il espérait un dîner, pas une soirée douteuse avec sa bande de potes, dans un séjour-salon minuscule où l'intimité n'est pas permise. Quand je lui en fais la remarque, elle botte en touche.

— Tu exagères, il y a le balcon pour se rapprocher...

— Je croyais que tu avais arrêté de fumer ?

— Tout à fait, je ne fume plus.

Je suis sûre qu'elle ment. Elle feint un air gêné qui ne convaincrait aucun arracheur de dents*, ça ne prend pas avec moi.

— Peut-être que j'en ai allumé une ou deux avec Nadège.

— Tout est la faute de Nadège.

— Mais oui ! Comment as-tu deviné ?

Je repose le bol de chips sur la table basse.

— Maman, c'est ton tour de l'inviter pour un tête-à-tête. Si tu veux qu'il se passe un truc, appelle-le. Il doit penser que tu n'es plus intéressée.

Sa perplexité n'a d'égale que sa mauvaise foi.

— Tu me donnes des conseils, mais qu'est-ce qui me dit que tu es plus douée que moi ?

Je me redresse en bombant la poitrine, avec l'aplomb d'une déesse conquérante.

— Eh bien, moi, demain, j'accompagne le plus beau garçon du lycée afin de convaincre la chorale de chanter au bal.

La surprise est totale.

— Quoi ? Le plus beau garçon du lycée ! C'est légal, ça ?

— Parfaitement légal.

*** Note de Sandra : Je m'insurge, j'ai fait dix ans de théâtre, ma prestation était parfaite.**

J'ai excité sa curiosité, ce qui m'amuse beaucoup. Elle pioche une poignée de chips qu'elle se fourre dans la bouche.

— Je savais qu'il allait t'arriver des choses formidables grâce à ce bal ! Comment s'appelle-t-il ? Tu as une photo ?

Je lui montre son compte Instagram avec mon téléphone, ce qui lui arrache des « oh ! » et des « ah ! ». Maman fait défiler les clichés, impressionnée.

— Pourquoi est-il en short sur les réseaux ?

— Je t'ai dit qu'il y avait un ancien espoir du foot dans ma classe. Avec l'âge, ta mémoire est de plus en plus défaillante.

Elle balaie la pique d'un geste :

— Il te plaît ?

Elle s'est arrêtée sur un portrait saisi au vol pendant un match : une goutte de sueur perle sur le front de Yanis. Mon regard croise le sien, sauvage, à travers l'écran du téléphone.

— Je serais bien difficile si je ne le trouvais pas à mon goût...

— Ce n'est pas ce que je veux dire. Je croyais que tu avais décidé de te concentrer sur le bac de français après le désastre Raphaël. Je n'ai pas envie de te ramasser à la petite cuillère en cas de pépin.

— Ce genre de mec ne sort qu'avec des filles vraiment canon. C'est pour ça que c'est bien : je ne risque rien à le trouver mignon et il ne me brisera pas le cœur parce qu'il ne s'intéressera jamais à moi. C'est comme avoir à disposition un poster de Timothée Chalamet, version grandeur nature, qui rit et qui sent bon.

Impeccable.

10

Mercredi 6 novembre

Le mercredi est le jour le moins chargé de notre emploi du temps. Trois heures de cours de 9 heures à midi, d'abord histoire, puis physique-chimie. Je préfère les matières scientifiques, parce que le raisonnement et la logique comptent plus que les aptitudes rédactionnelles. Je sais, ça peut surprendre, mais je suis plus sérieuse que ce que mon enthousiasme naturel peut laisser croire. En plus, je déteste apprendre par cœur et je mélange systématiquement les dates. Les noms aussi. Tout, en fait.

Jade m'a saluée ce matin en arrivant en classe. Je ne m'en remets pas. Peut-être que grâce au bal, nous allons redevenir amies. Pas meilleures amies, bien sûr, peut-être juste des copines, ou plutôt des connaissances, capables de se tolérer avec amabilité. Ce serait déjà un pas en avant dans notre relation. J'aimerais qu'elle m'explique ce que j'ai fait de mal en 6e, de sorte à crever l'abcès une fois pour toutes. Comme ça, on pourrait se réconcilier. J'en parle à Imani à la pause.

— Tu crois que ça marcherait ?

— Tu rêves. L'amitié se construit sur le long terme. Même si vous réglez vos problèmes, cela ne sera pas suffisant pour renouer.

— Mais pourquoi elle n'aurait pas envie de redevenir mon amie ?

— Ada... tu es pénible. Tu veux que tout le monde t'aime, ce qui est impossible. Il faut que tu cesses de t'angoisser dès que quelqu'un ne t'apprécie pas.

Raphaël entre dans mon champ de vision, en grande discussion avec Yanis. Ça me crispe de les voir bavarder. Loin de m'ignorer, Yanis se rapproche.

— Toujours OK pour 13 h 30 dans le hall A ?

— Absolument.

— Parfait. À tout à l'heure.

Il a comme un sourire au coin des yeux, et une façon de hocher la tête très séduisante. En voilà un qui n'a pas pioché son charisme dans une pochette-surprise. Je ne sais pas comment il s'y prend, il ne fait aucun effort. Ou alors, c'est peut-être juste parce qu'il a une gueule d'ange. Il est pas mal de dos aussi, et il sait choisir des pantalons qui mettent en valeur son postérieur.

— Ada ? fait Imani en claquant des doigts. T'as fini d'être gênante ?

— Moi ? Jamais.

Après un petit ricanement, j'ajoute :

— Au fait, merci de m'avoir mise en binôme avec lui.

— Je confirme que tu es contente, ça transpire sur ton visage.

— Et toi, pas trop angoissée de devoir supporter Jade seule pendant une demi-heure dans le gymnase ?

— Elle ne m'embêtera pas, je t'assure. C'est une fille pragmatique, je resterai factuelle dans nos échanges.

Chose dont je serais incapable.

— Au fait, tu en es où sur le dossier Erell ?

Imani hausse les épaules. C'est mauvais signe.

❄

Lorsque nous sortons de cours pour aller déjeuner, Julie me saute dessus.

— C'est vrai ce qu'on raconte ? Tu flirtes avec Yanis ?

Je manque de m'étouffer avec ma propre salive.

— Pas du tout !

— Donc vous n'avez pas un rencard ? insiste-t-elle.

— On travaille ensemble sur le bal ! Ne va pas imaginer n'importe quoi !

J'en remets une couche avec ferveur, vu qu'elle a la langue plus pendue qu'un ours malais* et qu'elle peut colporter une rumeur en moins de temps qu'il ne faut pour dire « ouf ».

*** Note de Sandra : La langue de l'ours malais mesure CINQUANTE centimètres de long. Dingue, non ?**

Mais elle continue de m'examiner avec un air suspicieux. Raphaël me bouscule alors pour me passer devant.

— Marche-moi dessus tant que tu y es ! je crie.

Il effectue un demi-tour et se plante devant moi en se penchant légèrement en avant.

— Pardon. Ce n'est pas ma faute si tu te mets tout le temps sur mon chemin.

Le culot ! Je suis estomaquée par l'audace de ce mec !

— Moi, me mettre sur ton chemin ? je réplique. Dans tes rêves, mon grand.

— Tu ne manques pas de souffle, dis donc, appuie Imani d'un air dédaigneux.

Elle me tire ensuite vers le portail, mettant fin à la confrontation.

— Allez, viens, il y a trop de monde qui fait la queue. On va à la boulangerie. On sera plus tranquilles pour causer.

❄

Installées sur le muret du parc voisin, ma meilleure amie et moi dévorons nos sandwichs devant un spectacle paisible. Les moineaux s'ébrouent dans la fontaine. Les feuilles se détachent en douceur des branches des arbres. Des mamies tricotent sur un banc. Deux enfants avancent de part et d'autre d'une poussette, engoncés dans leurs anoraks, sous l'œil vigilant de leur nourrice.

— Je vais rompre avec Erell, m'annonce Imani sans ambages. Je vais juste envoyer un message. Je l'ai eue au téléphone hier, et au bout de cinq minutes, elle a trouvé un prétexte pour raccrocher. On n'a même pas pu s'expliquer !

— C'est compliqué les relations à distance. Au moins, tu auras essayé.

— Je suis fatiguée de quémander son attention.

— Tu as raison, tu mérites mieux.

J'enroule un bras autour de ses épaules. Sa tête se pose sur la mienne. Au-dessus de nous, des petits oiseaux chantent, masquant le bruit de quelques larmes qui coulent.

❄

Je cours, pour ne pas dire je vole, en direction des sanitaires. J'ai oublié l'heure et je suis en retard ! Mais il faut absolument que je fasse un stop pipi avant de rejoindre Yanis. Il y a foule, je me faufile de mon mieux. Une terminale avec des écarteurs aux oreilles et une coupe mulet me rembarre fermement.

— Tu vas où, là ? Tu attends ton tour comme tout le monde !

— Quoi ? C'est la file d'attente des toilettes ! Tu rigoles ?

Devant mon air catastrophé, la nana se radoucit.

— Désolée... Une conduite s'est bouchée et il n'y a plus qu'un seul cabinet en état de fonctionner chez les filles.

Je sautille sur place tant j'ai besoin de me soulager.

— Je te laisse passer devant moi, si tu veux, me propose-t-elle, prise de pitié.

— Merci, mais je vais tenter ma chance ailleurs.

Nous échangeons un regard solidaire. Je repars à fond de train. Ce ne sont plus des ailes, mais des pointes de douleur qui me poussent en avant. Pas de bol, un attroupement presque aussi conséquent masque l'entrée des sanitaires de l'autre bâtiment. Je m'arrête, les poings sur les hanches, à la recherche de mon souffle.

— Ada ?

— Yanis ?

Je me retourne, consciente d'être échevelée, rouge à cause de l'effort et de l'angoisse. Une bonne tête de folle. Lui est impeccable jusqu'au bout des ongles. On dirait que son sweat blanc sort de la machine. Je tire sur mon pull tricolore – parme, rose et bleu ciel en dégradé, mon préféré. Pourvu que je ne me sois pas tachée avec la mayo de mon sandwich. Il plisse les yeux, l'air vexé.

— On avait rendez-vous dans le hall. Tu m'es passée devant comme une flèche.

— Ouais, désolée, euh...

— Ça va ? Tu as l'air bizarre.

Génial, il va me prendre pour une *freak*. Je ne peux quand même pas lui avouer que je suis à deux doigts de me faire pipi dessus. Quoique, j'ai l'impression que c'est passé. Si, si, c'est passé. Je soupire de soulagement.

— Tout va bien.

— J'ai envoyé un message à M. Coufène, il doit déjà nous attendre en salle de musique.

Je lui emboîte le pas. Je peux presque entendre maman grommeler qu'il ne faut pas se retenir et se rendre aux toilettes. « Sinon, tu risques de choper une cystite ! » Petite précision réjouissante, qui me poursuit alors que nous marchons vers le dernier bâtiment du lycée. J'ai une sensation désagréable. Brûlure ? Mais non, c'est dans la tête.

— Tu es sûre que ça va ? insiste mon prince charmant.

Il paraît sincèrement se soucier de mon bien-être. En plein déni, je fais mine de me porter à merveille.

— Oui, voyons ! Qu'est-ce qui t'inquiète ?

— Ton silence. Tu es plutôt du genre bavarde, je me trompe ?

Je ris comme une possédée ; qu'est-ce qui m'arrive ? Pitié, que quelqu'un vienne à mon secours.

— Tu te fais des idées ! Toi non plus tu ne parles pas beaucoup, je te ferais remarquer.

— Je n'ai rien d'intéressant à raconter.

— Je ne crois pas que tes fans seraient de cet avis.

Je me mords les lèvres. C'est sorti tout seul. Réfléchis avant de l'ouvrir, Ada !

— J'en déduis que tu ne fais pas partie de mes fans, me lance-t-il.

Je lève les yeux vers lui, le temps de constater qu'un sourire lui creuse des fossettes. Ouf, il plaisante.

— Je ne suis pas très foot, je l'admets. Mais ma mère aime bien regarder les matchs de finale et se rincer l'œil devant des mecs qui courent en short. Elle a un petit faible pour Kilian Mbappé, si tu veux tout savoir.

— Le connaissant, il en serait flatté.

— Arrête, tu ne le connais pas, quand même !

Les mains dans les poches, il adopte un air très satisfait. Impossible de deviner s'il me fait marcher ou pas. J'éclate de rire et serre aussitôt les fesses de peur de sentir le barrage céder. Ce faisant, je me suis accrochée au mur. Il se fige, surpris, et je me dépêche de repartir, tout en noyant le poisson.

— Il y a d'autres sujets de conversation que le foot dans la vie, de toute façon.

— J'aimerais bien que plus de gens le comprennent, pour être honnête.

Je devrais être ravie d'avoir capté son attention, mais je suis de nouveau incapable de penser, obnubilée par mon malaise croissant. Tout mon corps tire la sonnette d'alarme. Ma vessie : 1. Mon substitut de Timothée Chalamet : 0. Pas de chance, la salle de musique se trouve à l'étage du bâtiment D. Je marque une pause devant les escaliers. Est-ce qu'on peut gravir autant de marches en serrant les cuisses et les fesses ?

— Un problème ? me demande Yanis.

— Nooooon.

Le déni est mon ami.

Je me concentre sur mon périnée, un muscle dont ma mère m'a appris l'existence en m'expliquant quel genre de rééducation elle avait dû faire après m'avoir mise au monde. J'attaque la montée, les mains sur les hanches, très concentrée. Yanis me suit, perplexe.

— On dirait que tu as une douleur dans le dos. Tu devrais consulter. Tu fais du renforcement musculaire ?

Mais de quoi est-ce qu'il me parle ? Est-ce bien le moment ? Il ne voit pas que je souffre !

— Il y a pas mal d'exercices que tu pourrais faire à la maison, et encore mieux, sur des machines si tu vas à la salle.

Des machines ? À la salle de sport ? Autant dire une version miniature de l'enfer.

— Je ne suis pas très sportive. Je fais de la natation à l'occasion, mais c'est tout.

C'est-à-dire qu'avec Imani, on est allées à la piscine une fois cette année, en juin. On a surtout glandé au soleil sur des transats, comme des loques, après avoir fait trempette.

— Je vois, marmonne-t-il. Le sport, c'est la mort, c'est ça* ?

— Presque. Je déteste souffrir, tu comprends !

D'ailleurs, je commence à transpirer à force de contracter. Je reprends mon souffle sur le premier palier.

— Et puis je me sens ridicule. Un peu comme une patate qui ne sait pas quoi faire de ses bras et de ses jambes.

— Tu n'es pas lamentable au volley.

La coach Patiçon ne partage sûrement pas cet avis.

— Tu es gentil… mais je me suis fait assommer par la balle pas plus tard qu'hier.

Encore un grand moment de solitude dans l'incroyable vie d'Ada Lagrange. Yanis grimace, désolé de sa boulette.

— J'avais oublié.

Qu'est-ce qu'il est long, cet escalier.

— À ta décharge, poursuit-il, tu as reçu un smatch en pleine face.

Je souffle fort en me concentrant sur les dernières marches. Si je me fais pipi dessus, pas sûr que je parvienne à remettre les pieds dans ce lycée. La salle de musique est tout de suite après le palier, sur notre droite.

*** Note de Sandra : Pas du tout. On dit : le sport, ça rend mort.**

Mais mon envie devient insupportable.

— Il faut absolument que j'y aille. Je te rejoins dans cinq minutes, va voir le prof.

Puis je détale comme un lapin, en priant les neuf cercles de l'Enfer pour que je trouve des cabinets. Sinon, je peux dire adieu à ma dignité.

11

Quand maman rentre, je suis au fourneau en train de préparer une tartiflette.

— Qu'est-ce qui se passe ? s'étonne-t-elle. La tartiflette, c'est le week-end normalement.

Je renifle, histoire de ravaler la petite larme qui me perle au coin de l'œil.

— Oh non, ma pauvre chérie ! C'est si grave que ça ?

Elle me serre dans ses bras. Je fourre le nez dans sa chevelure et le retire presque aussi vite.

— Maman, pourquoi est-ce que tu as des chips dans les cheveux ?

— Bataille à la cafèt'. Je te promets que cette fois, j'ai eu le dessus. J'écrase les chips sur les truffes des stagiaires mieux que personne.

Elle me tue ! À trente-cinq ans bien tassés, elle se comporte comme si elle en avait douze à peine. Je bougonne, très mécontente :

— Vous ne devriez pas jouer avec la nourriture. Il y a des gens qui crèvent de faim, je te signale.

— Gnagnagna, madame la râleuse. Dis-moi ce qui t'arrive au lieu de ronchonner comme une vieille mamie.

Dans le genre glamour, ma mésaventure se pose là. Déjà, Yanis m'a vue partir à fond les ballons comme une folle furieuse. Ensuite, j'ai hurlé de rage quand je me suis aperçue qu'il n'y avait pas de cabinet disponible – pourvu qu'il ne m'ait pas entendue. Mais je me suis souvenue que la salle des profs était juste à côté. Prise d'un fol espoir, je me suis ruée en avant, j'ai crié « c'est une urgence absolue ! », j'ai sauté par-dessus les jambes des enseignants qui papotaient, et je me suis engouffrée dans leurs toilettes.

Tous les adultes présents ont dû m'entendre, vu que j'ai relâché l'équivalent des chutes du Niagara et que l'acoustique a amplifié le bruit. La honte totale.

Et il n'y avait plus de papier. Non, mais plus de papier dans les toilettes des profs ? Vraiment, l'Éducation nationale part à vau-l'eau. Un vieux bout de mouchoir jetable au fond d'une poche m'a sauvé la vie.

— C'est alors que M. Villageoise a toqué à la porte, assez furieux : « Ada ? Ada Lagrange ? Veuillez sortir, s'il vous plaît. » J'ai fait mon maximum pour me recomposer une expression digne et j'ai obtempéré.

— Et ton prof, là, Villageoise, il t'a fait une scène ? grogne-t-elle, solidaire. Parce que j'aurais voulu le voir à ta place ! Il aurait moins rigolé !

— La coach Patiçon et Mme Montdor sont intervenues pour l'empêcher de me faire la leçon. Elles ont dû avoir pitié de moi, elles ont dit que ce n'était pas grave, que ça arrivait à tout le monde, et qu'à situation exceptionnelle, mesure exceptionnelle. Mais je me sentais mal!

Compatissant à ma douleur, ma mère me serre de nouveau dans ses bras :

— Ça aurait pu être pire, vraiment. Tu t'en es bien sortie.

— Tout ça pour une envie de pipi! Qu'est-ce que Yanis va penser?

Quand je l'ai rejoint dans la salle de musique, je me sentais tellement mal que je n'ai pas dégoisé un seul mot. Je l'ai écouté discuter avec M. Coufène, avec la trouille qu'il me demande où j'étais passée.

— Tu dramatises, Ada. La plupart des mecs croient que nous, les femmes, ne faisons ni pipi ni caca. Et même s'il avait deviné que tu étais partie faire pipi, où est le problème? C'est parfaitement naturel, voyons.

Je lui adresse mon plus beau regard de poisson mort – petite pensée pour Léa.

— Je sais. J'ai juste agi de façon étrange. J'ai paniqué sans raison, c'était ridicule! Donc, dès que j'ai pu, j'ai pris mon sac et je me suis tirée. Sans dire au revoir.

On aurait dit une voleuse. Yanis doit me prendre pour une siphonnée du bulbe à l'heure qu'il est.

— Oh, mon pauvre chaton. Il n'a pas essayé de te retenir?

— Tu rigoles ? Je ne lui en ai pas laissé le temps. Tout ce que je voulais, c'était me cacher la tête dans un trou.

— D'où la combi pyjama-panda à 19 heures.

— Exactement.

Je boude en coupant le feu sous la poêle. Je vérifie du bout du couteau que les patates sont presque cuites dans la casserole. Encore cinq minutes.

— Je vais être la risée du bahut. Les profs sont de vraies commères, ils vont tous savoir que j'ai débarqué comme une furie pour utiliser leurs toilettes.

— Est-ce qu'au moins la visite au prof de musique a été fructueuse ?

— Il est OK pour préparer un ou deux chants de Noël. Mais il veut les choisir avec ses élèves, on n'aura pas notre mot à dire.

Heureusement que Yanis a assuré. Maman s'exclame soudain :

— J'ai une idée ! Je sais ce qui va te remonter le moral ! Je vais chercher le sapin avec les décorations de Noël. Comme ça, on va se mettre dans l'ambiance pour ton bal !

— Mais d'habitude on attend le 1er décembre...

— Cette année, c'est exceptionnel ! Il faut savoir sortir de sa zone de confort de temps en temps. En plus, les nouveaux téléfilms de Noël sont déjà disponibles ! Pourquoi s'en priver ? Il fait froid, on mange une tartiflette, il ne nous manque plus qu'un chocolat chaud pour être en décembre, tu ne crois pas ?

— Avec de la crème fouettée et de la cannelle ?

— Avec tout ce que tu voudras. Mets le plat au four, je m'occupe du reste !

❄

Maman a exhumé trois caisses de notre cave. Pendant que je démêle les ribambelles de leds, elle assemble notre sapin en plastique. Il n'est pas très beau, un peu pelé sur les bords, car il est aussi vieux que moi, mais c'est le nôtre, alors on le garde.

Les enceintes diffusent notre playlist de Noël, pour une atmosphère cent pour cent joyeuse. Je me surprends même à fredonner : « *Jingle bell, jingle bell, jingle bell rock... Jingle bells swing and jingle bells ring...* »

— On ne fait que le sapin, ce soir, me rappelle ma mère. On finira la pièce ce week-end, sans précipitation !

J'approuve tout en mettant un bonnet clignotant de circonstance sur ma tête.

— La précipitation, ce n'est pas dans l'esprit de Noël.

— Exactement.

Nous suivons un ordre strict pour décorer notre arbre : d'abord les lumières, ensuite les guirlandes rouge et argent (après un débat tout à fait rituel d'une quinzaine de minutes afin d'établir un choix de couleur), les boules assorties et, en tout dernier lieu, les personnages et autres éléments plus farfelus : un écureuil des neiges sans queue, le père Noël dans sa soucoupe volante, un Gizmo ligoté avec du barbelé, une réplique du Grinch...

— Passe-moi le coquillage scintillant ! m'ordonne maman.

— Ce n'est pas une vraie décoration de Noël !

— C'était un *do-it-yourself* de Noël ! De mauvais goût, certes, mais je l'ai fabriqué de mes blanches mains ! Si toi, tu as le droit de mettre tes vieux pompons poussiéreux, je devrais avoir celui d'accrocher ma création !

— J'avais cinq ans quand je les ai faits, maman. C'est toi qui devrais insister pour qu'on les accroche !

J'avoue, on peut se disputer gentiment comme ça pendant des heures. Une fois le sapin en place, branché, il est temps de lancer le film qui ouvre la saison : *Maman, j'ai raté l'avion*. Un classique qui fait toujours son effet, surtout quand on le connaît par cœur. Avec une tartiflette fondante en bouche, c'est un pur moment de bonheur.

12

Jeudi 7 novembre

Au petit-déjeuner, en ouvrant Instagram, je constate que Yanis a posté hier, sur notre groupe, le résultat de son entrevue avec le prof de musique. Il m'a aussi envoyé un DM. Auquel je n'ai donc pas répondu de toute la soirée.

Tu es partie vite tout à l'heure. Tout va bien ?

J'hésite avant de taper :

Désolée, je n'avais pas vu ton message.
Mais ne t'inquiète pas, tout va très bien.

Il m'a trouvée bizarre. Voire perturbée. J'en fais immédiatement part à Imani, qui répond du tac au tac.

Le plus important, c'est que tu n'as pas fait
pipi dans ta culotte hier. Ta dignité est intacte !
Bien joué, mon ourson en guimauve !

Elle n'a pas tort. Il faut toujours voir le bon côté des choses. J'ai même découvert que j'étais plus musclée du périnée que ce que j'imaginais. C'est donc résolue que je me rends au lycée. En traversant un bâtiment, je croise Mme Mondor, ma prof de français, qui m'adresse un signe de la main, M. Villageoise, le prof d'histoire qui fronce les sourcils, et la prof de sport, coach Patiçon, en grande discussion avec une surveillante. On ne va pas se mentir, leurs rires me rendent anxieuse. Mes semblables aiment trop les potins. Mais pour l'instant, tout va bien.

J'arrive saine et sauve jusqu'à ma place à côté d'Imani, et je coule presque sous la table quand Yanis entre. Imani, qui porte une jolie chemise à lavallière et un veston, me chatouille entre les côtes pour me pousser à me redresser.

— Tu sais bien que M. Moutabal déteste qu'on s'affale. Il ne tolère même pas qu'on s'appuie sur son coude. « Allons, les jeunes! profère-t-il régulièrement avec un accent précieux. Un peu de panache, d'élégance, relevez les mentons, engagez-vous corps et âme dans vos études. Les maths sont pour les esprits vifs! Pas pour les limaçons*! »

À ma droite, Julie se penche vers moi :

— Dis donc, il paraît que tu es sortie avec Raphaël cet été. C'est pour ça que vous êtes comme chien et chat?

*** Note de Sandra : Limaçons, vous l'avez? Mais si, la figure géométrique!!! Il est fort, M. Moutabal.**

Mon sang ne fait qu'un tour.

— D'où tu tiens cette info ?

— Enzo, tu sais, son pote qui a rangé toutes ses cuillères dans un tiroir et qui les a oubliées depuis. Alors, c'est vrai ?

— Ouais, bah j'ai fait une erreur. On est sortis ensemble quelques jours cet été. Pas la peine d'en faire tout un plat. C'est fini.

— Mesdemoiselles ! nous rappelle à l'ordre M. Moutabal.

J'attends qu'il se détourne puis j'écris sur la feuille de Julie en capitales : *FINITO. TERMINADO. THE END.*

Il embrasse bien ? inscrit-elle avec un sourire en coin.

Elle me fatigue ! Je lui dessine un caca émoji surmonté d'un trio de mouches. Elle glousse, puis reprend un visage sérieux en réponse à l'œillade courroucée de l'enseignant.

❄

À l'interclasse, Imani et moi nous rendons aux sanitaires afin de remplir nos gourdes. Je m'assure qu'aucune oreille indiscrète ne traîne avant de me lancer.

— Alors, avec Erell ? Tu lui as envoyé le fameux « il faut qu'on parle » ?

— Oui, j'ai même été explicite, je lui ai précisé que je voulais arrêter là. Elle n'a pas encore répondu.

À sa voix, je devine qu'elle est beaucoup plus triste qu'elle le laisse paraître.

— Elle a intérêt à ne pas oublier, sinon, tu me donnes son numéro et je m'occupe de son cas !

— T'en fais pas, Ada. Je gère.

Nous nous sourions tristement dans le miroir et je pose ma tête sur son épaule. Soudain, Julie fait irruption et nous saute dessus, nous attrapant chacune par le bras. Elle a étrenné une nouvelle pièce de son dressing aujourd'hui, un anorak violet, rose et vert dans le pur style des années 1980. Autant dire que le choix de couleurs agresse mes rétines fragiles.

— Ada, c'est quoi cette histoire de dingue ? Tu as débarqué en salle des profs, tu leur as hurlé dessus et après tu as squatté leurs toilettes ? Façon, grosse commission ? Franchement, tu m'épates ! Toi, quand il faut mettre les pieds dans le plat, t'hésites pas !

— Il n'y a jamais eu de grosse commission !

— Ça va, je te charrie !

Je suis mortifiée. Le ragot est en train de faire le tour du bahut. Julie l'a su par Violette, la fille de coach Patiçon, qui a trouvé rigolo de partager l'anecdote avec ses copines. Voire sa classe. Ainsi que le reste de l'univers.

Accablée par les évènements, je passe une partie de la pause-déjeuner à me lamenter tout en chipotant mes pâtes trop cuites sur mon plateau. Imani m'écoute en mastiquant avec application.

— Je n'ai jamais vécu un moment aussi gênant. Si Yanis croit ce que l'on raconte et qu'il fait le rapprochement avec ma disparition...

Je regarde rapidement autour de moi, de sorte à m'assurer qu'il n'erre pas dans les parages. Mais il ne mange pas à la cantine. J'ignore s'il rentre chez lui ou s'il se cache quelque part avec sa nourriture... Imani essaie de me remonter le moral.

— Il va faire le rapprochement, c'est certain. Mais ce n'est qu'une rumeur, et tellement exagérée en plus que, s'il est malin, il n'y croira pas. Il n'a pas l'air d'être bête, ce mec.

— Quand je pense que tu m'arrangeais le coup en me mettant en binôme avec lui, en plus. Pendant cinq minutes, j'ai senti comme une connexion entre nous. J'y ai presque cru moi-même. C'était trop beau pour être vrai.

Imani pointe sa fourchette sur moi :

— Tu auras d'autres occasions de passer du temps avec lui, fais-moi confiance. J'y veillerai.

Clin d'œil complice. Vu que je monopolise la conversation depuis le début du repas, je décide de changer de sujet.

— Et toi, ta visite du gymnase avec l'abominable Jade, raconte ! Qu'est-ce que ça a donné ?

Imani fronce brièvement les sourcils.

— Elle n'a pas été épouvantable, tu sais. Le plus pénible, c'était Illiès, son copain. Il la suit partout comme une sangsue. Elle a même dû le remettre à sa place, il se permettait carrément de s'immiscer dans notre conversation.

— Ah, mais le gros lourd ! J'espère qu'elle l'a allumé !

— Elle n'y est pas allée de main morte. Surtout qu'on avait du pain sur la planche.

Un bon point pour Jade. Imani est revenue de leur entrevue avec un paquet de notes à traiter, et son engouement fait plaisir à voir.

— Il y a une grande surface, une fois les gradins repliés. Tout est prévu pour fixer les lumières, ce qui est une excellente chose… Reste à définir un emplacement pour le bar, mais on est d'accord pour considérer que seulement des tables, ça va être moche. On a pensé à monter des chalets de Noël. En faisant de la récup, ça devrait être possible. Bonne idée, non ?

L'idée me paraît séduisante, mais à l'entendre, la décision est déjà prise. Je me trompe peut-être, cela dit.

Je m'efforce de dissimuler mon irritation.

— Pourquoi pas si ça rentre dans le budget.

Elle acquiesce.

— Bien entendu. J'accompagne Jade demain à l'atelier théâtre de Mme Pinson. Il y a peut-être d'anciens décors qu'on pourra réutiliser. Sinon, ce week-end, on cherchera une cabane de jardinage à la recyclerie.

J'espère que ça ne leur prendra pas la journée. Samedi, on a prévu d'aller zoner ensemble à la librairie. En tout cas, j'imagine mal Jade se retrousser les manches pour se lancer dans du bricolage.

— On a besoin de deux façades, poursuit Imani sur sa lancée. Il n'y a rien d'insurmontable. Un coup de peinture, trois guirlandes et le tour sera joué. Je demanderai de l'aide à mon père si je vois que le projet s'embourbe.

Logique. M. Hersi a réalisé la plupart des travaux de leur maison, il a même posé la salle de bains et fabriqué la clôture en bois de leur jardin. J'approuve d'un hochement de tête, en m'efforçant de ne pas laisser transparaître la pointe de jalousie qui me transperce le cœur.

— Pourquoi tu tires la tronche ? s'étonne Imani. J'étais sûre que cette idée de chalet allait te plaire. C'est kitsch à souhait, non ?

Elle plisse les yeux, traversée par un éclair de lucidité :

— C'est à cause de Jade, c'est ça ?

— Oui et non, c'est juste... étrange comme situation. Ça fait des années qu'on adore la détester, toutes les deux.

Déstabilisée, Imani se met à peler l'orange qu'elle a choisie pour son dessert.

— Nous avons déclaré une trêve, tu te souviens ? Donc, je la respecte : pas d'agression, des interactions factuelles et une coopération constructive, le tout dans le but de faire du bal de Noël un véritable succès. C'est plus reposant qu'un énième drama autour d'une histoire de pipi. Non ?

Je manque de recracher mon verre d'eau par le nez.

— Tu as raison. J'aime bien l'idée des cabanes. On pourrait s'inspirer de celles du marché de Noël ! Si je ne me trompe pas, il sera installé sur la place de la mairie fin novembre.

Dans quinze jours. Mais en fait, décembre, c'est demain ! Le temps va filer à toute vitesse d'ici le bal. Ce qui me fait repenser à la fausse boule de Noël dans laquelle je voudrais photographier les couples et les groupes d'amis. Entre deux quartiers d'orange, Imani examine les photos que j'ai enregistrées sur mon téléphone.

— Pas mal. Cela demandera du boulot, mais n'oublions pas non plus que le comité peut mettre la main à la pâte. Surtout les garçons. Figure-toi que Flo a posé un lapin à Kévin. Apparemment, le coach de l'équipe de rugby l'a convoqué à la dernière minute.

J'ouvre de grands yeux.

— Kévin a quand même vu le prof de comm, rassure-moi ?

— Non, il n'a pas osé y aller seul.

Ça craint. On a besoin d'une affiche. Il ne faut pas qu'on se rate, sinon, adieu la Cornouailles.

13

Ce n'est pas compliqué. Il nous reste assez de temps avant le prochain cours pour faire un saut dans la salle des SDT2I, où normalement Flo et Kévin devaient voir le prof de communication. Donc, je récupère Kévin – je lui ai envoyé un message –, et on file trouver M. Euvêche. On ne peut pas se permettre de repousser le sujet si on veut afficher la semaine du 1er décembre.

Le petit blondinet s'est posé sur un banc, sous les arbres qui donnent de l'ombre en été et que l'automne a dénudés. Il ne perd pas des yeux ses baskets enfouies sous les feuilles ocre qui jonchent le sol. Un type est assis près de lui et d'autres gars rient à ses blagues. L'image me frappe : ils sont tous hilares, sauf Kévin. Je hâte le pas. Je ne sais pas ce qui se passe, mais ça ne me plaît pas.

— Salut, Kévin !

Ma voix leur fait tourner la tête. Je décèle un espoir timide chez mon camarade du comité.

— Ça fait longtemps que tu m'attends ?

— T'es qui, toi ? demande le mec à côté de lui. On ne t'a rien demandé.

Je n'aime ni sa façon de parler ni son regard méchant. Il s'appelle Louis et sa mauvaise réputation le précède. Ne jamais répondre à un troll. Ça le nourrit, ça le pousse à mordre.

— Tu viens, Kévin ? On n'a pas que ça à faire.

Louis s'esclaffe. Son rire aussi est déplaisant.

— Tu vas me faire croire que tu as un truc de prévu avec Kévin ? C'est pas possible qu'il ait un rencard et pas moi.

— Ce n'est pas un rencard.

Je roule de gros yeux à Kévin pour qu'il décolle son postérieur du banc et qu'il me rejoigne vite fait. Sauf que c'est Louis qui se lève.

— Je pourrais venir à sa place. Tu es mignonne dans ton genre. Faut aimer les pulls bariolés, mais je ne suis pas difficile.

Non, mais le culot et la confiance du mec ! J'hallucine.

— Je ne crois pas, non. Ce n'est pas à toi que je cause, lâche-moi la grappe.

— Sinon quoi ? Kévin va s'énerver ?

Rires gras. Il essaie d'attraper mon bras, mais je me dégage d'un geste brusque.

— Ne me touche pas ! Je ne t'ai pas sonné, je ne t'ai pas parlé, alors casse-toi !

Louis s'avance, l'air énervé. Pourquoi j'ai braillé ? Je lui arrive sous le menton ; s'il me met une claque, je vole de l'autre côté de la cour ! Ma respiration s'accélère. La colère ou le stress, je ne saurais dire. Une voix familière, grave, interrompt l'échange sur le point de s'envenimer.

— Un problème ?

C'est Yanis. Le soulagement palpite dans la petite veine qui pulse sur mon front. Je me sens beaucoup plus rassurée avec un camarade tout en muscle d'un mètre quatre-vingts à mes côtés. Louis fait moins le malin.

— T'inquiète, frérot. Trop stylée, ta veste.

L'espèce de vomi de poulpe, qui nous menaçait il y a encore trente secondes, devient tout sucre tout miel. Quelle face de pet ! Hypocrite avec ça.

— J'espère qu'il n'y a pas de souci avec Kévin ? continue Yanis.

Les mains dans les poches, calme, à l'aise, il les tient en respect.

— Tranquille... Tu sais comment sont les meufs, à toujours voir le mal partout. Je discutais avec mon pote, c'est tout. Hein, Kévin ?

Ma parole, il nous prend pour des melons ? Je me tourne vers Yanis, de la fumée sortant de mes narines, mais il me fait signe de me détendre.

— Allez, on y va, Kévin, dit-il ensuite d'un ton qui n'appelle aucune contradiction.

Notre camarade s'exécute, nerveux de sentir l'attention braquée sur lui.

Yanis nous fait passer devant lui et gratifie Louis de son plus profond mépris avant de nous emboîter le pas.

❄

La confrontation m'a laissée tremblante, ce qui n'échappe pas à notre héros du jour.

— Tu n'as pas l'air dans ton assiette, Ada.

— Je suis sous le choc. L'audace de ce mec était stratosphérique ! Et toi, Kévin ? Comment tu te sens ?

C'est surtout pour lui qu'il faut s'inquiéter. Kévin paraît redevenu lui-même.

— Ça va, fallait pas vous embrouiller avec lui… Il va vous avoir dans le collimateur, maintenant.

Malgré les programmes de sensibilisation au harcèlement, il y a toujours des brutes qui prennent plaisir à écraser les autres, et c'est le cas de Louis. Il a la réputation de se chercher un souffre-douleur pour se passer les nerfs quand il lui en prend l'envie… Kévin traîne souvent seul : il est plus jeune, en décalage avec les élèves de sa classe qui se connaissent depuis le collège. Il fait une proie idéale.

— Il s'attaque à toi régulièrement ? demande Yanis.

— C'est juste tombé sur moi aujourd'hui. T'en fais pas. Je gère.

Mon œil ! Il était figé comme un lapin dans les phares d'une voiture.

— S'il recommence, tu devrais signaler le problème à la scolarité, lui dis-je.

Kévin hausse les épaules.

— Pour dire quoi ? Madame, y a Louis qui m'embête !

Je ne sais pas si c'est de la fierté mal placée, la peur de passer pour un délateur, ou pire, celle que le signalement ne serve à rien du tout et que la situation empire, mais ce dont je suis certaine, c'est que si on n'essaie pas de changer les choses, elles ne risquent pas de s'améliorer. Mais que peut faire une personne seule face à un groupe ? Est-ce bien à Kévin d'agir pour s'en sortir ? Le vent furieux de l'injustice secoue tout mon corps. C'est Louis, le problème, pas Kévin. J'insiste, au risque de paraître pénible.

— Ne reste pas seul à la pause, au moins.

— On passe à autre chose, s'il vous plaît ?

❄

Nous nous rendons tous les trois dans la salle de M. Euvêche, qui est à peu près aussi pétillant que son pantalon en velours vert bouteille. Il se moque de notre bal et du financement du voyage en Cornouailles, et il a l'empathie d'une truelle abandonnée sur un chantier.

— Je ne donnerai pas de devoir supplémentaire juste pour vous dépanner. Je ne crois pas que faire travailler toute une classe pour ne sélectionner qu'un projet au final soit très éthique.

— Vous acceptez de leur en parler, au moins ? je m'inquiète. On n'a pas besoin que toute la classe planche sur une proposition. Il suffirait qu'un élève intéressé se manifeste.

Il soupire de fatigue, comme si je lui demandais de m'accorder un crédit étudiant.

— Vous avez un mail où on peut vous contacter ?

Heureusement, Jade en a créé un pour le comité. Note pour moi-même : l'en remercier en vertu de la sacro-sainte trêve.

— Qu'est-ce que vous prévoyez d'offrir aux élèves pour les motiver ? demande Euvêche après avoir noté les différents éléments qui doivent composer l'affiche.

Je n'ai pas de réponse. On n'a pas de budget, et c'est Kévin qui intervient :

— Deux entrées gratuites, avec boissons incluses.

J'ajoute, prise d'inspiration :

— Ils auront aussi un badge VIP avec un accès coupe-file à travers la queue pour entrer dans le bal et faire des photos dans un décor de Noël.

— Dernière question : l'affiche doit être prête pour quand ?

Nous devons démarrer notre campagne la première semaine de décembre au plus tard. Imani a appelé l'imprimeur et nous a réservé un créneau, parce qu'à l'approche des fêtes, il est débordé de commandes. Le temps d'imprimer, il nous la faut pour le 25 novembre, dernier délai.

— D'ici deux semaines, commente le prof. Un peu court, mais faisable.

14

Alors que Kévin a repris le chemin de sa propre vie, Yanis et moi marchons vers notre premier cours de l'après-midi. En silence. L'envie de lancer une discussion me démange, mais je n'en fais rien. Pour une raison que je ne m'explique pas, il paraît amusé. Je craque une fois arrivée devant la porte de la salle de classe.

— Qu'est-ce qu'il y a, à la fin ?

— C'était dur de te retenir de parler, non ?

— Tu te moques de moi.

— Pas du tout. Je te trouve juste marrante.

Son sourire a le don de me désarçonner. Il s'efface pour que j'entre la première en salle de physique-chimie. Je m'installe au bout du deuxième rang, tout en remâchant notre conversation, puis il s'assoit à côté de moi. Tout naturellement. Inutile de m'enflammer, s'il m'aime bien, c'est parce qu'il me trouve « marrante ». C'est déjà pas si mal. Il me semble que le rire est aussi une arme de séduction.

Quand Imani entre en classe et m'aperçoit, sa tête vaut son pesant de cacahuètes. Mais surtout, Jade déplace son sac pour lui libérer le siège près d'elle. Intérieurement, je peste. Elle en fait un peu trop malgré la trêve. L'instant d'après, c'est Illiès qui prend place. Imani se retrouve coincée entre les deux amoureux. En se retournant, elle me gratifie d'un regard de détresse qui me fait beaucoup de peine pour elle.

Yanis se penche vers moi et me chuchote :

— Pourquoi est-elle si contrariée ?

— Peut-être que son voisin pue du bec ?

Il se doute que je mens, mais ma réponse a le mérite de le faire sourire. De mon côté, je me félicite d'avoir sucé une pastille de menthe après le déjeuner. Le prof demande de sortir nos livres et de les ouvrir au chapitre 4. Sauf que c'est Imani qui a pris ce bouquin-là aujourd'hui – on se répartit les manuels de sorte à alléger le poids de nos sacs. De nouveau, mon preux chevalier vole à mon secours et place le sien entre nous.

— Est-ce que ça va, au fait ? me glisse-t-il alors que nous planchons sur un exercice. Tu avais l'air perturbée après l'incident avec Kévin dans la cour.

Nous échangeons un regard. À ce moment, j'oublie que nous sommes en classe, et non seuls au monde. Sa sollicitude me touche.

— Oui, je vais bien. Merci d'être intervenu.

— C'était normal.

Le reste du cours se passe tranquillement, même si nous apprenons qu'il y aura un devoir de coefficient 2 la semaine prochaine. Lorsque je retrouve Imani à la fin de l'heure, nous partons bras dessus, bras dessous, de bonne humeur. Elle est heureuse d'être délivrée de son voisin, et moi, d'avoir passé l'heure en compagnie de Yanis. Mon cœur frétille et sautille dans ma poitrine. Je n'ai pas tellement le temps de creuser le sujet avec Imani, car Jade nous intercepte.

— Les filles, je viens d'avoir un message de Pierre le Ténébreux.

Elle connaît le surnom que je lui ai donné ? Je fais les gros yeux à Imani qui pince les lèvres, prise sur le fait.

— Son groupe a choisi un nom : les Earth Flatteners ! Ça claque, non ?

J'éclate de rire.

— En rapport avec les platistes ? C'est marrant !

— J'imagine ! Bref, il nous propose de nous faire une démo dans son garage. Ce soir, à 18 heures ! Vous en êtes ?

— Ça marche pour moi, dis-je en toute détente, ce qui manifestement réjouit Imani.

— Merveilleux ! J'ai partagé l'adresse sur Insta, c'est à trois rues du lycée !

Imani la retient en roulant de gros yeux :

— Tu n'amènes pas Illiès, rassure-moi ? Sans vouloir te vexer, il me saoule à donner son avis sur tout.

— Je sais, et non, il ne viendra pas, soupire Jade. Je suis désolée, il me fatigue aussi par moments. J'essaierai de lui en parler. À tout à l'heure !

Me retrouver dans un garage qui sent le moisi, le long d'un mur entre Flo qui transpire et Raphaël qui m'ignore, ce n'était pas ce que j'avais imaginé pour cette escapade. Je soupire en me penchant en avant pour jeter un regard à Yanis, qui écoute Kévin parler de son chien, imperturbable. Tout le comité a répondu présent à l'appel.

Jade déplie une perche pour son téléphone pendant que les Earth Flatteners s'installent. Pierre le Ténébreux se met au micro avec sa guitare. Son batteur, un certain Tom qui abuse de l'eyeliner noir lui aussi, donne quelques coups sur ses cymbales pendant que la bassiste, Aminata, vérifie que son instrument est accordé. Le dernier à s'asseoir devant son synthé s'appelle Sélim. Ils sont nerveux.

— Fais un sourire, me glisse Jade en brandissant sa perche au-dessus de nous.

Elle déclenche l'appareil avant que je n'aie le temps de me forcer. Résultat, je suis horrible et floue sur la photo.

— Tu ne vas pas mettre ça en ligne ?

— Mais non, je veux juste tester la lumière.

Elle l'efface aussitôt.

— Détends-toi, Lagrange. C'est excitant, non ? On assiste à la naissance d'un groupe.

Pour le coup, elle a raison, et je lui souris – de façon sincère, cette fois. Pierre tapote dans le micro.

— On va commencer par une reprise, une chanson qu'on a jouée à la fête de la musique. Vous connaissez Feu! Chatterton ? Trois, quatre...

Les premières notes sont incroyables. Ils jouent vachement bien ! J'ouvre de grands yeux, Jade sautille en se mettant à filmer, les membres du comité échangent des regards approbateurs. Imani m'adresse un clin d'œil... puis Pierre se met à chanter. L'enthousiasme retombe comme un soufflé. Au début, il est dans le ton, mais dès qu'il faut pousser un peu la voix, c'est faux. Abominablement mauvais. Même si le groupe assure, c'est un *epic fail.*

Il s'arrête, consterné par nos réactions, alors que les musiciens continuent de jouer derrière lui, désemparés. J'ai de la peine pour Pierre.

— Notre chanteur est... indisponible, explique-t-il.

Léa, qui n'a pas dit un mot, s'avance. Oh non, elle ne peut pas se barrer, ce serait vraiment trop rude ! À la surprise générale, elle arrache le micro des mains de Pierre.

— Tu es nul, fait-elle, glaciale, au pauvre type. On reprend du début.

Les musiciens obtempèrent, sauf Pierre. Il paraît à deux doigts de l'attaque cardiaque, mais son visage s'éclaire lorsque Léa entonne d'une voix lascive : « Un grand, un grand renouveau… souffle sur le pays… très chaudement. »

L'atmosphère est électrique au fur et à mesure que Léa monte le ton. Quand elle entame le refrain avec puissance, « Un monde, un monde nouveau, on en rêvait tous ! », j'ai des frissons dans tout le corps.

— Oh la vache ! murmure Jade à côté de moi. Elle est incroyable !

— J'ai les poils, je te jure !

Flo saisit mon bras, celui de Kévin, et se met à osciller de droite et de gauche. Quand Léa arrive au point paroxystique de la chanson – « S'attraper dans les bras, se prendre dans les bras, on le pouvait, on le pouvait, on le pouvait ! » – nous nous mettons à danser. J'en ai le tournis, quant au ralenti, je me retrouve quelques instants face à Yanis qui, d'un sourire, m'embrase le cœur…

Nous terminons en nage à la fin de la chanson. Le silence revient. Puis nous explosons de joie.

— Moment de dingue ! lance Jade à son téléphone, je crois qu'on a trouvé notre groupe pour le bal de Noël. Clairement, vous n'êtes pas prêts ! Retenez bien ce nom : les Earth Flatteners ! Ils nous préparent une soirée de folie !

Pierre s'approche de Léa, qui le repousse d'un geste :

— Le premier qui me dit que je devrais m'inscrire à The Voice, je l'éclate. Je n'ai pas non plus décidé de faire partie de votre groupe, je voulais simplement arrêter le massacre.

— Tu as un de ces charismes, commence-t-il…

Elle soupire du plus profond de son être, blasée. Aminata intervient d'un coup de cymbale.

— On cherche quelqu'un depuis des mois. Tu as juste à dire oui, Léa. On ne va pas te supplier non plus !

— Pense au bal, lui souffle Jade avec sévérité. Et au voyage en Cornouailles.

Tout le monde attend, suspendu à ses lèvres. Elle finit par céder, avec un hochement de tête.

— Je vous préviens, je ne me déguise pas en Brian Molko, et si je n'aime pas vos compositions, je ne les chanterai pas.

— C'est qui, Brian Molko* ? je demande tout bas à Raphaël.

— Aucune idée.

Surpris que je lui aie parlé, il reporte son regard sur Léa, qui toise l'assistance.

— J'imagine qu'on est embauchés pour le bal ?

La proposition est votée à l'unanimité. Jade a toujours le nez dans son téléphone.

*** Note de Sandra : Comment ça, elle ne sait pas qui est Brian Molko ! Le chanteur de Placebo ! Quelle déception… Je l'ai vu avec une moustache et des cheveux longs, il a un petit air de Pedro Pascal.**

— C'est OK pour vous si je mets des vidéos en ligne sur mes réseaux ?

15

Samedi 9 novembre

Dans la supérette en bas de chez nous, l'heure est au déménagement. Jeanine réorganise son magasin pour faire de la place aux paniers garnis, coffrets cadeaux, et tenues lamées dont sa clientèle d'un certain âge raffole à l'approche des fêtes. Hors de question de rater le coche : le top départ de la course pour Noël est lancé. En véritable professionnelle du monde merveilleux du vieux barbu, Jeanine ne lésine pas sur la déco. Elle possède toute une collection d'automates qu'elle installe au fur et à mesure des semaines qui précèdent les fêtes. D'ailleurs, au rayon suivant, un père Noël grand comme un enfant de cinq ans nous fait coucou depuis son traîneau attelé à un cerf en peluche. Il est flippant.

— Alors, me chuchote ma mère, elle a installé le train ?

— Il est trop tôt, voyons. Les chocolats gratuits, ce n'est pas avant le 1er décembre.

La locomotive qui circule sur la table des confiseries transporte des sucreries dans certains de ses wagons de marchandises. Très populaire dans le quartier. Pour le moment, Jeanine déballe des articles. C'est-à-dire qu'elle promène un diable chargé de cartons, en poussant des soupirs et en râlant parce qu'elle en a pour des heures à tout mettre en rayon.

— Ce n'est pas un peu tôt pour les paniers garnis ? demande maman, en examinant sa cargaison.

— Penses-tu, gamine, il faut que les gens se préparent psychologiquement et qu'ils commencent à acheter des cadeaux dès maintenant, sinon, ils seront faits comme des rats à la dernière minute. Et en cas de crise de panique du 24, ils se souviendront de mes petits paniers. Tous les ans, je me fais dévaliser. À ce propos, Sandra, tu en es où de ta liste au père Noël ?

Elle sourit.

— Moi ? Je n'ai rien demandé de précis, cette année.

— Tu es sûre ? Pourtant, il s'appelle Martin, non ?

— Tu n'es pas drôle.

— Va voir les promos du rayon frais, il y a du riz cantonais et je sais que la petite adore ça. File !

Elle me fait un clin d'œil, fouille dans sa poche, et me donne un sachet de bonbons. Je me dépêche de l'embrasser avant de suivre ma mère. Nous passons en caisse devant Ludo, le petit-fils de Jeanine. Nous étions assez copains à une époque, mais il espérait sortir avec moi. C'est devenu gênant à force, donc j'ai mis de la distance, comme me le conseillait maman.

— J'ai vu sur Instagram qu'il y allait y avoir un bal de Noël, me lance-t-il à brûle-pourpoint.

Il ne m'a pas autant parlé depuis des semaines. Je m'en réjouis – je déteste qu'on m'en veuille – et saisis la balle au bond :

— C'est vrai ! Je fais partie du comité qui l'organise. Il est prévu pour le soir du 19 décembre. Tu penses y aller ?

— Ouais, je crois que ma copine va vouloir.

— Cool !

Je glisse les courses dans mon sac en tissu, gênée sans trop savoir pourquoi.

— Parce que, ricane ma mère une fois dehors, il avait envie de te mettre sous le nez qu'il avait une copine. Il n'a pas digéré que tu aies repoussé ses avances. Tu es un véritable bourreau des cœurs, dis donc !

— Oh ! Tu exagères !

— Pourtant, le plus beau mec du lycée a volé à ton secours pas plus tard que cette semaine, il me semble !

— C'est tout à fait exact. Il m'a même prêté son livre !

Je ne peux m'empêcher de glousser en y repensant. Soudain, au bout de la rue, j'aperçois Imani emmitouflée dans son manteau de laine noire. Elle m'adresse un grand signe de main.

— Thé de Noël ou chocolat chaud ?

Plantée devant notre sapin, Imani contemple les décorations qui le submergent. Elle se tourne vers moi :

— Thé, s'il te plaît. Vous ne le faites pas plus tard, d'habitude ?

— Si, mais à situation exceptionnelle, mesure exceptionnelle : il faut que je me mette en mode Noël pour être en phase avec le bal.

— Tu es une grande malade, mais je n'en attendais pas moins de toi. On se met au travail ?

Imani n'est pas juste venue me rendre visite. Nous avons décidé de réviser notre chimie. En sa compagnie, il n'y a pas de risque que je me retrouve le nez en l'air à compter les mouches. J'aime beaucoup réviser avec elle : on refait certains exercices, on s'interroge mutuellement, et accessoirement, on rigole.

L'ambiance est studieuse jusqu'à ce que maman débarque, toute transpirante, un énorme carton dans les bras. Elle souffle sur les mèches qui chatouillent son nez.

— Plus que deux à monter ! s'écrie-t-elle. Vous me donnez un coup de main, les filles ?

— Mais qu'est-ce qu'il y a là-dedans, Sandra ? lui demande Imani en la débarrassant de son chargement. L'équivalent d'un âne mort ?

— Mais non, juste ma collection de lutins de Noël.

Parmi ses nombreuses passions insolites, ma mère cultive un fol amour des nains de jardin qu'elle transforme en lutins à l'aide de grelots, de paillettes, et en repeignant leurs vêtements. Quand j'étais petite, elle les déplaçait la nuit et me racontait les invraisemblables bêtises qu'ils avaient commises pendant que nous dormions. Résultat : j'évitais de sortir de ma chambre, de peur de tomber sur eux en train de dévaliser le placard à gâteaux.

— Évidemment, murmure Imani en les sortant un à un. Parfois, ta façon de raisonner m'étonne, mais vu l'imagination de ta mère, je devrais me poser moins de questions et accepter qu'il n'y ait pas toujours de sens à ton comportement.

Je la gratifie de mon regard en coin le plus sévère, ce qui ne l'impressionne nullement.

— On devrait s'arrêter le temps d'aider maman à décorer. Sinon, elle va ronchonner et nous empêcher de travailler en nous tournant autour.

Je lui prends deux nains de jardin des mains et je les installe sur les rebords de fenêtre.

— Elle veut terminer avant ce soir, j'ajoute, parce que je pars chez mon père demain.

Il profite du lundi férié pour m'emmener marcher à la campagne, tout un programme – la météo annonce qu'il va tomber des cordes.

La décoration de la pièce nous occupe pendant un bon moment. Il y a des chaussettes à aligner sur la cheminée, des étoiles en papier à accrocher au plafond avec de la pâte à fixer défaillante, sans oublier le père Noël à pendre au balcon – vraiment dérangeant, mais ma mère y tient, donc j'évite de la contrarier à ce sujet. Il y a aussi une crèche étrange dont les personnages sont globalement de la récupération et n'ont rien en commun avec les santons que les gens ordinaires utilisent ; par exemple, le petit Jésus est un Yoda dans un berceau Barbie, ses parents sont le grand Schtroumpf et la Schtroumpfette, les Rois mages, des figurines Sammy, Véra et Fred* du dessin animé Scooby-Doo. Il n'y a que les animaux de la ferme qui ressemblent à ce qu'ils devraient être : vache, mouton, cochon…

Maman complète avec des boules, des guirlandes et des lumières. En fond sonore, elle a choisi l'album *Everyday Is Christmas* de Sia et elle nous observe du coin de l'œil. Je parie qu'elle a envie de parler du bal.

Bingo !

— Alors, Imani, il paraît que vous avez trouvé votre groupe pour le bal ? Pierre le Ténébreux a forgé une alliance avec Léa à la voix d'or ?

*** Note de Sandra : Je les ai dénichés en vide-grenier, mais il manquait Daphné et Scooby-Doo. Je suis inconsolable. Si vous les trouvez, envoyez-les pour moi aux éditions Scrineo (73, bd Sébastopol, 75002 Paris).**

— C'est tout à fait exact. Tu veux voir des vidéos ?

— Mais oui ! Ada ne me montre jamais rien ! C'est sur Insta ?

— Oui. Si tu veux te tenir au courant, il suffit de t'abonner au compte du bal. Jade a commencé à poster régulièrement.

Une boule de Noël m'échappe des mains. Heureusement en plastique, elle n'explose pas.

— Depuis quand ? dis-je en sortant mon téléphone.

— Depuis jeudi. Elle a fait des vidéos des Earth Flatteners, souviens-toi.

Je hausse les épaules.

— Je croyais que c'était pour ses réseaux à elle.

— Ça me paraît logique de publier des vidéos sur un compte officiel du bal de Noël. Il n'y a pas plus pratique, tous les élèves ont un compte Insta dans notre lycée.

Celui du bal dénombre déjà plus de trois cents abonnés. Je jette un œil aux *stories* de Jade.

Le groupe va être incroyable, vous n'imaginez pas les surprises qu'on vous prépare !
Vraiment, abonnez-vous pour ne manquer aucune information ! Ce sera la soirée du siècle !

— On peut dire qu'elle a pris les choses en main... Elle aurait peut-être pu nous prévenir qu'elle voulait gérer les réseaux.

— Entre nous, réplique Imani, je ne crois pas que quelqu'un d'autre souhaite s'en occuper. Jade a presque 5 000 followers, elle a l'habitude... Je suis sûre qu'elle fera du bon boulot.

Il me semble loin, tout à coup, le temps où nous ricanions sous cape lorsqu'elle affichait le contenu de son plateau à la cantine. Je ne peux pas prétendre que je voulais me charger de la communication du bal, mais le fait que Jade n'ait consulté personne m'agace. Elle aurait pu nous en informer, par politesse. Soudain, je m'aperçois que les enceintes diffusent *Snowman*.

Un instant, j'oublie le reste. Je repense à cette fois où j'ai vu Yanis passer devant moi à l'arrêt de bus. À mon soulagement quand il m'a prêté main-forte dans la cour, face à Louis. À sa façon teintée d'ironie de prendre les choses. Je reviens à la réalité à la fin de la chanson.

— C'est Yanis, lui, non ? demande maman, qui est plongée dans l'examen attentif des vidéos en compagnie d'Imani. Alors, je te le demande : en ta qualité de meilleure amie, est-ce que selon toi, il y a eu un rapprochement entre Ada et lui ?

Imani tord sa bouche en une moue dubitative :

— Difficile de statuer. Il va sans dire que notre petit chou à la crème lui a fait la démonstration de l'étendue de son potentiel de trouble-fête.

— Oui, elle m'a raconté l'épisode malheureux des toilettes...

— Et, par sa faute, il s'est mis à dos le type le plus malaisant du lycée.

Je me renfrogne. Elles prennent un malin plaisir à se moquer de moi, on dirait !

— Mais, poursuit Imani, il a l'âme d'un preux chevalier qui porte assistance aux faibles et aux inconscientes, et il s'est assis en classe avec elle, il s'est inquiété de sa santé mentale – personne ne lui jette la pierre — et il lui a prêté son livre. Donc, je dirais qu'il est intrigué.

— Absolument, renchérit ma mère, des étoiles dans les yeux. Il va sans dire qu'il l'a remarquée. Mais qu'en est-il de notre adorable et douce héroïne ? Sent-elle son cœur s'affoler quand elle le voit ?

Leurs regards se braquent sur moi. De mauvaise grâce, je réponds :

— OK, il me plaît, mais inutile d'en faire un pataquès, il n'y a rien entre nous et de toute façon, il me trouve juste marrante.

Et non attirante. Pourtant, j'aimerais bien que ce soit le cas. On ne va pas se mentir : je suis en train de déraper.

Après une bonne session de travail, un goûter roboratif à base de thé de Noël et de feuilletés pomme cannelle,

Imani et moi jouons à la console dans ma chambre, perdues l'une et l'autre dans nos pensées. Je finis par lui poser la question qui me brûle les lèvres depuis un moment :

— Tu n'as pas eu de nouvelles d'Erell depuis ton message, c'est ça ?

— Silence radio. Pourtant, j'espérais qu'elle répondrait à mon ultimatum. Ne serait-ce que pour dire qu'elle comprenait, ou pour m'expliquer pourquoi elle n'avait plus de temps pour moi.

Je repense brièvement à Raphaël. Même s'il s'est comporté comme un mufle, au moins, il a été franc et direct. Il ne m'a pas laissée attendre dans le vide pendant des jours. Je prends la main d'Imani, comme pour lui communiquer mon soutien.

— Tu veux que je l'appelle ? Elle n'a pas mon numéro, elle décrochera.

— Non, rit-elle, désabusée. Je ne peux pas la forcer à discuter. J'en conclus que c'est terminé pour de bon. Il faut que je passe à autre chose.

J'ouvre mes bras pour qu'elle se blottisse dedans.

— Elle ne te méritait pas, Imani.

— Je sais.

À ce moment, tout est clair entre nous, et le reste du monde n'existe plus.

16

Mardi 12 novembre

Pour cette nouvelle réunion, le comité s'est donné rendez-vous devant le gymnase. Jade nous attend armée de sa perche à téléphone. Madame l'influenceuse est en forme, on dirait. Au moins, elle n'est pas accompagnée d'Illiès, avec lequel il y a de l'eau dans le gaz si j'en crois les ragots que Julie m'a rapportés. Ce matin, elle l'a carrément planté à la pause de 10 heures, et je ne crois pas les avoir vus déjeuner ensemble à midi.

Dès que Yanis l'approche, elle l'agrippe et commence à se filmer, collée à lui.

— Je vous emmène dans les coulisses du bal de Noël aujourd'hui ! Regardez qui est avec moi, les filles ! Yanis Salah ! N'est-ce pas qu'il est beau ?

Gêné, il se décale, ce qui n'empêche pas Jade de poursuivre son laïus d'une voix enthousiaste.

— Si vous saviez, ce mec est un ange en plus d'être un membre super important du comité ! En ce moment, il travaille sur l'affiche du bal ! J'espère qu'on aura bientôt les premiers visuels à vous montrer !

Je manque de m'étouffer en avalant ma colère de travers.

Il ne s'en occupe pas tout seul, de cette affiche ! Yanis offre un sourire contrit à sa tortionnaire et ils se prennent en photo, tête contre tête. Au temps pour ma jalousie.

Mais Jade n'en a pas fini de me taper sur les nerfs.

— Oh ! Et maintenant, je vous propose de faire connaissance avec un autre élément clé de notre comité !

Elle attrape Imani par la main et l'attire près d'elle. J'hallucine ! Il lui faut tous les gens que j'aime, ma parole !

— Imani Hersi rédige nos comptes rendus et suit nos devis ! Elle gère aussi les prévisionnels, elle a l'âme d'une cheffe de projet, je vous jure ! En plus, elle est si jolie, vous ne trouvez pas ?

Imani grimace tandis que Jade continue de vanter ses qualités.

— Je présenterai toute l'équipe du bal de Noël au fur et à mesure des prochaines semaines. Et n'oubliez pas de vous abonner pour rester informés !

Enfin, elle coupe sa caméra. De mon côté, je croise les bras.

— Excellent, vous étiez super tous les deux, déclare Jade. Yanis, tu as beaucoup plus d'abonnés que moi. Quand je te tague, il faut absolument que tu repartages. OK ?

Il acquiesce sans entrain. Ça en fait au moins un qui ne lui mange pas dans la main.

— Où sont Pierre et Léa ? demande Raphaël. On caille dehors, j'aimerais bien rentrer à l'abri.

— Ils ne viendront pas, renâcle Flo. Ils se disputent à propos des chansons qu'ils doivent répéter. Je vous jure, ils passent leur temps à se bouffer le nez entre les cours. S'il ne nous manque personne d'autre, autant se mettre au boulot.

Nous nous précipitons dans le hall du bâtiment. Le couloir est assez large pour qu'on envisage d'y caser des porte-manteaux pour le vestiaire.

— Ou alors, dis-je, on met des branches d'arbres avec des lumières le long des murs et on y installe notre décor pour que les gens se fassent prendre en photos !

Je suis prête à dégainer mon téléphone et à présenter mon *mood board*, mais Jade balaie ma suggestion d'un geste.

— Mauvaise idée, Lagrange, c'est un lieu de passage. S'il y a la queue pour se faire tirer le portrait et que le couloir est bloqué, ça va créer des problèmes de circulation. Non, le décor, on va le mettre dans la salle.

Intérieurement, j'écrase une canette vide dans mon poing*.

Elle nous conduit dans le gymnase, sans se soucier de ma contrariété, en nous expliquant qu'une fois repliés, les gradins pourront nous servir à délimiter des zones.

*** Note de Sandra : Joli self-control. C'est un truc que je lui ai appris quand elle était petite, d'imaginer péter des trucs dans sa tête plutôt que de le faire en vrai. Ça soulage, et ça préserve la vaisselle.**

Imani et elle nous montrent où elles prévoient d'agencer un espace plus calme, façon village de Noël avec quelques tables et des chaises, ainsi que le décor où prendre les photos.

— Comme ça, on peut se reposer, consommer des boissons et se faire immortaliser pour la soirée.

Les garçons hochent la tête, Imani sourit. Je ne peux pas nier que l'idée est bonne. Mais j'ai l'impression que Jade et elle ont déjà tout décidé. Limite, je me demande ce qu'on fait là et pourquoi elles nous ont convoqués, vu qu'on est inutiles.

— Ne fais pas la tête comme ça, me glisse Raphaël, amusé. Ça ne te va pas d'être jalouse de Jade.

— Fous-moi la paix, je te prie.

— Attends !

Il me retient avant que je ne m'éloigne.

— Je suis désolé pour ma maladresse, OK ? Je voulais juste te prévenir que ça se voit.

Il est au courant qu'entre Jade et moi, ce n'est pas l'amour fou. On n'est sortis que quinze jours ensemble, mais j'ai eu le temps de lui raconter un bout de ma vie, ce que je regrette à présent. Je remonte mes lunettes, non sans suivre des yeux Jade et Imani qui déambulent en commentant les lieux. Il me relâche, gêné de me tenir par le bras. Je pousse un soupir désabusé.

— Ça a l'air de t'amuser, en tout cas.

— Pas du tout, répond-il tout bas.

Je reporte mon regard sur lui. Il paraît sincère.

— J'ai réfléchi et je veux m'excuser. Je n'ai pas été… cool avec toi depuis la rentrée.

Bel euphémisme. Pour des excuses, il manque d'envergure. Il le sait, puisqu'il se sent obligé de se justifier :

— Je ne m'attendais pas à ce qu'on soit dans la même classe et à ce qu'on se voit tous les jours.

— Pour moi non plus, ce n'était pas une bonne surprise.

Les autres se sont éloignés, mais ils nous observent du coin de l'œil. Raphaël replace ses mèches derrière ses oreilles.

— Je sais que je n'aurais pas dû t'envoyer un texto pour rompre. C'était nul.

Sans blague. Il m'agace.

— Je m'en suis remise. S'il te plaît, on n'en parle plus, on passe à autre chose. Le bal est plus important que nos disputes. J'aimerais qu'on puisse travailler sans qu'il y ait des tensions entre nous.

— D'accord. Ça me va. Juste, ne va pas te faire des idées.

Je penche la tête, sans comprendre.

— Je ne suis pas en train d'essayer de recoller les morceaux, se sent-il obligé de préciser.

J'éclate de rire. Sa déconfiture vaut son pesant de cacahuètes.

— Ne t'inquiète pas pour ça !

Il m'a traitée de mocheté, et ça, s'il croit que je vais l'oublier, il se fourre le majeur dans l'œil. Mon regard coule vers Yanis, occupé à prendre des photos, flanqué de Kévin qui ne le quitte plus. Il m'adresse un signe. Spontanément, je les rejoins, suivie de Raphaël, ce qui est très perturbant.

❄

Après notre tour du gymnase, nous nous installons dans les gradins pour discuter des actions à mener. Maintenant que nous avons le nom du groupe, il devient vraiment urgent de créer un visuel et une affiche pour le bal, mais nous n'avons reçu aucun mail de la part des élèves de STD2A.

— Ils ont eu l'info jeudi ou vendredi, tempère Imani, et lundi était férié. Ils ont encore le temps de se manifester.

Je devance Yanis, bien décidée à ne pas rester en retrait.

— Je vais recontacter M. Euvêche.

— Au pire, je peux essayer d'en faire une, propose Kévin. Ce sera toujours mieux que ne rien avoir du tout. Je m'en sors plutôt bien.

Il nous montre une fausse affiche de film réalisée pour un devoir de SNT l'an dernier. Il a repris un visuel du

Seigneur des Anneaux et remplacé les personnages par des chats. Je ne suis pas convaincue, mais je n'ai pas envie de le vexer alors qu'il offre son aide si gentiment.

— Si tu veux, mais si on trouve un ou une graphiste, tu risques de travailler pour rien.

— Pas grave, assure-t-il. Je le vois comme un entraînement.

La discussion se poursuit autour des tickets de boissons – est-ce qu'on vendra aussi des gâteaux ? – et de la gestion de la caisse. Toutes ces considérations me lassent un peu ; moi, je voudrais parler des décorations, de comment on va amener la magie de Noël à se réveiller dans cette grande salle qui, pour l'instant, me semble vide et froide. Les poutres sous le toit permettront sans doute d'accrocher facilement des guirlandes, peut-être même des voiles de tissus blancs, pour créer une impression de féérie. Je soupire en rêvassant de ballons et de boules à facettes.

La création du bar-village de Noël est entérinée à l'unanimité. Jade a trouvé deux chalets de jardin à la recyclerie, qu'elle a négociés pour une vingtaine d'euros chacun. Cette fille me tue, elle est sur tous les fronts, ma parole ! Quand est-ce qu'elle dort ? Les cabanes sont démontées, mais il va falloir les repeindre et les bidouiller pour ajouter des comptoirs. On ne pourra pas s'en charger en semaine, il faut donc s'organiser pour y travailler le week-end.

— Mon père est OK pour les garder dans notre garage, explique Jade, mais il déteste bricoler. Qui me donnera un coup de main samedi prochain ?

— Je peux pas, annonce Flo. J'ai des matchs de rugby prévus. Et puis j'ai entraînement le mercredi après-midi.

En tant que capitaine de l'équipe, il a pas mal de responsabilités. Yanis se détourne. J'ai surpris un éclair de tristesse et vu son expression s'assombrir. Quels souvenirs lui sont revenus en tête à ces mots ? Le pauvre, les entraînements, la connivence dans les vestiaires, l'appartenance à une équipe doivent lui manquer.

Jade ne remarque rien, bien entendu, et lui demande à lui aussi s'il est libre. Quand il accepte, mon cœur frémit dans ma poitrine.

— Et toi, Lagrange ? lance Jade, laconique. Ça te branche de respirer de la poussière de bois et de la peinture acrylique ?

— Et comment ! je réponds sur le même ton. Une telle offre, ça ne se refuse pas.

Je note son petit sourire amusé. Un bon point pour elle. Elle a le sens de l'humour, au final.

L'heure de retourner en classe approche. Alors que la réunion semble terminée, que chacun sait ce qu'il a à faire, Imani reprend la parole.

— Il nous reste le cas Kévin à régler.

Le concerné pâlit. Il est resté relativement silencieux, à part pour proposer de récupérer le sapin que le CSE de l'entreprise de sa mère risque de jeter juste après sa soirée de Noël annuelle, prévue le 14 décembre. De sa voix assurée, Imani expose le problème :

— A priori, Louis l'a dans le collimateur. Ada et Yanis sont intervenus une fois, mais vous connaissez la réputation de Louis, il doit l'avoir mauvaise.

Murmure au sein de l'équipe. Flo fait craquer ses doigts :

— Ce n'est pas la première fois que j'entends parler de ce type. Je le dirai à mes gars. Si l'un de nous le voit faire, on interviendra. Ce serait pas mal qu'il arrête de s'en prendre à des plus petits que lui.

— Bonne idée, approuve Imani. Ça devrait refroidir ses ardeurs.

J'adorerais être là quand les rugbymen lui tomberont sur le râble. Effet garanti ! Cependant, Kévin ne paraît pas enchanté. Je le rattrape à la sortie du gymnase, inquiète de sa réaction.

— Tu n'es pas content d'avoir le soutien du comité ?

— Si. Mais vous ne serez pas tout le temps-là pour

me protéger. Désolé, je ne suis pas aussi optimiste que toi. Je sais bien que tu essaies d'être gentille, mais tu n'y peux rien.

Je le regarde s'éloigner, seul, les épaules voûtées sous son gros sac à dos. Je m'attendais à ce qu'il se sente plus rassuré.

— T'en fais pas, Ada, me glisse Flo en passant. Je garde un œil sur lui.

Tant mieux. Le lycée Gisèle Halimi a bien besoin de quelques héros déguisés en lycéens ordinaires.

17

— Ne te fais pas de mouron, mon petit Carambar à la fraise, me rassure Imani entre deux cours. Le comité va surveiller Kévin. Hors de question de laisser Louis faire de sa vie un enfer.

Je hoche la tête. Pour me distraire de mes idées noires, je me suis prise à imaginer tout un tas de châtiments pour punir Louis de sa malveillance. Imiter des bruits de prout quand il marche. Mettre du poil à gratter dans ses affaires. L'inscrire dans un catalogue de démarchage téléphonique... Pour ce dernier mauvais tour, il me faudrait son numéro. De toute façon, je me connais, je ne vais rien oser faire, comme d'habitude.

— Au fait, reprend Imani, qu'est-ce qu'il te racontait tout à l'heure, Raphaël ? Tu avais l'air contrariée.

— Il s'est excusé. Ça devrait mieux se passer entre nous, maintenant. On a mis les points sur les « i » une bonne fois pour toutes.

Elle aussi éclate de rire en apprenant qu'il m'a demandé de ne pas me bercer d'illusions.

— Il est bien prétentieux, ce Raphaël. Tu mérites beaucoup mieux. En parlant de ça... regarde qui arrive !

Mon cœur bondit dans ma poitrine. Yanis en approche à douze heures. Je replace une mèche de cheveux, je me tourne afin de renifler mon haleine, et avant que je n'aie le temps de dire « ouf », Imani m'abandonne comme une vieille tong sur un bord d'autoroute. Je me recompose immédiatement une expression gracieuse. Yanis me considère avec un air étonné qui me fait fondre. Oh, et sa boucle d'oreille brille. J'adorerais la toucher...

— Ça va ? vérifie-t-il, perplexe.

— Le mieux du monde.

Je soupire comme une fan devant un groupe de K-pop avant de me ressaisir. Si jamais je me mets à baver, je vais l'effrayer. J'enlève mes lunettes et je les essuie dans mon écharpe, ce qui ne fait qu'étaler la crasse. Oups. C'est tout sauf sexy. Où est passé mon tissu microfibre ? Tout en le cherchant dans la poche de mon manteau, j'adresse mon plus beau sourire à Yanis :

— Tu voulais quelque chose ?

— Tu es occupée demain après-midi ?

J'hallucine, il me propose un rencard ! Pour de vrai ?

— Tu as de la chance, je suis dispo !

Pour lui, je suis libre comme l'air, j'annulerais le mariage avec ma cousine s'il y en avait un de prévu, tout pour qu'on ait quelques heures ensemble, rien que nous deux. Je nous vois déjà main dans la main, en train de roucouler dans la brise froide de novembre... J'essaie de prendre un air détaché en l'écoutant, alors que j'ai juste envie de hurler et de sautiller comme une dinde. Yanis paraît nettement moins à la fête.

— Je galère en maths. Je me suis tapé un huit, et il y a une évaluation vendredi. J'aimerais réviser avec quelqu'un.

Oh là là, quelle merveilleuse excuse ! Les révisions en tête à tête, c'est tellement romantique ! Il craque sur moi pour de vrai !

— Pas de problème, je peux t'aider ! Sans me vanter, je me débrouille plutôt bien dans cette matière !

Il lâche un rire tout en se grattant l'arrière du crâne.

— Tu crois qu'Imani pourrait venir, elle aussi ? Elle cartonne partout.

Mes illusions se brisent en mille morceaux à mes pieds. En vérité, il espère étudier avec Imani. Je masque ma déception de mon mieux.

— Je peux lui demander, pas de problème.

— De quoi vous parlez ?

Raphaël, tel un antéchrist tombé du ciel, a jugé bon de s'incruster dans notre conversation pile au mauvais moment.

— De révisions, lui explique Yanis. Je proposais à Ada de se retrouver à la médiathèque demain, avec Imani si elle est dispo. Tu veux te joindre à nous ?

— Pourquoi pas... Il faut que je remonte ma moyenne.

— C'est OK pour toi, Ada ?

Tous les deux attendent ma réponse. Qu'est-ce que je peux faire ? Inventer un prétexte improbable, du style : *Désolée, j'ai oublié, je ne peux pas ! Je dois courir un canicross avec Caramel le caniche de la voisine, et comment renoncer au plaisir de me rouler dans la boue** ? Les mots sortent tout seuls de ma traîtresse de bouche :

— OK pour moi.

Quelle andouille ! Du rêve, je passe au cauchemar. Je viens d'accepter de travailler tout un après-midi avec mon ex qui me rend chèvre et avec le mec que je n'aurai peut-être jamais.

— Au fait, je voulais vous dire..., enchaîne Raphaël, très content de lui, j'ai reçu la confirmation pour la location du matos pour le bal de Noël. Il y aura la sono, les lumières et même des boules à facettes dans le pack. Pour un prix raisonnable.

— Excellent, le félicite Yanis. On avance.

Oui, super, on avance à la vitesse d'un Airbus qui fonce droit dans un mur.

*** Note de Sandra : Je doute que Caramel soit tenté par l'expérience. Il refuse de sortir faire popo quand il pleut parce que l'eau mouille ses pattounes.**

Allongée sur mon lit, je fixe le plafond depuis un temps infini. J'attends qu'Imani me rappelle, mais ça lui prend un temps fou. Elle doit être en train de jouer à colin-maillard avec ses sœurs, je ne vois que ça.

Je suis à deux doigts de pleurer à gros sanglots. Le monde est déjà cruel par nature, mais pourquoi faut-il en plus que je me précipite tête baissée dans les ennuis ? Raphaël et moi, nous avons enterré la hache de guerre, mais est-ce que c'est une bonne raison pour réviser ensemble ? Pas du tout !

En plus, il a avoué qu'il regrettait d'avoir rompu par texto. Et s'il m'avait dit de ne pas me faire d'idée à son sujet pour faire diversion ? Si, en vérité, il était toujours intéressé et qu'il regrettait également d'avoir rompu ? Cela paraît tordu, certes, mais c'est possible.

Aussi bien, comme c'est un crétin, il fait n'importe quoi depuis le mois de septembre dans le but d'attirer mon attention. C'est le syndrome de la petite fille de la cour de récré : quand un garçon lui tape dessus, on lui dit « c'est parce qu'il t'aime ». Foutaises ! J'ai toujours détesté cette théorie. On ne frappe pas les gens qu'on aime, bon sang !

C'est flippant. Si Raphaël a encore des sentiments pour moi et qu'il me fait des allusions demain en présence de Yanis, je serai bonne pour m'enterrer vivante sous une pile de livres. Pire, si jamais Raphaël apprend à Yanis que nous sommes sortis ensemble et que ce dernier imagine que moi, je suis toujours attirée par mon ex.

Cela n'enverra pas du tout les bons signaux à Yanis, en particulier s'il est bel et bien intéressé par ma personne. D'ailleurs, qui m'a proposé de réviser ? Lui ! Ça se fait quand on drague une fille... En tout cas, c'est ce que j'aimerais croire. Le mec ne connaît personne dans notre classe, et il voulait surtout travailler avec ma meilleure copine. Ils ne se sont jamais beaucoup parlé. Logique qu'il se soit adressé à moi. Je ne sais plus quoi penser. Plus je réfléchis, plus je m'embrouille. Imani, s'il te plaît, rappelle-moi !

Soudain, mon téléphone vibre. Je bondis sur mes pieds, il m'échappe, je le rattrape de justesse et je décroche.

— Imani ! Enfin !

— Qu'est-ce qui t'arrive ? C'est grave ?

Je lui débite la copie conforme de mon monologue intérieur à la vitesse d'une cocotte-minute qui siffle. Imani est éberluée à l'autre bout du fil.

— Ce n'est pas vrai, je t'ai laissée, quoi ? Deux heures toute seule ? Et tu as réussi à te fourrer non pas dans un guêpier, mais carrément dans un nid de frelons, ma parole !

— Dis-moi que tu peux venir demain après-midi.

— Impossible, je garde mes sœurs.

— Non...

Je me liquéfie et termine à genoux au pied de mon lit.

— Qu'est-ce que je vais faire ?

— Pas de panique, mon petit bouchon. Interdiction de réviser avec ton ex. OK, vous avez remis les compteurs à zéro, vous ne vous faites plus la gueule, mais n'empêche, il y a un passif entre vous. Te connaissant, ça peut déraper à tout moment. Il va forcément sortir une ânerie ou se moquer de toi, et tu vas voir rouge. Pense aux conséquences pour le comité. Déjà que Pierre et Léa se bouffent le nez, que tu as du mal à supporter Jade...

— Je n'ai rien dit sur elle !

Elle tchipe.

— Il suffit de voir ta tête ; à la moindre occasion, tu lui tombes dessus.

— À t'entendre, on dirait que c'est ma faute. Je ne sais pas si tu as remarqué, mais elle prend toutes les décisions...

— Ada, je n'ai pas envie de discuter de ça maintenant, ce n'est pas le sujet.

Je me renfrogne, vexée. Plus elle fréquente Jade, plus elle prend sa défense. On ne peut plus critiquer Mme Parfaite, désormais.

— Écoute-moi, insiste Imani. Je sais que tu as envie de réviser avec Yanis, mais ce serait un très mauvais choix d'aller à la médiathèque demain. Donc, à la pause-déjeuner, tu leur envoies un message pour les informer que tu ne te sens pas bien. Tu t'excuses, et le tour est joué.

— Mais...

C'était quand même une opportunité de passer du temps avec Yanis !

— Il n'y a pas de « mais ». Si tu y vas, tu le regretteras.

Elle n'a pas tort. Hier encore, Raphaël et moi, on ne pouvait pas se croiser sans se cracher au visage comme des chats en colère. Le risque de déclencher une apocalypse est trop grand. Pourtant, j'aurais préféré trouver une autre solution.

— Sois rationnelle, insiste Imani. Si tu plais à Yanis, il continuera à se rapprocher de toi. Et si c'est un mec bien, il s'inquiétera de savoir que tu vas mal. Prends une grande inspiration.

Je suis son conseil, ce qui me donne quelques secondes pour réfléchir.

— Et Raphaël ? Qu'est-ce qu'il va dire ?

— On s'en fiche, il t'a larguée avec la délicatesse d'un parpaing, et c'est Yanis qui t'intéresse.

— Oui, tu as raison.

Sans oublier de la remercier pour son aide, je lui souhaite une bonne soirée. Dès que je raccroche, je lui expédie une foule de petits cœurs et de gifs marrants via la messagerie. Lorsqu'elle me répond de la même façon, un profond soulagement me submerge. Je l'ai agacée quand j'ai parlé de Jade, je le sais.

Ma vie devient de plus en plus compliquée.

18

Mercredi 13 novembre

Je m'étais pourtant promis de ne pas mettre les pieds à la médiathèque de Chantelbourg, de suivre les directives d'Imani à la lettre et d'esquiver le guet-apens avec la fluidité d'une loutre bretonne en invoquant un horrible mal de crâne.

Pourtant, je suis à l'heure au rendez-vous. Il était impossible qu'il en aille autrement. Je veux dire par là que si on me proposait de manger des piments crus en les trempant dans une soupe de poivre, je serais capable d'accepter, et ce, non seulement parce que je suis inconsciente, mais aussi car je suis ce qu'on appelle une *people pleaser*. Je déteste dire « non » et décevoir les attentes des autres. Pourtant, depuis toute petite, je m'oppose consciencieusement à ma mère qui, elle-même, fait son maximum pour élever une femme forte, capable de résister à l'oppression sociétale*.

J'ai donc répondu « oui, oui » ce matin à Raph, quand il m'a demandé si j'étais toujours OK pour réviser

* Note de Sandra : Je trouve ça très injuste qu'elle fasse plaisir à tout le monde sauf à sa mère, qui se saigne au quotidien pour la nourrir, la vêtir et l'amuser.

ensemble. En le pensant, en prime ! Alors que c'était l'occasion rêvée de lui dire que je n'étais pas sûre, que je n'étais pas en forme, histoire d'apporter de l'eau à mon moulin pour ensuite me débiner comme prévu. Mais je n'ai pas pu. Parce que Yanis aussi m'a lancé « À tout à l'heure ! » avec un tel naturel, que je ne pouvais pas assumer de le planter. Donc, me voilà à la médiathèque de Chantelbourg.

Les espaces sont dégagés et spacieux, illuminés par de grandes baies vitrées inclinées qui montent jusqu'à l'étage. La zone aménagée pour les enfants est garnie de tapis et de coussins, ainsi que de nids suspendus dans lesquels il fait bon se prélasser. Je le sais, parce que je peux tenir dedans, c'est l'avantage d'être un petit gabarit !

Je passe devant les BD en songeant que si je fais halte pour examiner les nouveautés, cela ne portera pas à conséquences. De toute évidence, ce serait une façon de repousser l'échéance. Il va bien falloir que j'affronte mon destin. Par malchance, Raphaël est arrivé le premier. Il me fait signe depuis une table ronde sur laquelle il a étalé ses affaires.

— Je suis content de te voir, chuchote-t-il, j'avais peur que tu ne nous fasses faux bond.

Si j'étais une personne fondamentalement honnête, je lui avouerais que j'y ai pensé.

— Franchement, je ne sais pas si c'est une bonne idée.

On se reparle depuis moins de deux jours. Imagine si la situation nous échappe.

— Je te promets d'être gentil.

Il paraît plus à son aise. Forcément, je parierais mon pull arc-en-ciel que sa vie est un long fleuve tranquille comparée à la mienne. Je baisse les yeux sur mon téléphone de sorte à masquer ma nervosité.

— Qu'est-ce que Yanis fabrique ? On n'a pas la journée.

J'ai à peine fini de ronchonner qu'il surgit au détour des rayons de livres. Visez-moi cette démarche... On dirait qu'il flotte parmi les simples mortels. Oh ! Il sourit en m'apercevant. Enfin, en nous repérant, Raph et moi. Il s'installe sur la chaise voisine, ce qui me comble de bonheur.

— Vous attendez depuis longtemps ? demande-t-il.

— Non, je fais en ignorant le regard appuyé de Raph. On se met au travail ?

Quelques exercices de maths plus tard, je fatigue. Il y a des gens qui savent expliquer les choses. De mon côté, quand j'ai compris un truc, j'ai beaucoup de mal à trouver une explication qui dépasse le « mais tu vois bien, c'est comme ça qu'il faut faire ». Je dois reconnaître que

Raphaël fait son maximum pour se montrer agréable. Il a même apporté un paquet de cookies, qu'il a dissimulé sous sa veste pour ne pas se faire remarquer par le personnel de la médiathèque. Entre deux équations, je boulotte un gâteau que je garde caché dans ma manche. Incroyable ce qu'un grignotage interdit peut apporter comme sensation de puissance ! J'échange un sourire en coin avec Yanis qui en a avalé un tout rond.

— On réfléchit toujours mieux avec du carburant pour le cerveau.

— Si tu le dis, réplique-t-il, mi-figue, mi-raisin.

Je le soupçonne de ne pas partager mes théories alimentaires, directement héritées de ma mère. Mon téléphone vibre dans ma poche. Message d'Imani. Je me lève pour répondre plus loin, de peur que ces messieurs ne lisent nos échanges.

Bien rentrée à la maison ?

...

Je savais que tu irais.

À cause de Yanis.

Franchement, ça va, Raph est cool.

T'inquiète, si ça se dégrade, je dis que j'ai mal à la tête et je file.

Tu es plus têtue qu'un âne, ma parole.

Je pourrais mal le prendre, mais j'ai plutôt envie de pousser un rire diabolique. Tout se passe à merveille! Et après les révisions, on ira peut-être se promener et faire plus ample connaissance, Yanis et moi. Il faudra trouver un moyen de me débarrasser de Raph, bien entendu. Je range mon portable, satisfaite.

Mes pas m'ont conduite au rayon SF, ce qui tombe à pic. Je viens de finir *La Fille de Diké* de Silène Edgar*, et il me faut un nouveau livre de chevet. Mon regard s'attarde sur *Les Oubliés de Lama* de Floriane Soulas, et je m'empare de l'ouvrage pour lire le résumé.

— Je me demandais où tu étais passée, me lance une voix grave que je reconnaîtrais entre mille – Yanis. Qu'est-ce que tu lis ?

Je lui montre la quatrième de couverture. Il attrape son menton, pensif.

— Ça m'évoque *The Expanse*. Tu connais ?

— La série TV ?

— Et les romans de James S.A. Corey. Ils sont excellents, tu devrais essayer.

— C'est drôle, je ne te voyais pas fan de SF.

— Parce que j'ai joué au foot ?

*** Note de Sandra : Le premier tome était déjà une pure merveille. Je vais lui voler la suite.**

Bonjour le cliché. Je rougis fort.

— Je lisais souvent sur mon téléphone pendant les allers-retours du centre de formation à Chantelbourg, précise-t-il. De mon côté, je te voyais bien dévorer des comédies romantiques.

Un partout, la balle au centre.

— J'en lis aussi ! Ça me détend entre deux romans plus sérieux.

La conversation dévie naturellement sur nos lectures. Nous adorons Ursula Le Guin, nous sommes d'accord pour encenser *Silo* de Hugh Howey et nous ne sommes pas tellement convaincus par le dernier Alain Damasio. En ce moment, il s'essaie à la lecture du roman de Liu Cixin, *Le Problème à trois corps.* Il a même commencé à lire des articles sur le sujet.

— Il faut peut-être qu'on retrouve Raph, non ? s'interrompt-il. On en reparle plus tard ?

— Absolument !

Je le tiens, mon prétexte pour discuter seule avec lui ! Il faut que je lui parle de mes plumes françaises préférées. Je commence même à dresser une liste mentale : Agnès Marot, Nadia Coste, Pierre Bordage, Maëlig Duval... oh, et Cindy Van Wilder* ! Mon visage me démange un peu. Sur le point de me gratter, je suspends mon

*** Note de Sandra : Elle oublie Maëlig Duval. Je suis une grande fan des *Scrops* !**

geste, interpelée par la façon dont Yanis me scrute avec inquiétude.

— Ada... Tu as...

Son geste englobe la figure. Prise d'un mauvais pressentiment auquel se couple une démangeaison persistante, je sors mon portable et active la caméra.

Quelques plaques rouges sont apparues sur mes joues et mon front. Non ! Pas ça !

Je me précipite à notre table pour mettre au jour le paquet de cookies :

— Ils sont à la noix de coco ! je crie à Raphaël. Je suis allergique !

— Je ne savais pas, je te jure !

Tout ça pour deux grammes de noix de coco industrielle dont je n'ai pas senti le goût !

Mais mon corps n'en a cure. Je me couvre de plaques, je le sens, aussi impuissante qu'Hulk quand il devient tout vert.

— Allergie grave ? s'alarme Yanis. Tu as de l'épinéphrine avec toi ?

— Non, je fais juste de l'urticaire ! je réponds en rabattant mes cheveux sur mon visage.

Mes cachets – que j'avale à la vitesse de la lumière – vont stopper le phénomène, mais en attendant qu'ils agissent, à chaque seconde qui passe, je ressemble un peu plus à une pizza quatre fromages. Je ne veux pas que Yanis me voie comme ça ! Quelle angoisse ! J'enfile mon manteau, je m'enroule dans mon écharpe et je me cache dans ma capuche, tout en rassemblant mes affaires en panique.

— Je vais te raccompagner, propose-t-il en me tendant ma trousse.

— Pas la peine ! Je gère, j'ai l'habitude.

J'arrache mon sac à mon siège et je décolle, les plantant là, des larmes dans les yeux, tout en envoyant un SOS à ma mère.

❄

Il est 20 heures. Je me suis réfugiée sous ma couette pour passer un coup de fil à Imani qui s'inquiétait de ne pas avoir de nouvelles. Elle m'a consolée de son mieux. Une bonne partie de l'urticaire a déjà disparu et, d'après le docteur, les plaques devraient être complètement résorbées d'ici la fin de la semaine. Je suis RAVIE.

Dans mes DM, Raphaël se répand en excuses et Yanis me demande des nouvelles. Je les rassure, vite fait, avec morosité. Je me suis encore couverte de ridicule en public. Au fond, je sais que ce n'est pas le plus important. Je devrais m'estimer heureuse de ne pas faire de réaction allergique grave, avec des gonflements ou de l'asthme. Ce genre d'expérience doit être particulièrement flippante.

Si seulement j'avais vérifié que les cookies n'étaient pas à la noix de coco... J'aurais ensuite pu terminer ma conversation avec Yanis au sujet des bouquins. J'espère qu'on aura l'occasion d'en discuter de nouveau samedi, lors de l'atelier bricolage chez Jade.

Et ce, sans qu'il m'arrive une autre mésaventure désagréable.

Par pitié.

19

Samedi 16 novembre

Cette fois-ci, c'est un chant de Noël qui me réveille. À... 10 h 45 du matin. Impossible de râler, ou maman se fera une joie de me rappeler que je lui ai expressément demandé de me tirer du lit si je n'avais toujours pas émergé à 10 h 30. Comme d'habitude, elle déjeune dans la salle à manger, face à deux lutins pailletés qui lorgnent sur son assiette avec gourmandise. J'en regretterais presque Jasper, notre squelette. Il est moins envahissant.

— Tu devais me lever plus tôt, dis-je en guise de bonjour, les cheveux en pétard, les lunettes de travers, une tasse de café en main.

Je me penche pour faire un bisou à maman, tout en reniflant la délicieuse odeur de cannelle qui flotte dans l'air. Je me pourlèche.

— J'ai lancé le CD à l'heure prévue, se moque-t-elle. Il t'a fallu quatre morceaux pour ouvrir les yeux.

— Les voisins doivent être contents de profiter de ton édition 2006 des *Rythms & Blues for Christmas*...

Elle tapote la chaise à côté d'elle.

— Assieds-toi, je t'ai préparé une surprise !

Elle découvre une assiette du torchon qui la maintenait tiède. Du pain perdu ! Voilà donc ce qui titillait mes narines ! Je m'empresse d'attaquer ce délicieux mets croustillant de sucre et de beurre.

— Merchi, ch'est drôlement bon.

— Je me suis dit que tu avais besoin de réconfort, vu qu'hier, tu m'as réclamé *The Holiday* pour notre soirée ciné…

— Tu exagères, j'ai voulu te faire plaisir ! Tu as insisté, soi-disant parce que c'est ta comédie romantique préférée.

Son sourire mutin signifie qu'elle s'amuse à me faire tourner en bourrique. Je tombe dans le panneau à tous les coups.

— C'est mon film de saison préféré, précise-t-elle, à ne pas confondre avec mon film romantique préféré, *Quand Harry rencontre Sally*. Au fait, pourquoi tu voulais te lever tôt ?

— J'ai pas mal de boulot pour la semaine prochaine, et je dois aider le comité cet après-midi.

Le stress commence à monter. Les devoirs surveillés vont se multiplier au cours des prochains jours. Le conseil de classe aura lieu début décembre. Autant dire demain.

— Et que vas-tu faire cet après-midi ? m'interroge maman, avec un faux air de sainte nitouche.

Si elle croit que je ne la vois pas venir avec ses gros sabots... Elle rêve de s'immiscer dans les préparatifs du bal.

— Je vais chez Jade.

Soupir et tremblement.

— Pour bricoler, j'ajoute.

Elle éclate de rire.

— Qu'est-ce que tu viens de dire ?

— Il faut qu'on nettoie les cabanes qu'elle a récupérées pour les transformer en bar. Je t'avoue, je n'ai pas bien compris ce que j'allais faire.

Ou plutôt, je n'ai pas écouté l'amiral Jade nous exposer son plan diabolique à l'heure de la sortie. Par sa faute, j'ai raté mon bus.

— Il y aura Yanis ? continue mon inspectrice de mère.

Évidemment qu'il y aura Yanis. Si seulement il n'y avait pas aussi Raphaël... Mon prince charmant et mon ex se sont pris d'affection l'un pour l'autre. Depuis qu'ils ont passé l'après-midi ensemble à la médiathèque, ils sont devenus potes et passent de plus en plus de temps ensemble.

Raphaël fait des pieds et des mains pour se faire pardonner d'avoir provoqué mon allergie. Il se montre doublement gentil, trop à mon avis, et j'essaie de prendre sur moi. Il n'a pas fait exprès de me donner un gâteau à la noix de coco, bien sûr.

Le point positif dans cette affaire, c'est que Yanis s'ouvre à notre groupe. La compagnie de Raphaël lui fait du bien. Je le lis dans son regard quand, parfois, il croise le mien. Il me paraît moins sombre. Il ne s'évapore plus pendant les pauses. Il traîne aussi avec d'autres membres du comité, moi, Imani, Jade, Flo, pour discuter du bal, des cours... Et, à l'occasion, pour nous amener un Kévin traînant des pieds, qui errait seul sous le préau.

Hier, je me suis surprise à l'observer de loin. C'est terrible, je pense de plus en plus souvent à lui. Pourvu que je ne sois pas en train de tomber amoureuse*.

— Ada ?

Cette idée me perturbe au point que je me suis arrêtée de mastiquer, la fourchette encore en l'air. Au fond de moi, j'aimerais bien savoir si je devrais tenter ma chance.

— Dis, maman, comment savoir si je plais à Yanis ?

Elle avale sa gorgée de café de travers.

— Je croyais que c'était un mec inaccessible et donc sans danger pour toi ? Qu'il te trouvait juste marrante ?

— N'en fais pas tout un plat...

Elle se trémousse sur sa chaise, avant d'adopter un ton d'experte de plateau télé.

— Plusieurs indices te permettront de déterminer qu'il est intéressé. En premier lieu, il doit rechercher ta présence

*** Note de Sandra : Excusez-moi, je pouffe dans mon pop-corn.**

et manifester son intérêt pour ta conversation. Attention, il doit aussi rire à tes blagues. Ensuite, il doit te faire des offrandes, sous forme de nourriture, par exemple…

— Non, mais c'est ce que toi, tu fais !

Elle ne prend jamais rien au sérieux, c'est terrible ! Après un haussement d'épaules, elle m'avoue la vérité.

— Écoute, je ne sais pas. En vrai, les hommes sont tous différents. Mais en général, quand ils ont des vues sur toi, ils n'y vont pas par quatre chemins. Si tu es dans le flou, c'est mauvais signe.

Maman boit une gorgée de café, une lueur nouvelle dans le regard.

— Martin est venu m'apporter un croissant hier matin à la pause de 10 heures. Il m'a proposé de l'accompagner au théâtre demain soir.

— Quoi ? Et tu ne m'en parles que maintenant ?

— Ne t'enflamme pas, il ne s'est toujours rien passé et ça faisait des jours qu'on ne s'était pas parlé.

Elle marque une pause, sourcils froncés. Je m'inquiète.

— Tu crois qu'il y a une autre femme ?

— Non, Nadège serait au courant.

Elle pioche un morceau de pain perdu du bout des doigts.

— Mais je te jure que si je ne lui roule pas une galoche demain, je laisse tomber. Il va finir par avoir ma peau, avec sa timidité !

— Tu comptes lui sauter dessus ?

— Et comment ! (Elle ricane.) Enfin, on verra.

Je médite une minute en me demandant si j'aurais le courage d'en faire autant. Un frisson de peur me secoue les épaules. La réponse est non. Yanis me considère sûrement comme une pote un peu cinglée, qui court partout et se met dans des situations impossibles. Mon éruption cutanée de mercredi n'avait rien de séduisant... Avant de passer à l'action, il me faut des certitudes.

— Donc, cet après-midi, déclare maman, tu te rends chez Jade. Ta vie prend décidément un tour inattendu.

— Tu l'as dit...

Je nourris une certaine appréhension à l'idée de mettre les pieds chez ma « meilleure ennemie ». Certes, en apparence, nous nous supportons. Un peu comme avec Raphaël. Mais dans le cas de Jade, ma rancœur grandit et m'empoisonne. Je supporte mal de la voir rire avec Imani.

Je suis consciente que je ne devrais pas être jalouse. Parce que c'est ridicule. Mais j'ai la sensation tenace que Jade cherche à occuper le terrain... Ça m'exaspère.

— Peut-être que tu exagères, me lance maman, pourtant la première à casser du sucre sur Jade, par pur soutien parental.

— J'essaie de m'en persuader, je t'assure. Et toi, qu'as-tu prévu pour aujourd'hui ?

— Pas grand-chose. Je suis de garde ce soir, donc je vais faire une sieste avant d'y aller. Est-ce que tu veux inviter Imani à dormir ? Vous aurez l'appart pour vous toutes seules.

— On verra...

— J'ai une suggestion : tu devrais préparer un gâteau pour le goûter !

— Je n'ai plus dix ans, maman...

— Et alors ? Ça ferait plaisir à tout le monde ! Quand tu donnes à manger aux gens, ils sont toujours contents et ils t'apprécient en retour. C'est parfait pour envoyer de la poudre aux yeux de Jade. Penses-y.

C'est vraiment de la manipulation de bas niveau, par l'estomac. Je hoche la tête sans conviction. Sur Instagram, Jade vient justement d'écrire au groupe :

Venez avec vos bonnets de Noël ! 😁🎄🎅

Formidable.

20

On inspire profondément. On expire. Tout va bien se passer. Même si ces derniers temps j'ai l'impression d'avoir la poisse, je n'ai pas de raison objective de stresser. Je sonne à l'interphone vidéo, plantée devant le portillon d'un gris mat flambant neuf. Le nez en l'air, j'évalue mon environnement. Des bambous et des arbres dépassent de la clôture. Le jardin paysager, vaste à ce que je constate, masque complètement la maison. Un fort parfum de bourgeoisie me chatouille les narines. La porte s'ouvre automatiquement devant moi. En m'accrochant à mon plat recouvert d'aluminium, je suis une allée de gravillons blancs jusqu'à un magnifique plein pied qui possède plus de vitres que de murs. Je plains le personnel de ménage qui nettoie les carreaux.

— Lagrange ! me hèle Jade depuis un double garage grand ouvert. Par ici !

Imani est arrivée en avance, avec son père. Tant mieux, j'aurais détesté un tête à tête. Je leur fais signe et donne mon gâteau à la maîtresse des lieux, soudain inquiète qu'elle y voie une tentative d'acheter sa bienveillance.

— Je me suis dit qu'on aurait peut-être un creux... Attention, il est encore chaud.

— J'avais prévu une collation, mais c'est très gentil.

Elle pose mon moelleux au chocolat tout ce qu'il y a de plus basique à côté d'un plateau chargé de cupcakes tout bonnement splendides. Des sapins et des barbus en sucre sont plantés dans leurs couvercles de crème rouge et blanche.

— Je te rassure tout de suite, il n'y a pas de noix de coco dedans, me précise-t-elle.

J'apprécie l'information – ça m'évitera de me faire une nouvelle frayeur –, et j'en prends un pour l'examiner de plus près.

— Vraiment canon ! J'adore !

Mon gâteau est hideux en comparaison. Je l'écarte des cupcakes, gênée.

— J'aurais dû le décorer sur le thème de Noël, pour être raccord avec notre activité du jour.

— Il sent super bon ! Je suis sûre qu'il est délicieux. C'est le principal, non ?

Avec le poids de beurre et de sucre que j'ai mis dedans, je serais étonnée du contraire. Elle m'entraîne vers le fond du garage où les morceaux des cabanes, épars, jonchent le sol. Le père d'Imani s'affaire près d'un plan qu'il a scotché au mur. Ses ordres sont plutôt clairs.

— Vous allez démonter les panneaux planche par

planche. Ensuite, vous passez un coup de ponceuse, et je m'occuperai d'assembler les deux façades avec le comptoir.

Le reste du comité arrive bientôt. Mon cœur bondit dans ma poitrine quand Yanis me fait la bise en se penchant sur moi. Je prends une bouffée de son parfum.

— Tu as l'air en forme, dis-je.

— J'ai toujours adoré le bricolage, lâche-t-il, ironique. Et toi ?

— Je suis un véritable danger avec un marteau.

— On va bien s'amuser, donc.

Un éclair de complicité file entre nous, de quoi me donner de l'espoir et des ailes. Cependant, j'ai à peine le temps de me réjouir que Jade me saute dessus.

— Je vais filmer les préparatifs. Je voudrais en profiter pour parler de toi. Est-ce que ça te va si je te présente comme l'organisatrice du concours du plus beau couple ?

— Pas de problème.

Le quart d'heure suivant est consacré à des prises de vues de l'équipe au travail sur fond de chants de Noël diffusés sur une enceinte connectée. Jade nous oblige à mettre nos bonnets de Noël. Moi, j'aime bien, vu que j'ai la taille et l'âme d'un lutin, mais la tête d'Imani vaut son pesant de cacahuètes. Vient ensuite le moment redouté de mon interview. Je suis aussi à l'aise devant une caméra qu'un pingouin dans le désert du Sahara, mais qu'à cela ne tienne, en vaillante représentante du comité, je m'efforce de balbutier quelques mots.

— Ça ne va pas, s'agace soudain Jade. Il faut que tu donnes envie aux gens de participer au concours. Que tu leur fasses comprendre que c'est une occasion unique de porter une robe de princesse ou un smoking à paillettes ! Ne me dis pas que tu n'as jamais rêvé de t'habiller chic pour un bal de ce genre ?

Si, carrément. Mais chaque fois que je regarde les modèles sur des sites Internet, j'ai du mal à m'imaginer dedans sans me trouver ridicule. En outre, le prix a de quoi refroidir n'importe qui.

— Rassure-moi, gronde Jade comme si elle avait lu dans mes pensées. Tu vas participer ?

— Oui, enfin, bien sûr, mais je n'ai toujours pas trouvé ma robe.

Ni de partenaire, d'ailleurs.

— Il va falloir que tu te dépêches.

Elle paraît soulagée. De mon côté, je suis rouge comme une chaussette de Noël. Jade ne se rend pas compte que ce qui coule de source pour elle ne l'est pas pour tout le monde. Il n'y a qu'à voir sa maison pour comprendre que le prix d'une tenue que l'on va porter une fois n'a pas beaucoup d'importance à ses yeux.

— On reprend, décrète-t-elle. Allez, Lagrange, mets-nous en plein la vue !

Inspire, expire, Ada. Je plaque mon plus beau sourire sur mon visage, et je fais de mon mieux pour paraître enjouée, en imitant Jade quand elle parle à la caméra. Clairement, je manque de naturel, mais impossible de faire mieux.

❄

— Tu t'en es bien tirée, me rassure Imani un peu plus tard, alors que je découvre l'usage d'une ponceuse pour la première fois de mon existence.

Je hausse les épaules, préoccupée par un tout autre problème. Ma salopette toute neuve est couverte de poussière de bois. Parfois, j'ai l'impression d'avoir de l'eau dans le cerveau : j'aurais dû mettre des vieilles fringues dégueulasses pour venir. Mais non, plutôt mourir que de me radiner en vieux jogging taché devant Yanis, lequel même en survêtement a l'air de sortir d'un post d'influenceur.

J'ai aussi des copeaux de vernis plein les cheveux, un pur bonheur. Je grommelle des jurons entre mes dents. Jade, pétulante mère Noël du comité, caracole comme un Rudolph devant l'objet de mes transports amoureux. Même poussiéreuse, elle paraît à son avantage. Elle ne pourrait pas tourner autour de quelqu'un d'autre, pour changer ? Son copain, par exemple. Où est passé le pot de colle pour une fois qu'on a besoin de lui ?

— Ada…, ronchonne Imani en me tendant une planche.

— Je n'ai rien dit, que je sache !

— Tes regards parlent pour toi.

Je serre les lèvres. Non seulement Imani me flique, mais en plus, elle me gronde. Je prends sur moi pour chuchoter, découragée :

— Je ne fais pas exprès. En plus, je vais passer pour une dinde neurasthénique sur les réseaux.

— Mais non. Elle n'aurait pas posté la vidéo si c'était mauvais pour l'image du bal. Elle est vraiment à fond, fais-moi confiance.

Je lui souris de mon mieux en hochant la tête. Je baisse mes lunettes de chantier et j'attaque la nouvelle planche en mettant plus d'énergie dans mon ouvrage. Imani enlève les clous de la suivante et me propose d'échanger nos rôles.

— Tu as l'air fatiguée aujourd'hui, je remarque.

— Je n'ai pas très bien dormi.

Pourtant, elle a un sommeil de plomb. C'est le genre de personne qui s'allonge, ferme les yeux et roupille instantanément. À mon sens, c'est ce qui ressemble le plus à un super-pouvoir. La première idée qui me passe par la tête arrive directement à ma bouche :

— Tu as tes règles ?

Elle roule des yeux.

— Non… Je cogite trop.

Il y a juste assez de douleur dans sa voix pour que je comprenne.

— Encore Erell ? Quoi, elle t'a écrit ? Mais quand ?

— Ce matin. Pour me dire qu'elle était désolée. Qu'elle ne me méritait pas. Tout le tralala.

— Évidemment qu'elle ne te mérite pas ! Qu'est-ce qu'elle te veut après une semaine de silence ? Elle t'a présenté des excuses, au moins ?

Yanis approche, ce qui me coupe dans ma tirade. Imani surprend mon regard et se retourne vers lui.

— Ton père t'a appelée, lui indique-t-il. Mais tu n'as pas l'air de l'entendre.

En effet, depuis le fond du garage, M. Hersi lui fait signe. Gênée, elle file le rejoindre. Et au lieu de repartir travailler, Yanis me lance :

— Je meurs de soif. Tu sais s'il y a à boire quelque part ?

21

Je sirote mon thé de Noël à côté de Yanis, le nez baissé sur mon gobelet. J'ai envie de glousser, mais je me contiens. On est d'accord qu'il me drague, là ? Nous sommes tous les deux seuls au buffet ! Il est adossé au mur avec une certaine nonchalance. C'est l'occasion de lui reparler des bouquins, comme à la médiathèque. De ce que je lis en ce moment, par exemple, j'ai fini par me décider pour *Confluence* de Sylvie Poulain, une histoire à couper le souffle dans un univers sous-marin. Je suis sûre que ça lui plairait.

Il me désigne le buffet, coupant court à mes tergiversations intérieures.

— Au fait, j'espère qu'il n'y a pas de noix de coco.

J'aurais dû me douter que ça allait revenir sur le tapis.

— T'en fais pas, je soupire, Jade m'a confirmé que les cupcakes sont sans danger, et c'est moi qui ai apporté le moelleux au chocolat. Il est moche, mais il devrait être bon.

— Tout s'explique ! s'esclaffe-t-il.

Devant mon air déconfit, il s'empresse d'ajouter :

— Je veux dire que ça m'étonnait de voir un gâteau

fait maison sur la table. Jade est plutôt du genre à les commander qu'à les préparer, non ?

— C'est pas faux.

Je tente de me détendre, mais je le vois ouvrir les réseaux sociaux, à la suite d'une notification. Il a été tagué sur une vidéo. Je reconnais ma voix de crécelle ainsi que celle de Jade.

— *Ada, raconte-nous d'où t'est venue cette idée de concours du plus beau couple !*

— *Traditionnellement, euh... il y a toujours une reine et un roi qui sont couronnés lors d'un bal...*

Un blanc.

— *Mais ce n'est pas très moderne*, relance Jade. *Et le but, c'est qu'un maximum de personnes participent et sortent le grand jeu pour le bal de Noël !*

— *Oui, et je me suis dit que... qu'il fallait essayer de casser les codes.*

Je rame, je rame, et Jade me vient en aide.

— *Oui ! Exactement ! D'où l'idée de choisir le plus beau couple, sans aucune autre considération que la tenue ?*

— *Voilà. Vous pouvez vous présenter avec votre meilleure amie ou avec l'élu de votre cœur, peu importe votre genre ou votre lien, du moment que vous avez des looks travaillés et assortis !*

— *N'est-ce pas que la proposition d'Ada est incroyable ?* s'enflamme Jade en reprenant toute la place dans l'écran.

Imaginez si tout le monde joue le jeu ! Et ce serait même cool d'avoir des drags ! Ça mettrait le feu !

Bon sang, ce que je suis nulle. C'est dingue comme je perds mes moyens quand on me filme. Comment les autres font-ils pour être à l'aise ? Et Jade, on dirait qu'elle a pitié de moi... J'aurais dû refuser d'être filmée. Je soupire. Yanis en fait autant.

— Jade veut que je repartage ton interview.

Il paraît légèrement agacé qu'elle cherche à profiter de sa notoriété.

— Rien ne t'y oblige.

En plus, ça m'arrange. J'ai l'air aussi à ma place sur cette vidéo qu'une ballerine en tutu à un concert de hard rock. Moins on la verra, mieux ce sera. Abattu, il reprend :

— Elle risque de me tomber dessus à tout moment pour me faire culpabiliser. Elle ne comprend pas que je n'ai plus rien d'intéressant à poster pour les fans de foot qui me suivent toujours. Sans vouloir te vexer, les *stories* du bal ne les intéresseront pas, Ada.

— Je n'ai pas très envie qu'ils les regardent, si ça peut te rassurer.

Ses abonnés attendent des contenus en rapport avec le sport et la vie d'une star. Ils n'ont pas besoin de voir Ada Lagrange en train de bafouiller parce qu'elle hésite entre plusieurs phrases dans sa tête.

Je vérifie le nombre de vues sous mon interview avec mon téléphone. Deux bonnes centaines d'inconnus ont déjà eu le privilège de visionner ma performance. Fan-tas-ti-que. Autant pendant l'interview, je ne pensais pas aux conséquences, autant maintenant, j'angoisse en imaginant la masse d'individus que ce chiffre représente. Imani me rappellerait que la plupart des spectateurs n'ont pas passé le palier des trois premières secondes.

Quand bien même. Si on visualise une foule équivalente, et qu'une quarantaine de personnes se retourne d'un coup vers moi pour m'écouter, cela reste impressionnant, voire flippant si elles sont synchrones. Un vrai film d'horreur.

Soudain, la main de Yanis m'attrape le bras, et il m'enjoint à m'accroupir avec lui, à l'abri derrière la nappe qui drape le buffet. Je me retrouve tout près de lui, avec des yeux comme des soucoupes.

— Quoi ? je murmure.

« Jade », articule-t-il sans bruit.

Je lui fais signe de me suivre sous la table. Nous nous faufilons à quatre pattes comme des gamins. Assis là-dessous, nous voyons les Docs violettes de Jade approcher puis repartir, dans un nuage de poussière de bois. Je m'étonne tout bas :

— Elle te fait peur ou quoi ?

— Toi aussi, tu la trouves autoritaire, non ?

Son épaule vient s'appuyer contre la mienne alors qu'il se penche vers moi, guettant ma réaction. Le trouble fait trembler ma voix :

— Touché. Et puis... on a mérité une pause.

Je l'ai rarement observé de si près. Comme je n'ai pas gardé mes lunettes pour bricoler, tout est flou à un mètre derrière lui. J'ai du mal à détacher mon regard du sien, son sourire m'a pris dans ses filets. Je ne sais plus si je respire. Un fil s'est tendu entre nous, au point que je sens qu'il va m'embrasser. Ou que je vais l'embrasser. Je me redresse... Mon téléphone vibre dans ma main, cassant la magie de l'instant.

Je vérifie mécaniquement l'écran. Message d'Imani. Qui d'autre ?

Ada, ne te cache pas dans les toilettes, svp.

Pose ta pêche et reviens bosser.

Super glamour. Il se retient de rire, et je le pousse en protestant :

— C'est malpoli de lire les conversations des autres !

— Désolé !

Son expression hilare me fait l'effet d'une douche froide. Il n'a pas du tout l'air sous mon charme, je me suis fait des films... Purée, j'ai failli me jeter à l'eau. Une bouffée de honte me submerge à l'idée que j'aurais pu me prendre un vent. Je ne sais pas pourquoi il me plaît autant, mais je perds le sens des réalités en sa présence. Il faut que je fasse plus attention, que je me protège...

— Qu'est-ce qui t'arrive ? Tu me parais bien sérieuse tout à coup.

Je hausse les épaules.

— On ferait mieux d'y aller, non ? Les planches ne vont pas se poncer toutes seules, et puis, je ne voudrais pas que les autres imaginent des choses.

— Pourquoi ? Tu as quelqu'un en vue ?

J'aimerais bien répliquer : *Oui, toi, espèce de crétin !* Mais il m'a posé la question d'une façon très décontractée. J'ai la preuve, s'il en fallait une, qu'il ne se sent pas concerné. Il me tue à m'envoyer des signaux contraires, ma parole !

— Ce ne sont pas tes affaires. Allez, viens !

Il sort le premier de sous la table et me tend la main pour m'aider à me relever. D'une puissante traction, il me remet sur mes pieds et je titube en avant, m'écrasant le nez contre son torse. Le contact est bref, mais assez pour me mettre sens dessus dessous. Il est... solidement musclé. Une voix dans mon dos me fait sursauter en arrière.

— Qu'est-ce que vous fabriquez, tous les deux ?

Raphaël nous examine, l'air suspicieux. Yanis paraît soudain confus, plus que moi d'ailleurs. Je l'écarte de mon chemin, piquée au vif.

— Détends-toi, Raph. Il ne se passe rien d'extraordinaire.

J'en suis la première navrée, cela va sans dire. Vraiment, je ne sais pas sur quel pied danser. Est-ce qu'il a fait exprès de me faire tomber sur lui ? Il va me rendre chèvre.

Je me défoule sur les lattes de bois, en me concentrant pour ne pas lorgner de son côté.

L'après-midi file à toute vitesse. Il y a beaucoup à faire, mais nous sommes motivés. Jade chante à tue-tête bras dessus, bras dessous avec Kévin, plus détendu dans un garage que dans la cour du lycée. Yanis et Raphaël recoupent les morceaux de cabane que le père d'Imani assemble avec une virtuosité forçant l'admiration. Les façades des chalets de Noël prennent forme.

En fin de journée, nous nous retrouvons, Jade, Imani et moi, à court de planches à nettoyer. Jade suggère de discuter de la déco. J'en profite pour lui présenter mes tableaux Pinterest. Nous validons plusieurs de mes propositions, en particulier les couleurs pour le bal : bleu acier et blanc argenté. Ça fait plaisir d'être sur la même longueur d'onde.

— Mince, fait Kévin qui nous écoutait de loin. Je vais devoir reprendre mon affiche. J'avais choisi de l'or pour la titraille !

J'échange un regard consterné avec Imani. Je n'ai pas eu de réponse du prof des STD2A à mes relances par mail, et j'ai l'impression que Kévin s'est mis en tête qu'on utiliserait la sienne. Jade se penche pour murmurer :

— J'espère qu'il s'en sort mieux qu'avec son devoir de SNT, son *Seigneur des Anneaux* photoshopé avec des chats. Vous l'avez vue ?

— Pas encore, je chuchote. Mais je compte harceler Euvêche cette semaine. Ce serait mieux d'avoir un graphiste.

— Et comment, approuve-t-elle. Si l'affiche est moche, on aura une sacrée épine dans le pied. Sur les réseaux, on ne reçoit pas beaucoup de commentaires. Je ne comprends pas, les gens devraient être plus enthousiastes. Ça va être génial !

Imani et moi opinons du chef avec conviction.

Le travail se poursuit sans nous du côté des garçons. D'un naturel moqueur, Jade lance des vannes à ces messieurs qui charbonnent.

— Arrête de te pavaner, Yanis, et mets du cœur à l'ouvrage.

— Et moi ? se vexe Raphaël pour rire, en remontant ses manches. Regarde-moi ces muscles !

Il commence à rouler des mécaniques, un crayon dans la bouche, pour amuser la galerie. Je reconnais soudain le type qui m'avait plu il y a l'équivalent d'une éternité. Pour se moquer, Kévin copie tous ses gestes, ce qui est encore plus drôle. Il nous avait caché son talent de mime !

M. Hersi remet un peu d'ordre dans le groupe qui s'est dissipé. Il en a terminé pour aujourd'hui. Le montage des pans de toit sera fait au dernier moment, le soir de bal, mais nous devons appliquer une couche de vernis. Problème, il est presque 19 heures. Le comité vote à l'unanimité une commande de pizzas, le temps de terminer cette étape.

— Mon père vous ramènera ensuite chez vous, les filles, propose Jade.

Celui de Kévin reconduira les garçons. Le père d'Imani file, trop heureux de s'échapper.

❄

Nous voilà à passer la soirée ensemble comme une bande de potes. Je me retrouve à bavarder avec Kévin en passant le pinceau sur une façade.

— J'ai un chien qui s'appelle Melchior, me révèle-t-il, et je lui apprends des tours.

Je fais une pause le temps qu'il me montre quelques-uns de ses exploits.

— Dommage qu'il soit si petit, dis-je en découvrant le Jack Russel, sinon, tu aurais pu le lancer aux trousses de ce mollusque de Louis.

— Je ne pense pas que ce soit la meilleure façon de régler le problème.

— Certes, mais ça me fait plaisir de l'imaginer.

Avec un sourire machiavélique, il démarre une vidéo de son chien accroché à un jouet qu'il refuse de lâcher, bien qu'il soit à quarante centimètres du sol.

— Parfois je regarde Melchior et je me dis que Louis devrait faire plus attention s'il espère s'assurer une descendance.

— Comme c'est vilain !

Nous ricanons encore plus fort. Du coin de l'œil, je remarque que Yanis et Imani papotent de leur côté. Elle lui raconte les particularités qu'elle a notées sur les profs.

— Mme Trouffier adore les chaussettes. Elles sont assorties à sa tenue, avec un détail rigolo. M. Okal déteste qu'on ouvre les fenêtres, il ne supporte pas les bruits de circulation...

— C'est pour ça ? s'esclaffe Jade. L'an dernier, j'ai cru qu'on allait mourir de chaud pendant un après-midi de juin !

— Tu connais les bizarreries des élèves aussi ? s'étonne Raphaël. J'en ai une ?

Il vient, sans le savoir, de mettre Imani au défi.

— Tu te places systématiquement en bout de rang pour allonger tes jambes dans l'allée.

— Et moi ? l'interroge Yanis, intrigué.

Une petite moue dépréciatrice tord les lèvres de ma meilleure amie.

— Tu es à la limite de la maniaquerie : tu positionnes ta trousse devant toi, tu sors un stylo et un crayon, tu ouvres ton cahier, toujours dans cet ordre. Tu ranges ton portable dans ta poche avant gauche...

— Stop ! J'ai mon compte.

— Ada aussi en a une ? s'intéresse Kévin.

— Une multitude, mon pauvre !

Je brandis mon pinceau en guise de menace :

— Tu le paieras cher si tu divulgues des informations à mon sujet, Imani Hersi !

Elle éclate de rire, et je sais qu'elle ne dira rien.

— Toi aussi, Imani, tu es un peu étrange, fait Jade. Pourquoi est-ce que tu t'habilles en noir et blanc ? Il y a une raison particulière ou je me trompe ?

— Parce que je suis daltonienne et que, de cette façon, je suis sûre d'être élégante, réplique Imani sans frémir.

La sonnerie du portail interrompt la conversation : les pizzas sont arrivées.

❄

Il n'est pas très tard lorsque nous finissons de vernir les façades. Au nombre que nous sommes, c'était prévisible.

— On se mate un film, si vous voulez, propose Jade. J'ai un home cinéma.

— Tant que ce n'est pas une comédie romantique, ça me va, renifle Raphaël. Si j'entends encore un chant de Noël, je vais péter un câble.

De l'avis général, on devrait trouver un terrain d'entente.

— Regardez, s'exclame Kévin. Pierre a posté des images de la répète !

— C'est génial ! se réjouit Jade. Je partage !

Yanis se détourne subrepticement en rangeant son téléphone dans sa poche. J'étouffe un ricanement.

— Dites donc, Pierre montre beaucoup Léa, remarque Kévin. Vous croyez qu'il veut sortir avec elle ?

Je ne le pensais pas aussi curieux et porté sur les ragots... Jade secoue la tête.

— C'est leur chanteuse. Il a intérêt à la mettre en avant. Tout le monde remet les bonnets de Noël, on va faire un selfie devant les chalets ! #baldeNoël #décoféérique #DIY

Sans attendre notre accord, elle déplie sa perche télescopique. Je suis prise d'un fou rire. Le couvre-chef d'Imani clignote follement. Celui de Yanis est trop petit. Kévin a perdu son pompon, Raphaël porte une fausse barbe. Rien ne va, mais nous prenons la pause, tour à tour sérieux, grimaçants, souriants...

Je passe la projection par terre aux pieds d'Imani, pour éviter d'être coincée entre Raphaël et Kévin. Ma meilleure amie connaît les répliques du film par cœur – *Pulp Fiction* a fait l'unanimité* –, et elle me paraît décontractée. Je suis contente qu'elle ait cessé de penser à Erell.

*** Note de Sandra : Excellent choix, c'est mon préféré de Quentin Tarentino ! « Ce n'est pas parce que tu as une personnalité que tu as de la personnalité. » Imparable.**

Jade ne cesse de s'inquiéter de savoir si on a assez à manger, à boire, « attention, utilise un sous-verre ! » Régulièrement, Yanis me jette des bonbons avec un sourire malicieux. Je lui réponds avec des pop-corns qu'il essaie d'attraper au vol. Profitant du fait que Jade a disparu en cuisine, il va jusqu'à me menacer avec un coussin. Raph le lui confisque, pour me le jeter à la figure lui-même. Les minutes suivantes, nous nous frappons à coups de polochon comme des possédés, jusqu'à ce que des bruits de pas claquent dans le couloir, annonçant le retour de notre chère Jade avec des cornets de glace sur un plateau. Elle fait mine de ne pas remarquer nos têtes échevelées.

Le temps du film, soit deux heures trente-quatre, nous ne sommes plus le comité du bal de Noël, juste une joyeuse bande. Mon esprit s'égare parfois. Yanis me voit plus comme une pote que comme une copine potentielle, et je ferais bien de me raisonner. Ce serait plus facile s'il ne me faisait pas un tel effet.

Avant de partir, je remercie Jade pour son invitation.

— C'était sympa, dis-je en guise de conclusion. J'ai passé une bonne journée.

Nous nous sourions mutuellement dans un silence gênant. Même quand je suis sincère, je donne l'impression de me forcer. Quelle poisse... Qu'est-ce qui cloche chez moi, à la fin ?

22

Mercredi 20 novembre

Le week-end me paraît loin. Cette semaine est un tunnel sans fin, à cause des contrôles, des interros surprises... En plus, Imani est déprimée par sa peine de cœur. Je vois bien qu'elle souffre, mais dès que j'aborde le sujet, elle botte en touche. Pour s'occuper, elle s'est lancée à corps perdu dans les préparatifs du bal. Elle, qui est tout sauf l'incarnation joyeuse d'un lutin de Noël, regarde désormais autant de tutos de déco que moi. Aujourd'hui, elle a décidé de m'accompagner afin de régler le problème de l'affiche. Il ne reste que dix tout petits jours avant décembre... et tant à faire !

— Prête ? me lance Imani à la sortie du cours de physique-chimie.

— Et comment !

Nous marchons à un rythme d'enfer à travers le couloir, côte à côte, parfaitement synchrones, unies par la détermination qui nous habite. Nous ne sommes pas d'humeur à nous laisser mener en bateau par M. Euvêche. Il n'a même pas répondu au mail que je lui ai envoyé hier matin. On n'a toujours aucun contact.

Si on ne reçoit rien d'ici lundi prochain, on ne pourra pas afficher au 1er décembre comme prévu. Sans oublier que Jade a besoin du logo du bal pour commencer ses publications sur les réseaux.

— C'est un élément de communication d'une grande importance, a-t-elle déclaré sans une once de plaisanterie dans la voix. Si ça continue, on va devoir se rabattre sur le machin de Kévin.

Quelque part, elle a raison de s'inquiéter. Le bal est dans un mois. On n'a pas de déco. D'affiche. De volontaires. De robe. Si ça continue, on court droit à la catastrophe. Oh mon Dieu, j'en ai des sueurs froides.

— Respire, Ada, me conseille Imani en m'attrapant par le bras.

Elle est forcément équipée d'antennes pour lire ainsi dans mes pensées. Ou alors elle a du sang de Sherlock Holmes qui coule dans ses veines. Dernière hypothèse : elle n'est pas tout à fait humaine.

— Et concentre-toi, ajoute-t-elle d'un air entendu.

— Comment tu fais ça ?

Avec un sourire, elle s'efface pour me laisser entrer la première dans la salle du professeur récalcitrant.

— Tu ne surveilles aucune de tes expressions faciales. Mais c'est ce qui fait ton charme, mon petit baba au rhum.

Dit comme ça... Je me plante devant le bureau de M. Euvêche. Imani en fait autant. Il relève le nez d'un paquet de copies. Il ne s'attendait pas à nous voir débarquer à la pause-déjeuner, on dirait. Pas de bol pour lui, Mme Potts nous a fourni l'info sans sourciller.

— Mesdemoiselles ? Que puis-je faire pour vous ?

— Bonjour, Monsieur Euvêche. Je suis Ada Lagrange, du comité du bal de Noël. Je suis passée vous voir il y a une dizaine de jours...

— Oui, oui, je sais. Comment vous oublier après votre irruption en salle des profs ?

Je m'interromps, prise de court, le visage en feu. Imani m'encourage d'un signe de tête, l'air consterné pour moi.

— Je... je... je vous ai envoyé plusieurs mails...

— J'en reçois tant. Je n'ai pas dû les lire.

Excuse classique. Il nous prend pour des lapereaux de deux semaines.

— Monsieur, intervient Imani, on se demandait si vous aviez parlé du bal de Noël à vos élèves. On n'a toujours aucun contact.

Notre situation n'a pas l'air de l'émouvoir.

— Je ne suis guère étonné. Je leur ai déjà donné beaucoup de travail. Et le délai est court. Vous vous y prenez trop tard, si vous voulez mon avis.

La moutarde est sur le point de me sortir par les deux oreilles. Mais on ne le lui demande pas son avis, que je sache ! Il croit qu'on ne le sait pas, que le timing est serré ?

Imani intercale son bras de sorte à m'empêcher d'avancer plus près.

— Pourriez-vous leur en reparler demain, s'il vous plaît ? réclame-t-elle avec une exquise courtoisie. Nous avons vraiment besoin d'aide. Et puis, pour vos élèves, il s'agit d'une occasion en or de mettre en pratique le merveilleux enseignement qu'ils ont reçu pendant vos cours.

Cette tentative de flatterie n'aura servi à rien. Il nous sert une vague promesse afin de se débarrasser de nous, et nous ressortons de là passablement irritées.

— Comment est-ce qu'on va faire sans affiche ? grogne Imani. Il est marrant Euvêche, on ne va pas dénicher un graphiste en claquant des doigts.

— Au pire, on a Kévin.

Elle grimace. Je ne suis pas plus emballée qu'elle. Téléphone en main, j'annonce la mauvaise nouvelle aux autres : toujours pas de piste. Je remarque une fille avec des cheveux bleus dans le couloir. C'est elle qui m'avait renseignée le jour de l'incident des toilettes, je m'en souviens. Je lui adresse un sourire poli en dépit de mon humeur de dogue.

— Salut !

— Hello, moi c'est Octavia, répond-elle en tendant la main. On s'était déjà vues, je crois. Dites, vous êtes du comité du bal de Noël, non ? J'ai entendu dire que vous cherchiez une graphiste ?

Il se trouve qu'Octavia est créatrice de contenu et illustratrice en parallèle de ses études.

— Je serais assez partante pour vous aider. Ça m'intéresse pour mon book. J'ai besoin d'élargir mes activités.

Elle nous montre vite fait quelques exemples de réalisations.

— On peut dire que tu tombes à pic, se réjouit Imani. Parce que sans toi, notre meilleur espoir était Kévin, petit génie en 1re B, et autant avouer que je ne suis pas conquise par sa fibre artistique.

Elle n'a pas tort. Pauvre Kévin, il risque d'être déçu.

— Ouille, fait Octa. J'en déduis que je suis embauchée ?

Et comment ! Nous lui expliquons le projet, le thème de couleurs, les différents éléments qui doivent figurer, et nous nous engageons à lui envoyer un mail récapitulant toutes les infos d'ici ce soir. Elle comprend parfaitement ce que nous souhaitons, ce qui nous libère d'un poids énorme.

— C'est pour quand, au fait ?

Le délai lui paraît court, mais elle promet de faire son maximum. Est-ce que nous venons de vivre notre premier miracle de Noël ? J'en ai bien l'impression !

Fortes de cette bonne nouvelle, nous nous dirigeons à grands pas vers la salle où la réunion du comité doit avoir lieu aujourd'hui. Il nous faut traverser la cour. En me hissant sur la pointe des pieds, j'aperçois Yanis. Il attend, adossé à un poteau du préau. Dans mes rêves les plus fous, il n'est là que pour moi. Il ne voit ni Kévin ni Flo qui lui tiennent compagnie, il n'a plus d'yeux que pour Ada Lagrange, la fille bizarre, mais sympa, avec qui il se cache sous les tables. La foule s'écarte entre nous, le vent souffle dans ses cheveux…

— Essuie la bave au coin de tes lèvres, me recommande Imani, me ramenant brutalement à la réalité. Ce n'est pas très glorieux de saliver de la sorte devant un type.

Bon sang, je suis de plus en plus atteinte. Il faut que je me calme, c'est juste un mec. Un mec qui vient à notre rencontre. À ma rencontre! J'en ai les jambes qui deviennent du Flamby. Je nous revois sous la table, si proches, sur le point de nous embrasser. J'y repense depuis samedi, tour à tour ravagée par le regret de ne pas avoir tenté ma chance, et soulagée d'avoir évité la honte d'un rejet. Tandis que je flotte sur mon petit nuage, le cœur plein d'espoir, quelqu'un bouscule Imani, et je trébuche sur une jambe tendue en poussant un cri de chèvre.

Une poigne de fer retient brusquement mon sac, m'évitant in extremis de m'étaler par terre. Je me raccroche à mon bon samaritain qui n'est autre que Raphaël. Je grimace.

— Je t'avoue que je m'attendais plus à un merci qu'à du dégoût, s'agace-t-il.

Le rire gras de Louis éclate plus loin. Il nous pointe du doigt, hilare à s'en taper les cuisses.

— Ça va, Ada ? Tu l'as échappé belle, on dirait !

— Je vais me le faire, grogne Imani, prête à en découdre.

Mais il s'éloigne déjà, et je l'empêche de le suivre.

— Il n'en vaut pas la peine.

— Elle a raison, approuve Raph. Il te cherche, autant ne pas lui faire ce plaisir.

Il attend ensuite, en me regardant avec insistance. Je me tâte le visage.

— Quoi ? J'ai un cil ou un morceau de patate ?

— Tu pourrais me remercier, peste-t-il. Je viens de t'éviter une chute.

Levant les yeux au ciel, Imani se remet en marche, nous entraînant avec elle à travers la cour. Les élèves se sont désintéressés de notre cas et ont repris leurs discussions.

Je me compose une expression gracieuse pour répondre à Raphaël.

— Je te remercie pour ton acte généreux et désintéressé. Tu es content ?

Il enfonce ses mains dans les poches, dépité.

— Tu me dois une faveur. Mais ne te fais aucune illusion, compris ?

— Jamais de la vie ! Et je ne te dois rien du tout, au mieux on est quitte pour l'histoire des cookies à la noix de coco.

— Bien vu, reconnaît-il, déconfit. Mais je croyais que j'étais pardonné ?

— Maintenant, tu l'es, tranche Imani. Je te prierais de cesser de faire le clown. Est-ce que tu as les clés de la salle de réunion ?

Il nous les brandit sous le nez.

❄

La résolution de notre problème d'affiche nous vaut, à Imani et moi, les félicitations du comité. Le seul qui ne paraît pas ravi est Kévin. Je comprends sa déception, et je me rapproche de lui afin de lui parler.

— Tu avais terminé la tienne ?

— Presque. Je voulais au moins vous la montrer une fois finie.

— Bien sûr ! Je serais ravie de la voir. Et puis, pour le moment, on n'a pas celle d'Octavie. C'est toujours bien d'en avoir une de secours sous le coude, au cas où elle ait un pépin et qu'elle ne puisse pas terminer dans les délais.

Kévin approuve, requinqué par cette idée. Pendant ce temps, lancée tel un bulldozer sur un chantier, Jade prend une foule de décisions, à commencer par imposer une séance photo aux Earth Flatteners demain en fin d'après-midi. Pierre et Léa ronchonnent qu'ils ne sont pas prêts, mais Jade s'en tamponne les coquillettes. Elle est survoltée aujourd'hui.

— Il me faut du contenu pour notre compte sur les réseaux. Vous voulez avoir du public ou pas ?

Les stars en herbe baissent la tête, vaincues. J'hésite entre rire et voler à leur secours. J'aimerais bien les entendre jouer leurs derniers morceaux. J'y songe en lorgnant du côté de Yanis, mais Raphaël s'est placé entre nous.

— Pourquoi tu me regardes en coin ? grommelle mon ex.

Je fais mine de ne pas avoir entendu et décide d'user de ma voix.

— J'ai l'impression qu'on oublie la déco. On devrait faire des courses, il me semble, histoire de ne pas s'y prendre à la dernière minute, surtout si on doit assembler nous-mêmes les grappes de boules.

— Sans oublier les flocons de neige suspendus, souligne Imani.

C'est ma petite victoire personnelle. Dans l'un des visuels que j'ai partagés avec le groupe, il y avait des bouts de coton accrochés sur des fils de pêche. Effet waouh garanti. J'acquiesce et j'ajoute :

— On n'a pas non plus parlé de l'espace pour les photos et la boule à neige.

Je leur remontre mes inspirations pour ce projet. Il suffit de fabriquer un socle, comme un marchepied recouvert avec du papier, et d'y ajouter une arche ronde. On trouve ce genre d'accessoire en ligne pour tous les budgets.

— C'est super joli, mais un peu compliqué, me refroidit la caporale en chef. Imagine que le socle ne tienne pas, que quelqu'un tombe ! Je propose de nous rabattre sur une solution plus simple et moins chère, en utilisant un papier intissé en guise de fond pour les photos.

Elle nous présente un exemple dans le thème féérie hivernale sur son téléphone.

— Sympa, s'exclame Yanis.

Je le vis comme une trahison. Hélas, je n'ai pas le temps de protester que les autres membres du comité approuvent à leur tour. Plus facile à mettre en œuvre, l'idée d'avoir le visuel d'un lac glacé et de cimes enneigées en face des cabanes de Noël fait l'unanimité. Dépitée, je n'essaie même pas de faire contre mauvaise fortune bon cœur.

— Donc, on part sur le lac, conclut Jade. Qu'est-ce que vous dites de faire le shopping de guirlandes samedi prochain ?

Elle essaie de me faire plaisir pour compenser ma déception, mais je ne parviens pas à feindre l'enthousiasme.

— Toujours pas dispo le week-end, lâche Flo.

— Je suis déjà coincée avec les autres sur tout mon temps libre, réplique Léa excédée. Pas la peine de compter sur moi.

— Personne ne te force, grogne Pierre. Et l'amabilité, c'est un mot que tu ne connais pas visiblement.

— On se calme, intervient Imani qui joue de nouveau le rôle du tampon. Les Earth Flatteners répètent, et nous, on gère le reste.

Je me porte volontaire. Pour ma part, hors de question de rater une occasion d'acheter des guirlandes et des décorations de Noël.

— Moi aussi, je suis de la partie, indique Jade. Pas que je n'aie pas confiance, mais je veux que tout soit parfait.

Je m'en serais doutée. Imani plante son regard dans le mien. Un peu comme si elle me maîtrisait mentalement.

— On aimerait toutes et tous que ce soit parfait, rappelle ma meilleure copine. Ce qui a peu de chances d'arriver. Donc on se détend, et ça vaut pour tout le monde.

Léa pointe le doigt sur Kévin, Raphaël et Yanis.

— À votre place, je viendrais aussi. Ne serait-ce que pour pousser les caddies. Je pense que Mme Potts le remarquera s'il n'y a que les filles qui s'occupent des préparatifs.

Yanis hoche le menton. Il va venir ! Vivement samedi !

23

Imani est perdue dans ses pensées depuis que nous avons quitté la réunion. Les messages qu'elle a reçus d'Erell l'ont pas mal chamboulée le week-end dernier. Imani essaie de se montrer forte en toutes circonstances, mais elle est très sensible, à sa façon. Il lui faudra du temps pour se remettre de sa peine de cœur. Ce qui me rappelle la confidence que Julie m'a glissée ce matin.

— Imani, tu n'as pas trouvé Jade bizarre au cours de la réunion ? Elle était plus électrique que d'habitude...

— C'est possible, répond-elle en baillant. Pourquoi, mon petit œuf en chocolat ?

— J'ai entendu dire qu'Illiès et elle avaient rompu.

— Je pense que la rumeur est fondée. Je les ai vus se disputer hier, et entre nous, elle en avait marre qu'il la suive partout.

Tout en méditant sur cette nouvelle, je lui propose un chewing-gum avant d'en déballer un pour moi.

— Il ne manquera à personne, je conclus. Au fait, qu'est-ce que tu vas mettre au bal, toi ?

Le sujet me tracasse de plus en plus souvent.

— Le bal est dans un mois, et on ne pourra pas y aller

en pyjama licorne. Comme c'est parti, tous nos week-ends vont être pris d'ici là par les préparatifs, et si on s'en occupe à la dernière minute, on risque d'y aller avec un sac sur la tête.

— Sans exagération aucune...

— Est-ce que tu y as réfléchi au moins ?

— Je n'ai pas tellement envie de porter une robe. Ce n'est pas mon style.

En effet. Elle serait magnifique, et surtout mal à l'aise. Or, ce moment doit être magique ! Je n'aurai pas ma boule à neige pour poser dedans, mais c'est décidé : je vais me dégotter une robe de princesse. Une vraie. De toute façon, en tant qu'instigatrice officielle du concours de couple – quelle bonne idée j'ai eue –, j'ai plutôt intérêt à mettre le paquet. Je me poserai la question du partenaire plus tard.

Revenons à nos moutons. J'ai une solution pour Imani.

— Pourquoi pas un bustier sur un pantalon fluide ? Ou une combinaison ?

— Peut-être.

Nous sommes presque arrivées à l'arrêt de bus, et je la retiens d'un geste.

— Si on allait traîner dans les magasins ?

Imani est tout sauf emballée par ma proposition.

— Lundi, on a cinq heures de contrôle d'affilée. Et on ne pourra pas réviser samedi.

— Juste une heure. Allez, quoi ! On a tout l'après-midi pour travailler ! Je t'en supplie !

Je lui fais mes plus beaux yeux de Bambi, la lèvre inférieure retournée, les mains jointes. Ne jamais lésiner sur les grimaces pour faire plier Imani Hersi.

— D'accord, abdique-t-elle avec un début de sourire.

❄

La première échoppe dans laquelle nous nous arrêtons est une friperie. Je trouve que les friperies ont une odeur étrange, elles sentent la vieille mamie, la bonne dame gentille, poudrée, avec une jolie mise en plis, qui met de la crème Nivea et embaume la naphtaline. Il faut avouer qu'il flotte un lourd parfum d'antimite ici.

— Accompagné d'un léger relent de chaussette sale, note Imani en fronçant du nez au-dessus d'un bac à godasses.

Le rayon robe de soirée se révèle décevant. Peu de modèles, et surtout des fringues sorties tout droit des années 1980. On décide de fuir – littéralement – et d'enchaîner avec une autre enseigne, sans marque, qui propose des tenues bling-bling. Certaines retiennent notre attention en raison de leur prix, plutôt attractif. Mon espoir de dénicher de quoi briller au bal de Noël est revenu. Imani me surprend en sélectionnant un fourreau.

Je jette mon dévolu sur une robe d'un vert émeraude, sur laquelle brillent des détails dorés. Au sortir de la cabine d'essayage, nous éclatons de rire. J'ai l'air d'un lutin de la Saint-Patrick, et elle nage dans la sienne, qu'elle tient serrée contre elle pour éviter de perdre sa dignité.

— Taille unique, fait-elle fataliste. Mais tu es mignonne dans ton genre.

— Arrête ça...

Nous remontons la rue principale où s'alignent des boutiques plus connues, plus chères aussi. Je me fige devant une vitrine. La robe de mes rêves me regarde de haut : un bustier d'un gris doux agrémenté de discrètes paillettes blanches surmontant une jupe longue, vaporeuse de froufrous en tulle, mais pas bouffante, de sorte à ne pas risquer l'effet meringue.

— Tu devrais l'essayer, décrète Imani. Viens.

Elle me traîne à l'intérieur. Les lumières du magasin sont presque aveuglantes, les allées sont larges, et les prix vont avec le standing de l'établissement. Imani consulte les étiquettes sur les portants.

— Ce n'est pas non plus exorbitant.

Enfin, si on a un salaire de ministre, j'imagine. Parce que ma mère en ferait une syncope*.

— Je peux vous aider ?

*** Note de Sandra : Position latérale de sécurité, *aka* PLS. Merci. Au revoir.**

Une vendeuse, rouge à lèvres impeccable, en tailleur noir de la collection maison, nous adresse un sourire, mais je ne sais pas s'il est véritablement bienveillant. J'ai l'impression que rien qu'en nous voyant, elle a deviné que nos parents ne flirtaient pas avec le haut du panier de notre bonne vieille société. Imani se redresse, aussi à l'aise qu'une influenceuse.

— Nous cherchons nos tenues pour le bal de Noël de notre lycée.

— Un bal ! Quelle merveilleuse occasion de porter une robe de soirée ! Je suis sûre que celle-ci vous irait parfaitement.

— Je ne suis pas très robe, mais mon amie qui m'accompagne a eu un coup de cœur pour elle.

Immédiatement, la vendeuse cherche ma taille et approuve mon choix, expliquant que la teinte s'accorde à ma pâleur naturelle et sera rehaussée par la couleur de ma chevelure. Elle s'adresse ensuite à Imani.

— Et pour vous ? Avez-vous déjà une idée de look arrêtée ?

— Pas du tout.

Ma voix se manifeste de nouveau à ce moment-là :

— Je la verrais bien dans une combinaison, peut-être avec un dos nu ?

— J'ai ce qu'il vous faut !

Cette femme se prend décidément au jeu. Elle revient avec deux modèles : l'un, bleu sombre, s'attache derrière le cou avec des liserés dorés surpiquant les coutures ; le second, noir, comprend un bustier le long duquel coulent des lignes de strass argenté.

Ma fébrilité monte dans la cabine d'essayage alors que je passe ma robe. Et si sa longueur me tassait ? Qu'elle me donnait l'air fade ? Pour une fois, j'ai envie qu'on me remarque. Qu'on me perçoive différemment. Yanis s'infiltre dans mes pensées.

J'ose à peine sortir de la cabine, je me vois de trop près dans la glace pour me faire mon avis. Elle paraît à ma taille en tout cas. C'est en m'avançant sous la lumière dans le salon d'essayage que je prends la mesure de ce petit bijou. Il me transforme en une autre personne. Plus féminine, plus jolie. Est-ce que je me trompe, ou la magie du bal de Noël est à l'œuvre ?

La vendeuse me propose des chaussures à talon.

— Ce sont des 7 centimètres. Vous vous rendrez mieux compte en les portant. 37, c'est ça ?

Elle a vu juste. Je les enfile avec appréhension. Je ne porte pas de talons d'habitude. J'ai des sandales compensées pour l'été, mais c'est tout. Je ne me lasse pas de tourner devant les miroirs. Les froufrous volent. Je me trouve belle, sensation assez rare pour être soulignée. Puis Imani sort, radieuse, princière et si élégante ! Je pousse un cri en me ruant vers elle, elle se lâche elle aussi, et nous dansons ensemble en riant.

— Imani, tu es beaucoup trop belle !

— Et toi, tu es beaucoup trop fabuleuse !

La vendeuse, ravie, insiste pour nous prendre en photo. Très investie dans cette histoire de bal, elle nous pose des questions, elle s'intéresse. Et j'occulte complètement la réalité durant quelques minutes. Pourtant, il va bien falloir rendre ces merveilles à leurs cintres. Ou alors, envisager de braquer une banque.

❄

Nous sortons du magasin, à la fois enchantées et dépitées. Aucune de nous n'a les moyens de dépenser autant pour une seule soirée.

— À l'échelle du monde de la mode, ce n'est presque rien, déclare Imani avec regret.

— Mais c'est presque autant que la participation financière pour le voyage en Cornouailles. Nos parents ont choisi le paiement en cinq fois, je te rappelle.

Bras dessus, bras dessous, nous soupirons chacune notre tour. Imani paraît tout aussi touchée que moi. Je ne peux m'empêcher de rêver à voix haute.

— Je me serais bien vue dans cette robe, aux côtés de Yanis... Tu crois qu'il pourrait m'inviter au bal ?

Imani pince les lèvres.

— À ta place, je me méfierais, ma guimauve à paillettes. Il t'aime bien, j'en suis convaincue, je crois même que tu lui plais, mais il vient de se fracasser le nez du dernier étage d'un gratte-ciel. Je ne suis pas sûre qu'il soit fiable. Il sait qu'il fait de l'effet aux filles, je n'aimerais pas qu'il joue avec tes sentiments.

Ma bonne humeur s'écrase au sol comme un pigeon qui n'a jamais su se poser.

— Et puis, conclut-elle, tu ne le connais pas bien. Parfois, même quand on croit connaître les gens, on est déçu. Méfie-toi.

Elle fait référence à Erell, bien entendu. Je laisse filer les anges entre nous, avant de demander, un peu comme on jette un caillou dans la mer :

— Tu lui as répondu finalement, à Erell ? Je sais que tu n'as pas envie d'en parler, mais...

— Je lui ai dit que je la pardonnais pour ses silences, mais que c'était fini. Qu'elle ne m'écrive plus. Et qu'elle prenne soin d'elle.

Imani baisse les yeux sur ses chaussures.

— C'est Jade qui m'a conseillé de le faire. Pour éviter qu'elle ne m'envoie un message de nouveau.

— Quand ça ?

— Dimanche. Je suis passée chez elle avec mon père pour récupérer sa visseuse. Il l'avait oubliée.

J'avale la pilule. En fait, ce n'était pas le sujet d'Erell qu'elle évitait, mais celui de Jade.

— Tu m'en veux ? s'inquiète-t-elle. J'avais peur de ta réaction, je n'ai pas osé t'en parler. Je me rends compte que c'était idiot.

J'aurais préféré qu'elle se confie à moi, cela va de soi. Un peu de pluie froide décide de s'incruster dans la conversation. Inspiration, expiration. Je ne veux pas penser à Jade et me mettre en colère. Je refuse d'être ce genre de fille qui croit que sa meilleure amie lui appartient. Bien sûr, ça me fait mal. D'habitude, c'est moi, sa confidente.

Ma voix chevrotante peine à formuler une question, la seule qui importe.

— Est-ce que tu te sens mieux vis-à-vis d'Erell ?

— Soulagée que ce soit fini, surtout. Je n'en pouvais plus.

— C'est le principal, Imani.

— Pardon, Ada.

Elle pose sa tête sur mon épaule. Une grosse boule d'émotion me bloque la gorge. Elle vient de tout me raconter. Alors, pourquoi ai-je l'impression qu'un fossé s'est creusé entre nous ?

24

Vendredi 22 novembre

Texto de maman :

> Est-ce que tu peux prendre des œufs
> et de la levure chimique chez Jeanine ?

OK

Avec tout le travail que j'ai ce week-end, j'aspirais à rentrer sans faire de stop en chemin. Mais comme je suis la fille idéale, je vais, bien sûr, rendre ce service à ma mère. Sauf que je la trouve plantée de l'autre côté du trottoir en train de surveiller ce qui se passe à l'intérieur de la supérette. Dedans, des guirlandes fraîchement installées illuminent les lieux.

— Maman ! Qu'est-ce que tu fabriques ici ?

— Je t'attendais. Pour te prévenir. Ne lui parle surtout pas des calendriers.

Elle me fait signe d'y aller. Je me rebiffe, décidée à tirer les choses au clair.

— Qu'est-ce que vous avez mangé ce midi à la cafèt' de l'hôpital ? Du camembert périmé ? Pourquoi est-ce que tu m'envoies faire tes courses si tu es dispo ?

Depuis qu'elle a conclu avec Martin dimanche, elle nage dans le bonheur, mais elle est survoltée. Encore plus indisciplinée, enjouée, gamine que d'habitude.

— Ne fais pas semblant de ne pas comprendre. Jeanine va savoir que j'ai pris des calendriers de Noël ailleurs que chez elle.

— Ah bon ? Tu as acheté des calendriers ailleurs ?

— Oui ! Sur Internet ! Mais je ne peux pas le lui avouer, elle va le vivre comme une trahison.

— Arrête de faire la gamine et viens avec moi. Elle s'en fiche, de toute façon.

Elle renâcle, s'accroche à des prétextes, puis finit par me suivre en grommelant comme un ours grognon. Quand nous entrons dans le magasin, elle relève le col de son manteau afin de masquer en partie son visage. Elle est fatigante, parfois. Je roule des yeux fort avant de lancer gaiement :

— Salut, Jeanine ! C'est nous !

J'admets, je fais exprès. Hors de question de l'encourager dans ses délires.

— Ah, ma petite loutre !

Jeanine émerge du rayon jouets, son étiqueteuse à la main.

— Tiens, Sandra ! Tu en as eu assez de trépigner sur le trottoir d'en face ?

Maman grimace, je me retiens de jubiler à grand-peine.

Jeanine – quelle merveilleuse femme – enfonce le clou en enchaînant le plus naturellement du monde :

— Au fait, il y a une promotion sur les calendriers de Noël, moins 20 % sur le second acheté. Vous devriez vous dépêcher avant qu'il n'y en ait plus. Si vous tardez, d'ici le 1er décembre, il ne restera que ceux de mauvaise qualité. Comme l'an dernier, ajoute-t-elle, perfide.

— Oh, mille mercis, commence maman de sa plus belle voix de menteuse, mais cette année, on va s'en passer. Ada n'a plus vraiment l'âge...

— Ada, je veux bien, mais toi, tu es restée coincée au collège dans ta tête. Tu sais que j'en ai avec des Chocabons ?

Dix minutes plus tard, nous ressortons chacune avec un calendrier sous le bras. Je ne peux m'empêcher de rire.

— Qu'est-ce que tu as commandé sur Internet ?

Maman, vexée, hausse les épaules.

— Tu verras quand on les recevra... Ça te fera les pieds d'attendre.

❄

— Tu travailles trop, déclare-t-elle en piquant un pop-corn dans le saladier. Réviser un vendredi soir en rentrant du lycée, alors que tu es en week-end !

— J'ai cinq heures de contrôle dans la journée de lundi,

maman. Et demain après-midi, je dois faire les courses chez le grossiste en déco avec Mme Potts et le comité.

— Dont l'abominable Jade et le merveilleux Yanis, souligne-t-elle, fourbe, en s'avalant une autre poignée.

— J'y suis presque ! J'ai besoin d'un quart d'heure et d'un peu de calme, merci.

— Gnagnagna. Quel tyran... Pire qu'à quinze ans...

Je la fusille du regard.

— Maman !

— Oui, bon, très bien. Je vais être sage comme une image.

En vérité, ma concentration laisse à désirer, même lorsqu'elle me fiche la paix.

Depuis mercredi, Yanis m'envoie parfois des messages qui n'ont pas toujours de rapport avec le bal de Noël. J'en ai reçu un pas plus tard que tout à l'heure, où il me demandait ce que j'avais prévu comme soirée. « Film sur mon canapé avec du pop-corn. Et toi ? », ai-je répondu.

Certes, il ne m'a pas invitée à partager sa compagnie, mais s'il est curieux, c'est que je l'intéresse. Je me fais sûrement des idées – ou pas, j'hésite –, mais depuis notre conversation sous la table, je sens qu'on se rapproche. On a rigolé ensemble au volley quand il a essayé de m'aider à améliorer mes réceptions, et ce midi, pendant qu'on faisait la queue au self, il m'a parlé de son petit frère qui est fou de piano et qui veut s'inscrire au conservatoire.

Il se confie de plus en plus. Il ne me reste plus qu'à le faire craquer. Tout un programme... D'autant plus que j'ai le potentiel de séduction d'une taupe maladroite. Mais j'ai envie de tenter ma chance. Pourquoi est-ce que je n'essaierais pas ? Je risque de le regretter plus tard si je ne fais rien. Je suis jeune ! Un râteau de plus ou de moins ne bouleversera pas mon existence. Et puis, peut-être que si j'offre en sacrifice les lutins de maman à l'esprit de Noël, celui-ci m'entendra et volera à mon secours !

Une tête s'avance au-dessus de mon épaule.

— Tu es sûre que tu travailles là ? C'est quoi que tu dessines dans la marge ? Des cœurs ?

— Maman ! Encore cinq minutes !

— Oh, on ne me la fait pas ! Tu soupires en pensant à ton joueur de foot.

— Il ne joue plus au foot. Mais t'as gagné, je laisse tomber les maths pour ce soir.

Elle se trémousse avec le saladier de pop-corn qu'elle a subtilisé je ne sais comment.

— Alors, il y a eu une évolution ? Tu me racontes ?

— Il n'y a rien à...

— Je te rappelle que tu es allée courir les magasins sans moi mercredi. J'ai été souple, je t'ai pardonnée, principalement parce que tu étais triste que ta robe soit hors de prix, mais je mérite une compensation.

Mon téléphone vibre à cet instant.

— J'en étais sûre ! s'exclame-t-elle. C'est lui ! Qu'est-ce qu'il dit ?

Je laisse planer le suspense un moment, le temps de consulter le message.

Je vais jouer à la console avec mon frère.
Quel film ?

Je viens me caler dans le canapé à côté de ma mère. Un grand sourire s'étire jusqu'à mes oreilles. En vrai, je suis tellement contente que je me retiens de pousser de petits cris.

— Il vient de me demander ce qu'on allait regarder. Tu te rends compte, il s'intéresse à ce que je fais. Et tu sais qu'en plus, il adore la SF comme moi ?

— Oh waouh, se moque-t-elle gentiment. Tu vas lui dire la vérité ? C'est un piège, tu sais.

— Comment ça ?

Elle affiche un air tordu qui ne présage rien de bon.

— Ada ! Le choix du film est hyper important si tu veux lui faire passer un message.

— Hein ?

— Admettons que tu lui dises qu'on va regarder *La Cité de la peur*, c'est un classique, mais marrant, pour peu qu'on ait la réf, ça montre que tu es cool, que tu as de l'humour et que tu as un peu de culture quand même.

Si tu pars sur de la SF, les choses se compliquent. Si tu optes pour un truc un peu ardu comme *Interstellar*, tu lui donnes l'image d'une fille réfléchie, sérieuse, peut-être un peu hautaine intellectuellement, tandis que si tu choisis *Seul sur Mars*, là, tu combines le tout public avec la SF, mais ça reste un film de mec sans love story, donc ça n'envoie pas le bon message. À la rigueur, tu peux lui avouer qu'on va se mater un film de Noël, mais il va lire entre les lignes que tu es un cœur à prendre et que tu craquerais pour n'importe quel type pourvu qu'il porte une chemise de bûcheron.

Je ne sais pas où elle va chercher tout ça. Après, elle s'étonne que ses relations amoureuses soient compliquées. Je la chatouille pour rire.

— J'ai une autre option, ma petite maman chérie : je lui explique que ma mère choisit et que je n'ai pas mon mot à dire.

— C'est bas.

— C'est la pure vérité.

— Tu adores les comédies de Noël.

Elle adore avoir le dernier mot.

25

Samedi 23 novembre

Pour cet après-midi de shopping spécial Noël, j'ai décidé de m'habiller comme une héroïne de film : jupe écossaise, gros pull beige à torsades, petit béret assorti. J'ai enfilé un collant épais quand même parce que je suis frileuse et que le temps s'est considérablement rafraîchi. Il ne reste qu'une semaine avant le 1er décembre, et l'automne semble aussi impatient que moi de céder devant l'hiver. Les jours filent à une vitesse délirante. La bonne nouvelle étant que, bientôt, nous serons débarrassés des évaluations. Un stress en moins. Je pourrai alors complètement me consacrer au bal. Une *to do list* clignote dans ma tête – l'affiche, l'impression des tickets, la mise en place des équipes de bénévoles –, j'en ai aussi fait une sur mon téléphone du matériel qu'il me faut pour créer des suspensions – je n'aurai pas visionné tous ces tutos pour rien !

Maman me dépose sur le parking d'une enseigne de vente en gros à des professionnels. Je me liquéfie lorsque le véhicule repart dans un nuage noir de particules.

— C'est moi, ou elle pollue ta mère ? me murmure Jade en balayant l'air devant son visage.

— On sait, la voiture va à la révision la semaine prochaine.

Le mensonge est sorti tout seul. Je me dépêche d'envoyer un texto en cachette :

> Il faut que t'emmènes ton tas de boue
> au garage ! C'est la honte !

Tout le monde n'est pas encore arrivé – il manque Kévin et Imani –, mais les autres sont là. Je rougis en saluant Yanis. Je n'y peux rien, sa proximité me rend toute chose. Pourvu qu'il ne me piétine pas le cœur comme la plupart de ses semblables.

Raphaël se place face à toi et se penche pour m'examiner avec un air curieux.

— Qu'est-ce qui t'arrive aujourd'hui ?

Je me suis maquillée, si c'est ce qu'il veut dire. J'ai appliqué une crème hydratante colorée pour masquer mes imperfections, et j'ai choisi un fard à paupières vert émeraude, mis en valeur par des paillettes et de l'eye-liner. En toute modestie, le résultat me paraît canon. J'avais opté pour du rouge pétant sur mes lèvres, mais finalement, je me suis dégonflée et j'ai remplacé par du framboise, une teinte qui me va plutôt bien – enfin, je crois. La crainte que la couleur vive sur ma bouche ne donne un effet *too much* me frappe avec la férocité d'un boomerang. Comme il continue de me fixer, j'interroge Jade avec inquiétude :

— Tu me trouves comment ? Je suis bien ou pas ?

— Je t'arrête tout de suite, fait-elle, tu n'es pas du tout mon genre.

Quelle gourdasse, des fois. Le pire, c'est qu'elle ne plaisante pas.

— Mais non ! Je te parle de mon maquillage.

Elle m'examine avec sérieux.

— Super bien fait. Je ne vois pas pourquoi il nous pond un œuf, le Raphaël.

— Tu es très jolie, ajoute Yanis, avec trop de bienveillance pour que je doute de sa sincérité.

Mon ex se redresse, gêné.

— Je n'ai pas dit que tu étais moche, mais on dirait que tu es prête à partir en soirée.

— Et alors ? On va dans un magasin rempli de paillettes, de boules de Noël et de guirlandes en tout genre. Je ne vois pas ce que mon maquillage a de choquant.

❄

— Allez, fais pas la tronche, Ada ! me souffle Raph. Je suis désolé, je ne voulais pas te blesser.

Je serre les poings au fond des poches de mon manteau. Il ne me lâche pas d'une semelle alors que nous suivons Jade, Imani et Mme Potts dans les immenses rayons.

Pour une fois, notre prof a réquisitionné les filles pour pousser à tour de rôle son fauteuil, histoire d'économiser ses forces. À raison, car on pourrait errer toute une journée dans ce magasin, que dis-je, ce hangar, sans en avoir tout vu.

— Tu n'as pas à faire de remarque sur le physique ou la façon de s'habiller des autres, lance Kévin à l'adresse de Raph. J'aime bien ce nouveau style, Ada.

— En quoi lui dire que tu aimes bien, c'est différent de lui faire la remarque qu'elle a changé ? Je n'ai pas émis de jugement que je sache !

— C'était sous-entendu, Raph ! je m'énerve. Ta mauvaise foi me tue. Je ne t'ai pas demandé ton avis. Je voulais juste me maquiller d'une façon différente pour une fois ! Sans que quelqu'un vienne me gâcher mon plaisir.

Il passe son bras sous le mien, avec une familiarité à laquelle il n'a plus le droit depuis longtemps.

— Je te présente mes plus plates excuses.

Il me regarde avec intensité alors que je le fusille mentalement avec ardeur.

— C'est très pailleté et très bien fait. Je suis sincère ! Bravo.

Il me donne une bourrade, assortie d'un sourire en coin.

— Allez, déride-toi. En plus, ton trait d'eyeliner est symétrique. Rien que pour ça, respect.

— Tu trouves ?

— J'ai essayé d'en faire un pour mon déguisement d'Halloween. À force de l'épaissir, j'ai fini avec un masque de Batman.

Malgré moi, je ris. Punaise! Il m'a eue. Pourtant, je devrais me moquer de son opinion et ne pas y accorder d'importance. Aujourd'hui, j'ai l'impression d'être moi à cent pour cent, une fille ordinaire avec une petite touche d'excentricité. J'espère que Yanis, qui pousse le caddy derrière nous, y est sensible.

Mais il y a plus important : le bal. Imani, Jade et Mme Potts viennent de s'arrêter devant le rayon des boules de Noël, il y en a de toutes les tailles, toutes les couleurs : c'est le paradis de la décoration qui crie « HO ! HO ! HO ! » à nos iris.

— Attention au dépassement de budget, les filles, nous recommande la prof. Notre marge de manœuvre est faible.

— Pas d'inquiétude, la rassure Imani. Je tiens les comptes d'une main de fer.

— Je confirme, rit Jade en s'appuyant légèrement sur son épaule.

Leur complicité fait plaisir à voir. Ou pas, si on a le cœur d'une vilaine mesquine comme moi… Passons. Kévin et Raphaël partent en quête des stalactites à leds pour les chalets, tandis que je cherche les boules requises pour les grappes que nous allons confectionner.

— Il nous en faut combien exactement ? s'enquiert Yanis.

J'ai la liste des éléments nécessaires à la réalisation d'une composition, mais tout dépend du nombre qu'on décide de suspendre dans la salle, chose que je comptais vérifier auprès de l'équipe avant de prendre une décision. Comme j'aurais pu m'en douter, Jade possède déjà la réponse et a anticipé le problème. Toute fière, elle brandit ses calculs. Je me sens mal à l'aise de ne pas avoir fait cette part du boulot, surtout quand elle déclare :

— Je me doutais qu'Ada oublierait ce détail. Donc j'ai prévu le coup !

Imani m'adresse un regard gêné.

— Parfois, mon petit chou à la crème est un tantinet tête en l'air.

Le petit chou à la crème, il est là, il entend tout, et il en a ras le pompon de passer pour la nulle de service alors qu'il voulait avoir l'avis des autres. À croire que l'enfer est bel et bien pavé de bonnes intentions. De son côté, Mme Potts s'inquiète de la place que ces courses volumineuses vont occuper. Les caddys se remplissent à vitesse grand V.

— Vous êtes sûres que tout va rentrer dans les coffres des voitures ?

— Bien sûr ! certifie Jade.

— Gnagnagna..., je fais tout bas.

Puéril et gamin, mais ça fait du bien.

Comme je me sens à la fois inutile et de trop, je laisse Imani et Jade se débrouiller avec les boules, et je commence à récolter des décorations pour le sapin de Noël que Kévin doit récupérer auprès du CSE de sa mère. Il nous a promis qu'il dépasserait les deux mètres de haut.

Je prends sur moi pour ranimer mon enthousiasme en PLS devant mon ego malmené. Au moins, je me promène en compagnie de Yanis, ce qui constitue une compensation des plus appréciables, à mon avis. Nos échanges sont paisibles et décontractés, comme évidents. On dirait un petit couple. Ou alors, je me projette trop.

— Pourquoi pas des pommes de pin ? me propose-t-il. C'est plus écolo que des boules en plastique, même si elles sont peintes.

— Elles ne sont pas chères en plus.

Je les dépose dans son chariot et sélectionne de jolis nœuds bleus qu'il approuve également. Un paquet de faux sucre d'orge attire son attention. Je secoue la tête.

— Mauvaise idée, des petits rigolos risquent de les voler pour les manger.

Je flotte ainsi sur mon petit nuage quand une étoile polaire magnifique, qui flamboierait au sommet de notre sapin, me fait l'équivalent d'un clin d'œil. Elle brille, perchée sur son ressort doré, m'appelant de ses vœux. Pas de bol, elle se trouve hors de ma portée. Je l'effleure du bout des doigts une fois sur la pointe des pieds – pas facile d'être petite –, et avant que Yanis ne puisse me proposer son aide, j'escalade l'étagère.

Très, très mauvaise décision.

Alors que je me saisis de mon précieux trophée, j'entends un léger « clac ». J'ai juste le temps de me dire « bizarre, ce bruit » avant que l'étagère ne se mette à basculer avec moi en arrière.

Je hurle à pleins poumons – réflexe parfaitement inutile –, cramponnée de toute mon âme comme un mousse à la vigie d'un vaisseau en train de sombrer, jusqu'à ce qu'une paire de bras puissants se positionne de part et d'autre de ma personne, puis qu'un corps se plaque contre mon dos et pousse en avant, empêchant l'étagère de s'abattre.

Le souffle court, je sens celui de Yanis sur ma nuque. Je n'ose pas bouger. C'était moins une.

— Tu es une vraie tornade.

J'aurais plutôt dit une calamité, mais ce n'est pas le moment de le reprendre sur un point de détail, étant donné qu'un vigile et un employé courent vers nous.

Yanis m'attrape par la taille et me décroche pour ainsi dire sous leurs yeux.

— Tout va bien, les rassure-t-il. N'est-ce pas, Ada ?

— Oui, c'est bon. J'ai l'étoile pour le sapin.

Je la serre contre mon cœur. Mais j'ai la tête qui tourne. Oh misère, pourvu que je ne tombe pas dans les pommes. Notant ma pâleur, Yanis passe un bras derrière ma taille.

— Tu devrais t'asseoir.

J'en ai une bouffée de chaleur.

26

Gentleman, Yanis ôte son manteau et le pose par terre avant de me faire asseoir. Il sort une gourde de son sac, utilise le capuchon en guise de verre et veille à ce que je m'hydrate.

— Il faudrait du sucre pour te rebooster, mais je n'en ai pas, s'excuse-t-il. D'habitude, j'ai toujours des barres sur moi...

— J'ai des pastilles au citron. Tiens.

Il en accepte une, et je suce la mienne en silence, tout en songeant à la catastrophe que nous venons d'éviter. Je suis trop impulsive, je crois.

— Yanis, je m'excuse de t'avoir fait peur.

— Au moins, avec toi, on ne s'ennuie pas.

J'apprécie le compliment, mais je ne parviens pas à le regarder dans les yeux. Je replonge dans la contemplation de mes genoux, épuisée sans bien savoir pourquoi. J'aperçois Imani foncer droit vers nous.

— Je me suis permis de lui envoyer un message, me glisse Yanis.

Ce mec est tellement parfait. J'accepte son aide pour me remettre sur mes pieds. Elle me tapote les joues.

— Mon petit Pimousse ! Mais qu'est-ce qui t'arrive ?

— J'ai juste eu une grosse frayeur, t'en fais pas.

Je lui raconte, je dédramatise, nous rions tous les trois. On dirait que mon coup de stress est passé.

— Tu n'as pas de vertige ? Pas de mal au crâne ? vérifie Imani.

— Rien du tout, madame ! Je suis opérationnelle.

Nous repartons bras dessus, bras dessous en sautillant entre les rayonnages dont, c'est décidé, je vais me tenir à distance respectueuse à compter de cette minute. Les autres sont rassemblés devant les caisses et recomptent les fournitures de Noël : guirlandes, boules, couronnes, lumières... Une foule de trésors.

Mon regard tombe alors sur une arche de faux buis incrusté de leds et saupoudré de neige artificielle. C'est le coup de foudre. Immédiatement, je visualise sa mise en place devant le lac au milieu des sommets enneigés : le cadre idéal pour une photo réussie.

— C'est exactement ce qu'il nous faut !

J'entraîne Kévin avec moi sous l'arche, et nous prenons la pause tous les deux.

— C'est quoi, le projet ? s'inquiète Raphaël, dubitatif.

— Pour le spot photo, voyons !

Je suis obligée de tout leur expliquer. On a besoin d'un véritable décor pour que chacun puisse repartir avec un souvenir inoubliable. Ce n'est pourtant pas compliqué !

— S'il vous plaît ! Je vous jure que cela fera une sacrée différence sur le résultat final !

— Mais on n'a plus de budget, me répond Imani avec douceur, et on doit encore commander le costume du père Noël.

— Imani a raison, déclare Jade. Mais c'était une bonne idée, sinon.

De mon côté, je suis persuadée que l'investissement sera vite rentabilisé si on propose à chacun de laisser un euro en échange d'une photo. Malheureusement, mes arguments laissent de marbre les banquières du comité.

— Dommage, c'était chouette, me souffle Kévin. On pourrait peut-être essayer de bricoler un truc nous-mêmes ?

— Je ne sais pas, lui dis-je, assez démotivée. On verra bien.

❄

Sur le parking, nouveau problème : le volume des boules pour nos *Do It Yourself* est impressionnant. Les sacs et les chariots débordent.

— Qui est-ce qui va s'occuper d'assembler les grappes ? s'inquiète Jade. Ça représente du boulot.

— Moi ! je réplique aussitôt. C'est mon projet à la base, et je vais assumer, ne t'en fais pas.

Sceptique, elle croise les bras.

— Tu habites dans un minuscule appartement, non ? Où est-ce que tu vas les stocker ?

Soixante-cinq mètres carrés, ce n'est pas non plus un clapier que je sache…

— Je peux en prendre une partie chez moi et donner un coup de main, intervient Yanis, ça ne me dérange pas de monter des guirlandes. En revanche, il me faudra des instructions.

— Le tuto est super facile, je peux te montrer !

C'est sorti tout seul. Derrière Yanis, Imani ouvre de grands yeux, façon « c'est bon signe, ma grande », et retrouve une expression imperturbable dès qu'il se retourne. Mme Potts, qui n'y voit que du feu, le félicite pour son implication.

— Tu devrais en prendre de la graine, Raphaël.

— Je vais mixer pendant toute la soirée, madame, grommelle le concerné, vexé. Je vous promets que je vais avoir besoin de temps pour me préparer.

Jade fait les cent pas devant nos courses.

— Très bien. Le mieux, ce serait que toi, Yanis, tu ramènes Ada chez elle et que tu embarques les boules dans la voiture de ton frère. Mon père vient en 4 x 4, mais tout ne rentrera pas dans le coffre, même en repliant les sièges, et ce serait idiot de faire un détour pour la ramener alors qu'elle peut monter avec toi.

Si elle ne venait pas de m'arranger un tête à tête avec l'élu de mon cœur, j'aurais très envie de pousser notre Madame J'ordonne sous les roues du fameux 4 x 4 de son père. Soudain, je percute que mon crush va avoir l'inestimable privilège de visiter mon trou de hobbit, ainsi que celui de rencontrer ma mère si la malchance est de mon côté. Pourvu qu'elle soit partie faire des courses ou bécoter son prince charmant.

❄

Le berlingot de son frère arrive avec un léger retard. Les autres voitures sont déjà chargées, et la prof d'anglais a filé sans demander son reste. Quand le conducteur sort du véhicule, le silence se fait. Le mec grand, solidement bâti, se révèle encore plus beau que Yanis. Je veux dire qu'il a le même genre de visage, le nez droit, le menton dessiné et des sourcils incroyables au-dessus de ses yeux d'un bleu outremer. J'avoue, je suis éblouie.

— Mais vous êtes mannequin ? lance Jade en reprenant ses esprits.

— Non, j'étudie la médecine. Moi, c'est Adémo.

Il a le sourire qui va avec le physique.

— Jade, enchantée. Vous avez de bons gènes dans la famille.

On dirait qu'elle évalue son potentiel de reproducteur...

— Ouais, inutile de le flatter, son melon risque d'exploser, proteste Yanis.

Imani éclate de rire dans sa manche, avant de nous aider à charger la cargaison dans le coffre.

❄

— Tu t'appelles comment, au fait ? m'interroge Adémo, en me jetant un regard à travers le rétroviseur.

— Ada Lagrange.

— Qu'est-ce que tu veux faire plus tard ?

La question me déstabilise. J'avais presque oublié qu'on la pose très souvent aux enfants, et encore plus aux jeunes adultes qui sont à deux doigts d'entrer dans la vraie vie. On attend des petits une aspiration dès le CP, et des gens de mon âge, un plan de carrière. D'ailleurs, c'est l'idée derrière Parcoursup, parce que si tu te goures d'option en seconde et en première, tu as l'impression que tu vas rater ta vie. J'imagine que, comme Adémo étudie la médecine, il a une vision précise de son avenir. Ce qui était aussi le cas pour Yanis avant que son accident ne bouleverse son existence.

— Alors ? insiste Adémo.

Je décide de jouer la carte de l'honnêteté.

— Je n'ai pas de réponse toute faite. Après le bac, je compte m'orienter dans une voie scientifique, et essayer de partir étudier à l'étranger.

J'ai failli mentionner qu'il s'agissait de mon rêve. Je n'ai pas envie de trop lui en dire, et sa réaction me conforte dans ma décision.

— C'est déjà un début. N'est-ce pas, Yanis ?

Le commentaire me paraît condescendant. Ce n'est pas parce que je ne sais pas encore quelle est ma voie que je ne suis pas promise à de grandes choses. Et puis, qu'est-ce que ça veut dire, de « grandes choses » ? Je me satisferais bien de trouver un domaine dans lequel je me plais et qui me permettra de me rendre utile.

Yanis se retourne :

— C'est pour cette raison que tu tiens autant au voyage en Cornouailles ?

— Oui, le programme que Mme Potts nous a concocté est incroyable. Avoir la chance de visiter un campus, des labos, c'est génial, je trouve !

— Ça te donnera peut-être des idées à toi aussi, Yanis, ajoute Adémo avec un rire entendu.

Plus ça va, moins il me plaît, le grand frère. Outre un physique d'Apollon et des chevilles de la taille d'une pastèque, on dirait qu'il n'a pas plus d'empathie qu'une boîte de boulons. Même si Yanis n'en parle pas, il doit déjà ressentir assez de pression pour digérer ce qui lui est arrivé.

Par bonheur, notre « belle » discussion s'arrête là. Le trajet nous fait passer par le centre-ville, encombré à cette heure, et le chauffeur nous oublie pour se concentrer sur sa conduite. De mon côté, je remarque que les lumières de Noël ont été accrochées un peu partout, aux lampadaires, aux immeubles, sur la façade de la mairie de Chantelbourg… Cette année, l'allumage officiel aura lieu le 29 novembre au soir. Pourvu que maman ne soit pas de garde comme l'an dernier ! J'aimerais qu'on y assiste ensemble, cette fois. Tant que je pense à elle, je lui envoie un texto pour vérifier ce qu'elle fabrique.

Tu fais quoi ? Tu es où ?

Dis donc, c'est plutôt à moi de poser
ce genre de questions, je te ferais dire !

Je vais débarquer avec un copain du
comité de Noël. Je dois entreposer des
boules.

Des boules ? 😈

Range ton esprit mal placé, s'il te plaît !
Dis-moi que tu es partie te promener.
Avec Martin, par exemple ?

Martin devait aider un pote à déménager ce week-end. Je suis restée à la maison préparer des plats pour toute la semaine prochaine, vu que je travaille demain.

Oh non, la voilà qui est reprise de sa folie de *batch cooking*. Elle va encore cramer la moitié des plats en s'emmêlant les pinceaux dans ses minuteurs.

Je pousse un profond soupir avant de lui envoyer un ultime message.

Je te préviens, je suis avec Yanis. Interdiction de faire des sous-entendus foireux à propos de nous deux ou d'essayer de lui démontrer que je serais une petite amie parfaite pour lui.

Hiiiiiii, trop bien ! Je vais le voir en vrai ! Ne t'inquiète pas, je serai calme. Cool. Détendue. Comme d'habitude, quoi !

Mouais. Je ne sais pas pourquoi, mais j'en doute.

27

Obligé de se garer en double file devant la porte de mon immeuble, Adémo attend au volant du véhicule pendant que je me dépêche de sonner à l'interphone :

— Maman, tu peux descendre nous aider ?

Inutile de préciser qu'elle dévale les escaliers en crocs à la vitesse de la lumière.

— Bonjour ! fait-elle à Yanis, aussi enjouée que si elle venait de découvrir un ticket gagnant du loto. Vous êtes son ami du comité de Noël ? Yanis, c'est ça ? On peut se tutoyer ?

— Oui, bonjour madame...

— Appelle-moi Sandra. Tu me donnes un sac de boules ?

Ses yeux se plissent d'une façon qui ne me trompe pas. Dans sa tête, elle rit chaque fois qu'elle entend ou prononce le mot « boule ».

— Ada ? Ne baye pas aux corneilles, la voiture gêne la circulation !

Yanis me charge de plusieurs gros sacs, puis j'emboîte le pas à ma mère avec un certain fatalisme. En montant, nous croisons la voisine et son caniche Caramel, qui nous aboie après comme un dément – les sacs l'ont effrayé, je présume. À notre arrivée dans l'appartement, nous déposons ce que nous pouvons dans l'entrée et le salon, avant de repartir en courant.

— Tu restes, Yanis, demande innocemment maman, ou tu repars avec ton frère ?

— Je ne sais pas, je me suis proposé pour confectionner les grappes, mais (il se tourne vers moi) j'ignore ce qu'il faut faire.

— Je peux t'envoyer le tuto, je réponds du tac au tac.

— Ou, intervient maman, vous en faites une ou deux ensemble. Parfois, c'est plus efficace que regarder une vidéo.

Subtile manipulation maternelle. J'ai encore tant à apprendre d'elle. Yanis paraît emballé par la proposition, et Adémo accepte de rentrer sans lui à condition que Yanis promette de débarrasser le coffre à son retour ce soir. Tout s'est passé si vite que je n'ai pas eu le temps de paniquer. Le stress monte quand il me remet son manteau et son écharpe. J'ai déjà réussi à me ridiculiser aujourd'hui, je peux sûrement recommencer d'ici son départ.

— C'est charmant chez toi, déclare-t-il en découvrant le salon, les guirlandes de Noël et l'horrible collection de nains de jardin disposés un peu partout.

Il bloque ensuite sur la crèche. Le bébé Yoda* retient son attention, à moins qu'il ne s'agisse des rois mages incarnés par les personnages de *Scooby-Doo*. Maman se frotte les mains, ragaillardie par la situation.

— Alors, les enfants, vous avez faim ? Vous voulez un goûter ? J'ai fait des biscuits à la cannelle !

Je me cache brièvement le visage derrière ma main, par réflexe. Mon Dieu, elle agit comme si j'avais dix ans.

— J'ai tout le temps faim, me console Yanis. Je veux bien des biscuits, madame.

— Ta-ta-ta, appelle-moi Sandra. Chaque fois que tu dis madame, je vieillis de dix ans. C'est très désagréable. On-se-tu-toie. Un petit thé de Noël, avec ça ?

Il réclame poliment du lait végétal et du sucre pour aller avec. Je ne peux m'empêcher de lui en faire la remarque, tandis que je dépose un plateau sur la table basse.

— Tu bois le thé à l'anglaise ?

— J'y ai pris goût il y a deux ans. J'ai passé un mois dans un centre de formation anglais. J'avais bon espoir d'être recruté à Manchester, à l'époque.

Il me raconte son séjour, et je lui pose mille petites questions insignifiantes sur les différences au quotidien.

*** Note de Sandra : C'est Grogu ! Rien à voir avec Yoda, à part l'espèce et la couleur verte. La culture *Star Wars* de ma fille laisse à désirer. Je note : marathon *Star Wars* pendant les vacances de Noël.**

Quand je lui demande si je ne l'embête pas avec ma curiosité, il me détrompe aussitôt.

— Ça me fait plutôt plaisir. Ce sont de bons souvenirs. Et ce n'est pas parce que ma carrière est foutue que je ne dois plus parler de foot. Même si ma famille aimerait que je me tourne vers l'avenir, comme tu as pu le constater en discutant avec Adémo.

— Je l'ai trouvé lourd, pour être honnête.

— Il ne comprend pas que c'est dur pour moi de « rebondir ». Je savais ce que je voulais faire, mon plan était tout tracé, mais il a suffi d'un accident pour que tout ce que j'avais construit s'effondre. J'ai essayé de lui expliquer. S'il se cassait la main et que ça ruinait toutes ses chances de devenir chirurgien, il verrait comme c'est compliqué de se projeter dans une autre voie.

— Et encore, même dans ce cas de figure, il pourrait devenir généraliste. C'est important, on en manque.

— En parallèle du football, mes parents m'ont poussé à continuer l'école et à avoir de bons résultats scolaires, pour me ménager une porte de secours, au cas où. Ils ont eu raison de le faire, mais ils s'imaginent que si je suis capable de suivre une scolarité normale, je dois automatiquement déjà pouvoir me projeter après le bac. Mais je ne suis pas une machine !

Il a reposé vivement sa tasse dans sa soucoupe. Je pose une main apaisante sur son bras. Ma mère qui nous a écoutés depuis le seuil du salon, vient alors s'installer dans le fauteuil à côté de nous.

— Tes parents se font du souci, rien de plus. Dis-leur ce que tu as sur le cœur et qu'ils te mettent trop la pression. Personnellement, je suis épatée de voir qu'en plus d'être un sportif de haut niveau, tu as réussi à intégrer une classe euro.

— Je suis bon en anglais grâce aux stages que j'ai effectués pendant ma formation de footballeur, mais mes notes ne sont pas extraordinaires, vous savez. Je suis loin d'être parmi les meilleurs de la classe.

— Mais tu travailles, et je me doute que ton tempérament de compétiteur tolère mal de ne pas briller autant que tu l'espérais. Je suis sûre que tes efforts vont payer. Tu amélioreras tes résultats au cours de l'année. Quant à trouver ta voie, concentre-toi sur les matières qui t'intéressent. Fais des recherches sur les formations, puis sur les stages qui en découlent. Plus tu auras une idée précise des métiers qu'elles t'ouvrent, plus ce sera facile d'éliminer ce qui ne te convient pas et de déterminer une liste de vœux potentiels. Peut-être que tu devrais y penser aussi, Ada ?

Je me doutais bien qu'à un moment ou à un autre, elle en profiterait pour me faire passer un message.

— Oui, maman. Tu n'avais pas quelque chose à faire dans la cuisine ? Un plat à rôtir avec une garniture de charbon ?

Elle plisse les yeux jusqu'à faire disparaître ses paupières, et arbore un sourire tout hypocrite.

— Mais bien sûr, ma chérie.

Une fois qu'elle a pris la poudre d'escampette, je me tourne vers Yanis, .

— Désolée pour l'intervention de ma mère. Elle adore se mêler de ce qui ne la regarde pas et faire profiter le monde de sa sagesse légendaire.

— Elle est sympa. Et puis... (il réfléchit) c'est un bon conseil. Peut-être que ça me rassurerait d'avoir des pistes.

— Tu as pensé à l'astronomie ? Ou à l'astrophysique ?

— Pardon ? s'étouffe-t-il.

— L'autre jour, à la médiathèque, tu me parlais du roman de Liu Cixin, *Le Problème à trois corps*. Tu es même allé lire des articles en rapport, alors que c'est costaud comme sujet. Peut-être que tu devrais chercher de ce côté.

— Pourquoi pas ? Il va falloir que je bosse sérieusement mes maths si je m'oriente dans cette voie.

Je lui souris.

— Je suis persuadée que tu y arriveras.

Pour une fois, c'est lui qui rougit. Je m'attendais à ce qu'il change de sujet, mais pas du tout.

— Et toi ? lance-t-il. Tu te verrais travailler dans quel domaine en lien avec tes lectures de science-fiction ?

— Je serais plus portée sur l'exobiologie pour ma part.

Je me débrouille vraiment bien en bio, en plus. À méditer plus tard.

— Bon, on se met au travail ?

Je désigne les décorations de Noël. Il grimace.

❄

Le passage à la pratique, après visionnage du tuto, est quelque peu laborieux. Sur le principe, il paraît simple d'attacher des petites boules de Noël ensemble avec des liens pour former une guirlande. Mais les nôtres sont nettement plus encombrantes, de tailles différentes, et réaliser le prototype que nous devrons reproduire demande plus de temps que prévu pour obtenir un résultat harmonieux. Heureusement, Yanis est de bonne volonté.

— Et si on intervertit celles-là ? me propose-t-il en désignant des boules blanches et bleues.

— Pourquoi pas...

Nous détricotons pour la troisième fois le même nœud quand le bip caractéristique d'une enceinte sous tension se déclenche. Les premières notes au violon de *So This Is Love* d'Ilene Woods retentissent. Yanis hausse les sourcils, surpris. Il est sur le point de rire, alors que personnellement, je ressens l'envie de commettre un matricide. Je fais de mon mieux pour garder mon calme.

— Je vois que tu as fait bonne impression à ma mère. Tu m'excuses une minute ? Maman !

Comme elle ne répond pas, je débarque dans la cuisine où elle fredonne en cuisinant, son casque vissé sur les oreilles. Vraiment ? Elle croit que je vais tomber dans le panneau !

— Maman !

Je soulève un de ses écouteurs.

— Qu'est-ce qu'on avait dit ?

— Quoi ? réplique-t-elle d'un ton innocent. Qu'est-ce que tu me reproches encore ? Mes choix musicaux ? Mais je nage dans le bonheur avec Martin !

— Arrête ton cinéma, tu diffuses sur les enceintes de la salle à manger.

— Oh ? Navrée... Une erreur de manipulation, sans doute.

Double battement de cils. Dix ans de théâtre pour en arriver à une aussi piètre démonstration de ses talents ?

— C'est fini, oui ?! je m'énerve. Tu me mets dans l'embarras. Tout se passait bien jusqu'ici, j'étais à l'aise pour travailler avec lui, et maintenant, j'ai l'air de quoi ?

— Parce que tu crois qu'il est resté uniquement pour les guirlandes de Noël ? Mais soit, je coupe la musique.

La voilà qui pianote en ricanant sur son téléphone. Je grogne en guise de remerciement. De retour au salon, Yanis en a profité pour mettre une dernière touche à notre œuvre, qui fait un bon mètre de long et qui sera suspendue depuis le plafond. Je m'incline devant tant de perfection.

— Je n'imaginais pas que tu étais aussi doué.

— Le *Do It Yourself*, c'est ma vie, ma passion.

Je ris, tout en relançant une radio pop sur les enceintes. Au bout d'une heure, nous décidons de nous arrêter. D'après mes calculs, il faudra en faire trois par semaine jusqu'au bal afin de terminer dans les temps.

— C'est jouable, assure Yanis, optimiste.

— Espérons. Il faut aussi que je m'occupe des flocons de neige.

Si je veux en avoir assez pour un effet au top, j'en ai pour un bon paquet de soirées à enfiler des boules de coton brut sur des fils de pêche. Yanis saisit nos guirlandes, fort encombrantes, et balaye la pièce du regard.

— Où veux-tu les ranger ?

L'entrée déborde de sacs. Le salon est submergé par le bric-à-brac de ma mère. Ne reste qu'un endroit possible.

— Dans ma chambre. Suis-moi.

Ce n'est que dans le couloir que le feu me monte aux joues. J'invite un garçon à entrer dans ma chambre pour la première fois depuis l'école primaire. À l'époque, Matthéo, mon super voisin qui a déménagé entretemps, venait jouer aux Lego avec moi pendant des heures.

Je m'arrête devant ma porte.

— Attends, je veux vérifier… Vite fait.

Je n'achève pas ma phrase, il hoche la tête avec compréhension. Je tire sur ma couette, je pousse du bout du pied mon pyjama recouvert de kiwis dans mon placard, je ramasse une pile de bouquins effondrée dans un coin… Il n'y a rien d'autre de compromettant. Des affiches de cinéma recouvrent un mur et, au-dessus de mon bureau, les photos d'Imani, ma famille et moi sont chou.

— Tu peux venir !

Il faut encore que je réfléchisse à ce que je vais faire des guirlandes. J'occupe la chambre la plus spacieuse de l'appart, mais elle n'est pas immense non plus. Yanis s'est approché d'un cliché de moi enfant, où j'apparais barbouillée de glace. Sur la suivante, j'éclate de rire en secouant mes tresses. Je saisis sa manche en lui montrant l'espace entre ma table de chevet et la bibliothèque.

— Pose les compositions ici, s'il te plaît.

— Tu ne veux pas que j'essaie de les suspendre, plutôt ?

Des clous qui servent à soutenir un ruban de leds dépassent des étagères chargées de livres aux dos colorés. Avec précaution, Yanis attache les grappes que nous avons confectionnées avec tant de soin. Il s'écarte ensuite pour que je puisse juger du résultat, ce que je fais avec une âme d'inspectrice des travaux finis.

— Pas mal, il faudra juste que j'évite de me cogner dedans quand je me lèverai le matin.

— Tu devrais t'en sortir, non ?

— Ouiiii.

Nous voilà seuls, face à face, dans ma chambre. Lui, parfaitement décontracté ; moi, en proie à un tremblement des membres inférieurs. Alors qu'il fait un pas dans ma direction, j'entends ma mère appeler dans le couloir.

— Ada ?

Surprise, je me retourne vivement. Ce faisant, j'écrase le pied de Yanis, il grogne de douleur, je sursaute et le bouscule sans faire exprès, il heurte le bord du lit, bascule en arrière le bras tendu, j'attrape sa main et je tombe avec lui. Quand maman entre dans la chambre, je suis allongée sur lui, le nez à cinq centimètres du sien, et j'ouvre des yeux de hamster paniqués.

— Euh... désolée de vous avoir dérangés, glousse-t-elle. Il faut fermer la porte, ma chérie...

— Ce n'est pas ce que tu crois !

Nous sommes empêtrés au point que je suis obligée de lui rouler dessus pour me dégager, ce qui me vaut d'atterrir à côté du lit avec la grâce d'une otarie. Yanis se redresse, tire sur son sweat et me tend la main pour m'aider à me relever.

Je suis tellement confuse que je n'ose même pas le regarder.

— Rien de plus normal à votre âge, pérore ma mère, vous êtes mignons tous les deux, vous allez très bien ensemble...

— Maman ! C'est un accident...

— Oh moi, ce que j'en dis...

— Je vais rentrer, intervient Yanis, rouge écarlate. Il commence à se faire tard de toute façon. J'ai pris des photos des boules...

Maman ne peut s'empêcher de ricaner. J'ai envie de la tuer. Mais d'une puissance !

28

Lundi 25 novembre

J'ai passé la journée de dimanche à créer des guirlandes pour le bal, entre deux révisions pour les contrôles du jour. Il n'y a plus de place pour circuler à gauche de mon lit, et j'ai commencé à les amasser entre mon bureau et ma bibliothèque. Est-ce que j'ai beaucoup pensé à Yanis ? Oui. Trop.

Je suis tombée dans ses bras deux fois dans la même journée. N'importe qui serait chamboulé à ma place. Il m'a envoyé plusieurs photos, puisque lui aussi a confectionné plusieurs grappes de boules. D'ailleurs, je relis ses messages, le nez au-dessus de mon petit-déjeuner. Entre deux clichés de ses créations, il a partagé des vidéos marrantes. Autant dire que je me suis empressée d'en faire de même. Assise de l'autre côté de la table, maman se gondole, pendant qu'elle échange avec Martin sur WhatsApp.

— Tu ne trouves pas que c'est génial d'avoir toutes les deux un amoureux ? me lance-t-elle après avoir fini sa tasse d'une traite.

— Tu ne devrais pas boire ton café aussi vite. Pour info, je ne sors pas avec Yanis.

Je la vois venir avec ses gros sabots. Je le sais, elle le sait, mais rien ne saurait l'empêcher de parler.

— Il n'attend que ça, crois-moi.

Elle se met à compter sur ses doigts.

— Il t'a aidée à faire des courses, il t'a sauvée d'un péril certain, il s'est roulé avec toi sur ton lit, je te promets que tous les signaux sont au vert. Tu devrais songer à lui faire part de ton intérêt pour sa personne.

— Je lui envoie déjà des messages...

— C'est parfaitement insuffisant, ma fille. Je te parle de flirter, pour de bon.

Je me dandine sur ma chaise, mal à l'aise, mais intéressée.

— J'ignore comment on fait ça.

— C'est facile : tu t'arranges pour passer le plus de temps possible avec lui, et chaque fois que tu peux, tu lui souris en le regardant dans les yeux, et à ce moment-là, tu imagines ce que tu aimerais faire avec lui.

Elle met immédiatement son conseil en pratique en me fixant, son visage prenant une expression démoniaque. Je ne peux me retenir de couiner, épouvantée :

— Mais à quoi tu penses ? Ce n'est pas vrai !

— À toi faisant le ménage dans la salle de bains, brossage des joints compris. Tu te doutes bien que je ne dévisage pas Martin de cette façon !

— Je te le déconseille, et j'ajoute qu'il vaut mieux que

tu aies des pensées fleur bleue si tu ne veux pas le faire fuir à toutes jambes.

— Oh, ne t'inquiète pas pour Martin, il n'a pas de quoi se plaindre...

— Ta-ta-ta, je ne veux rien savoir !

— Relax, Ada, je te taquine. Mais je suis sérieuse : flirte avec Yanis. S'il est intéressé, il rentrera dans ton jeu ; c'est ce qu'on appelle la séduction, ma chérie. Enfin, si tu as envie de l'embrasser, à un moment qui te semble propice, dis-le-lui. Ça fonctionne à tous les coups.

Pour une fois, j'avoue, je prends note de ses recommandations. J'en ai des frissons un peu partout. Jusqu'ici, mes tentatives de séduction se sont réduites à recevoir une étagère de décorations de Noël sur la tête et à lui écraser le pied pour lui tomber dessus au sens littéral. Pourtant, je nous sens sur la même longueur d'onde. Je ne rêve que d'une chose, qu'il m'accompagne au bal de Noël. J'aimerais tellement participer au concours du plus beau couple avec lui à mon bras !

Maman a raison, il est temps que je lui sorte le grand jeu. Mais peut-être pas en lui lançant des regards vicieux comme elle. J'avale la fin de mon petit-déjeuner à la vitesse d'un lance-pierre, soudain plus pressée que jamais de me rendre au lycée. Je passe le trajet à rêver, éblouie par les lumières des lampadaires qui percent le ciel nocturne. Il fera nuit le matin pendant un bon bout de temps encore. Imani m'attend dans le froid devant le portail, un bonnet blanc lui tombant sur les yeux, assorti à son écharpe et à son manteau à damiers. Elle tape ses semelles sur le bitume pour se réchauffer les pieds. Moi aussi, j'ai jugé bon d'enfiler une doudoune, couleur parme.

— Prête pour cette journée de l'enfer ? me demande-t-elle en guise d'accueil. Cinq heures de devoir !

— Je vais faire de mon mieux, et ce sera déjà pas mal. J'ai du mal à me concentrer.

— Ne me dis pas que tu es restée coincée sur ton histoire avec Yanis ?

— Évidemment. Si ma mère n'avait pas débarqué à l'improviste, on se serait peut-être embrassés. Tu imagines ? Elle me pousse à faire le premier pas. Je me disais que j'allais essayer de déjeuner avec lui, ce midi.

Imani m'entoure les épaules avec affection.

— Désolée mon petit crumble, mais là, je n'ai pas la tête à ça. Tu devrais canaliser ton attention sur les contrôles, plutôt. Après, je te le promets, je serai tout ouïe et tu pourras me raconter une nouvelle fois votre roulade sur ton lit.

À notre arrivée en classe, je salue tout le monde d'un signe. Yanis hoche la tête, l'air ailleurs. Sans doute stressé par les examens. Les différents devoirs se déroulent mieux que ce que j'avais anticipé, ce qui a pour effet secondaire de booster mon capital confiance en moi. Après tout, la vie est belle : le bal se présente sous les meilleurs auspices, je vais terminer le trimestre en beauté, et peut-être même concrétiser avec Yanis !

Mais impossible de le trouver pour lui proposer de déjeuner ensemble ce midi. Je pourrais lui envoyer un message, mais je me dégonfle à la dernière minute. Il faudrait que je tente une approche plus romantique, peut-être. En lui proposant de m'accompagner à l'illumination vendredi soir ? Après, on pourrait faire un tour du village de Noël. Rien que de nous imaginer, déambulant main dans la main entre les étals de confiseries, de chocolat chaud, de guimauves… j'en ai des papillons dans le ventre.

— Alors les filles, ça se présente comment le bal ? nous demande justement Julie, dont la chevelure a viré du rose au violet au cours du week-end. On est à moins d'un mois !

— Octavie nous a fait une très belle affiche, lui apprend Imani.

Elle lui montre la photo sur son téléphone. Jade – qui désormais tape l'incruste tous les midis – se retourne vers moi, en stress :

— Tu n'as pas oublié de passer commande, Ada ?

Avec calme, sur un ton professionnel, je lui rafraîchis la mémoire.

— J'ai passé commande jeudi dernier, après qu'on a vérifié que rien ne manquait sur l'affiche d'Octavie.

J'ai envoyé le mail au prestataire, et je l'ai appelé pour confirmer la date de livraison, ce samedi. Tout est OK.

Elle pousse un soupir de soulagement. J'omets de rappeler que j'ai posté l'info dans notre groupe, pour que tout le monde soit au courant. Mais comme on devait aussi s'occuper du shopping de Noël, elle n'a peut-être pas fait gaffe. Je vais essayer d'être souple et de ne pas me vexer pour si peu. Elle enchaîne sur un autre sujet :

— Est-ce que vous savez si Flo nous a trouvé un père Noël ?

— On verra ça demain lors de la réunion du comité, réplique Imani. Relax, Jade. Tout est sous contrôle.

Bizarrement, quand c'est Imani qui parle, elle se détend immédiatement.

❄

Le devoir de français, le dernier de la journée, s'est plutôt bien déroulé, assez pour qu'il ait déjà disparu de mes pensées. À la pause de l'après-midi, je décide de passer à l'action. Mon objectif est clair : j'invite Yanis à sortir avec moi vendredi soir. Mon cœur bat la chamade dans ma poitrine, mais je me botte les fesses intérieurement pour éviter de me débiner. Il discute, en compagnie de Raphaël et Kévin, avec Léa et Pierre le Ténébreux. La conversation tourne sûrement autour des Earth Flatteners. Je lance d'une voix vibrante :

— Salut, tout le monde !

Tous sursautent, surpris. Il semblerait que j'ai littéralement braillé.

— Qu'est-ce qui t'arrive ? réplique Léa. Tu as avalé un mégaphone ?

— Désolée, la journée a été stressante.

Honnêtement, je ne sais plus où me mettre. En plus, je suis coincée entre Raph et Kévin, alors que je voulais me rapprocher de Yanis. Formidable. Pierre et Léa ont la liste des titres qu'ils comptent interpréter, et pour une fois, ils ne sont pas en train de se chicaner. J'aperçois *Snowman*, ma chanson préférée de Noël, que j'associe fatalement à Yanis. C'est forcément un signe du destin !

— Au fait, à propos de l'affiche, commence Kévin, tu as vu la mienne ? Tu n'as pas répondu à mon mail la semaine dernière.

Je suis passée complètement à côté, je ne vois pas du tout de quel mail il veut parler. Heureusement, il a l'image à disposition sur son téléphone, ce qui me permet de me rattraper en lui demandant de me la montrer. Je croise les bras, déstabilisée par ce que j'observe.

— Tu as vachement bien détouré les Earth Flatteners.

C'est le seul compliment qui me soit venu à l'esprit.

Par rapport à celle d'Octavia, elle est beaucoup moins élégante. Pour ne pas dire moche. Le titre est trop gros, il y a des boules en pagaille, une guirlande kitsch, bref, aucune harmonie ne s'en dégage.

— Je me doutais que tu préférerais celle d'Octa, admet-il.

Yanis jette un coup d'œil par-dessus mon épaule. J'ai senti son souffle dans mon cou. Ce qui me fige. Il examine l'écran avec attention, sous l'œil anxieux de Kévin.

— Toutes les infos sont là, en tout cas. C'est sympa de ta part d'y avoir passé du temps.

— On aurait été bien contents de l'avoir en cas de problème, je rajoute.

— Montre ! demande Raph.

Le téléphone circule. Léa ne fait pas de commentaire, ouf. Pierre et Raph hochent la tête, ce qui paraît suffire à Kévin. Il est même partant pour m'accompagner samedi récupérer les impressions de l'affiche définitive.

La cloche sonne, indiquant de façon inéluctable la fin de cette interaction, ô combien épanouissante. Kévin repart avec Pierre et Léa, moi avec Raphaël et Yanis. Comment inviter Yanis en présence de mon ex ? Je ne peux pas, le niveau de gênance serait insupportable. Le temps que je réfléchisse à une façon de me tirer de ce pétrin, nous sommes presque arrivés en cours. Raphaël m'ouvre la porte du bâtiment :

— Il y a un problème, Ada ? Tu parais contrariée.

— Mais non, tu te fais des idées.

Je m'asperge le visage d'eau froide pendant qu'Imani se lave méthodiquement les mains. Je suis contente que Jade ne nous ait pas accompagnées pour une fois. Depuis sa rupture avec Illiès, elle se confie à Imani. Je ne peux pas tellement lui jeter la pierre, je sais combien ces moments sont douloureux. Mais pour l'heure, Jade est hors de vue, et Imani me prête une oreille, ce qui est tout ce dont j'avais besoin aujourd'hui.

— C'est une bonne idée d'inviter Yanis à la soirée de l'illumination, me confirme-t-elle. Ta mère a raison, tous les signaux sont au vert. Je l'ai su dès que j'ai vu qu'il te suivait avec son caddy samedi.

— Pourquoi est-ce qu'il n'a rien tenté, à ton avis ?

Si on y réfléchit, il avait l'occasion de me faire des avances, mais il ne m'a pas tendu la perche.

— Ce n'est pas le genre timide, analyse Imani. Peut-être que tu l'impressionnes ou qu'il n'est pas sûr de lui. En tout cas, si tu l'invites, tu en auras le cœur net. Tu auras d'autres occasions de lui parler au cours de la semaine. Ne te mets pas la pression, guette le bon moment. Tu vas y arriver !

Ces précieux conseils me regonflent à bloc. Je me fais le serment de ne pas la décevoir. J'attends qu'elle ait fini de se sécher les mains sous le souffleur avant de poursuivre la conversation.

— Et toi, comment ça va ? On a parlé de la rupture de Jade, mais pas de la tienne.

Imani vérifie que ses tresses sont toujours correctement plaquées.

— Je ne pense plus à Erell et j'ai décidé de me retirer du marché jusqu'à la fin de mes études. J'ai mieux à faire que me morfondre pour qui que ce soit.

— Il faudra quand même que tu ailles au bal avec quelqu'un.

Secrètement, je compte l'inscrire au concours. Elle hausse les épaules.

— On verra plus tard, mon petit cône à la vanille.

❄

Je fais un stop chez Jeanine, histoire de me récompenser de mes efforts scolaires en achetant quelque chose de réconfortant pour le dessert.

— Qu'est-ce que c'est que cette mine pâle, ma puce ? s'exclame-t-elle quand j'entre dans la supérette. Ça ne va pas ?

— Je suis juste fatiguée, j'ai eu une grosse journée. Cinq devoirs ! Tu imagines ?

— Mal, mais ça devait être dur. Bientôt le conseil de classe ?

— La semaine prochaine.

Comme mes règles. Pourvu que le résultat soit moins sanglant.

— Ne t'inquiète pas trop, poursuit Jeanine sans se douter de ce qui me traverse l'esprit. Ta mère m'a dit que tu avais de bonnes notes ; elle en est très fière, d'ailleurs !

Cela ne m'étonne pas d'elle. Je souris en notant que les lumières de Noël clignotent un peu partout dans les rayons.

— Alors, quels sont les derniers automates que tu as ajoutés ?

— C'est à toi de les trouver !

Tout le magasin est prêt à accompagner la folie des fêtes : l'espace librairie déborde de romans et d'albums ferrés d'or et d'argent. Dans l'espace textile, les portants sont alourdis par des vêtements à paillettes que les mamies du quartier vont s'arracher. Une zone dédiée aux cadeaux qui se mangent a été dégagée pour accueillir des pyramides de paniers en tout genre, tandis que des montagnes de boîtes de chocolats brillent de mille feux autour du sapin de Noël que Jeanine a savamment décoré. Même le rayon traiteur a commencé à proposer des plats sensiblement différents, et au niveau des fruits et légumes, les litchis ont fait leur retour. Je décide d'en acheter quelques poignées pour le dessert tout en admirant un ours en costume de père Noël qui bouge sa patte en inclinant la tête. Il n'est pas le seul à me faire coucou : un trio de manchots juchés sur des paquets saluent consciencieusement la clientèle.

— C'est tout ? me fait Jeanine en constatant que je n'ai pris qu'un fromage en plus des fruits.

— Il ne nous manquait pas grand-chose.

— J'attaque le montage du train demain. Tu sais, celui qui distribue des chocolats !

— Oh que oui, je sais ! Tu peux compter sur moi pour venir le dévaliser le 1er décembre !

Mon retour à la maison se fait le cœur léger. Imani a raison. J'ai toute la semaine pour réussir à inviter Yanis. Et qui sait ? Peut-être qu'il fera le premier pas !

29

Vendredi 29 novembre

La cérémonie d'illumination a lieu ce soir sur la place de la mairie, et la semaine m'a roulé dessus comme une tractopelle. Naturellement, ce qui me ronge l'esprit, c'est que je n'ai toujours pas trouvé l'occasion d'inviter Yanis à sortir. Pour commencer, je n'ai pas réussi à m'asseoir à côté de lui en cours – j'avais pensé à lui glisser un mot –, mais Melvin, son binôme, l'a accaparé à de nombreuses reprises, quand ce n'était pas Julie ou Raphaël qui se retrouvaient entre nous. Je soupçonne d'ailleurs Julie de lui faire du rentre-dedans, elle lui colle au train comme un chewing-gum à une semelle. Je n'ai même pas l'impression que ça le dérange, il semble prendre la chose avec de la distance. (Moi, non.)

Hier matin, en sport, j'ai eu un bref espoir de l'avoir comme partenaire de badminton, mais Nour, une copine de Jade, lui a demandé de jouer avec elle avant moi. Et puisque Imani s'était mise avec Julie pour me faciliter la tâche, ironie du sort, je me suis retrouvée à faire équipe avec Raphaël. De méchante humeur, il faut le reconnaître, mais j'ai transformé mon dépit en agressivité sur le terrain. Il a adoré ! Nous avons formé un duo d'enfer pour laminer tous nos adversaires, y compris la star de foot, comme des sauvages. Pour le coup, Raph et moi étions sur la même longueur d'onde. Je me suis bien amusée.

En plus, Yanis ne m'a quasiment pas envoyé de messages, sauf pour traiter des questions du comité. Je crois que le bal nous a pompé notre temps et notre énergie à tous. Il a fallu chercher des bénévoles pour tous les postes, qu'il s'agisse de l'accueil à l'entrée, des vestiaires, du bar, sans oublier l'installation de la déco, de la sono, etc.

Jade s'est pliée en quatre pour créer des contenus et mettre en place un *teasing* sur l'affiche du bal. Elle s'inquiète du nombre de réponses à son sondage de la semaine. Elle en programme un tous les lundis, et le dernier demandait aux abonnés s'ils comptaient venir, et surtout s'ils envisageaient d'inviter quelqu'un pour participer au concours du plus beau couple.

— Je m'attendais à plus de participations, et pas à autant de « non », nous explique-t-elle à la sortie du cours de SVT. Je n'ai pas l'impression que les gens se sentent très concernés.

Imani lui tapote l'épaule.

— Le bal est encore loin dans leur tête. La soirée deviendra plus concrète après notre opération d'affichage, lundi.

Avec l'autorisation de la CPE, nous avons prévu de décorer les couloirs en même temps.

— N'oublie pas que tu dois récupérer le chèque pour l'affiche dans la salle de Mme Potts après le cours de français, me rappelle Imani.

Je ne peux pas me retenir de rouler des yeux.

— Oui, maman. Je te promets d'y penser.

— Tant mieux, mon petit nougat.

Jade étouffe un rire, et je surprends un regard de connivence entre elles. Plus ça va, plus elles sont complices.

— Et les grandes guirlandes, ça avance ? vérifie Jade.

— Tu me l'as déjà demandé hier. Oui, ça avance, mais ça prend du temps.

Comme Yanis, qui a réussi à en confectionner quelques-unes cette semaine. Je me hisse sur la pointe des pieds pour essayer de l'apercevoir. La cohue est dense à cette heure alors que les lycéens se dirigent telle une entité affamée en direction du réfectoire. Kévin se faufile de son mieux afin de nous rejoindre.

— Ça vous dirait de manger à l'extérieur ?

Mon cœur fait un bond dans ma poitrine alors que mes deux acolytes – oui, Jade est une acolyte désormais, j'ai perdu tout contrôle sur ma vie – acceptent. Ces derniers temps, Kévin déjeune avec Yanis qui l'a pris sous son aile. Je vais enfin avoir une occasion de le prendre à part.

— En avant, Kévi-chou, scande Jade en le poussant hors du flux des lycéens.

Imani m'attrape par le bras avec bonne humeur et m'entraîne à leur suite. Je suis pleine d'enthousiasme, lequel vole en éclat lorsque nous retrouvons Raphaël à la place de Yanis.

— Il me semble qu'il a décidé de rentrer chez lui, explique-t-il lorsque je l'interroge. Pourquoi ? Tu devais le voir ? Tu veux que je lui envoie un message ?

Sa sollicitude a le don de m'énerver, mais je prends sur moi.

— Ça ira, merci.

— Qu'est-ce qui se passe ? s'étonne Jade. Pourquoi Lagrange fait du boudin ?

Raphaël lève les mains en l'air.

— Je n'y suis pour rien, on est d'accord ?

— Le monde ne tourne pas autour de toi, s'agace Imani. On se bouge ou on attend qu'il y ait la queue à la boulangerie ? Il fait un froid de canard. Je vous préviens, on rentre manger ici, on ne va pas au parc se geler les miches.

— Et si on allait au supermarché ? je propose. C'est moins cher.

Par un jeu de hasard, je suis la première à régler mes achats – un taboulé et une banane –, bientôt suivie de Raphaël. Ce qui fait que nous nous retrouvons seuls et gênés, à ne pas savoir quoi nous dire en attendant nos camarades dans la galerie marchande.

— Tu assistes à la cérémonie d'illumination, ce soir ? me demande-t-il.

— Comme tout Chantelbourg, je présume. J'ai prévu d'y aller avec ma mère.

— Je vais peut-être devoir y emmener mon petit frère.

— Georges ? Celui qui a douze ans ?

— C'est ça.

Silence pesant. Soudain, une lumière revient dans son regard. La panique, semble-t-il.

— Je te posais la question sans arrière-pensée, me précise-t-il, juste pour faire la conversation.

Je renifle avec dédain.

— N'aie aucune crainte. Je n'ai pas l'intention de te sauter dessus.

Il replace ses mèches derrière ses oreilles, puis se tape le front avec le plat de la main.

— J'ai oublié, j'ai une course à faire. Tu m'excuses auprès des autres ? On se voit tout à l'heure.

J'attends qu'il se soit éloigné pour lui crier.

— C'est ça, à ce soir !

Il me jette un bref regard par-dessus son épaule et je reprends, encore plus fort :

— Je t'attendrai sur la place de la mairie ! Je te présenterai ma mère !

Cette fois, il me fait un doigt d'honneur, avec un sourire en coin. Quelle buse, ma parole.

Installées sur des bancs de la galerie marchande, Imani, Jade et moi discutons sur le ton de la confidence. Jade nous raconte ses déboires avec Illiès – non seulement il la collait, mais en plus, il l'inondait de messages. Elle a bien fait de mettre un terme à cette histoire.

— Et de ton côté, il se passe un truc avec Raphaël ? demande-t-elle, curieuse.

Imani éclate de rire, je secoue la tête.

— Pourquoi cette question ?

— Je ne sais pas, vous étiez partenaires hier au bad, et le courant passait bien entre vous, je trouve.

— Ce chien m'a jetée par SMS, il n'y a aucune ambiguïté entre nous.

Elle fait mine de vomir.

— Vraiment, il ne te mérite pas.

Ce qui est bien avec elle, c'est qu'elle ne se donne pas la peine d'être hypocrite. Elle boit une gorgée d'eau et ajoute :

— Surtout que ça n'aurait aucun sens d'essayer de te reconquérir. On voit bien à qui va ton cœur. À chaque fois que Yanis arrive, tu t'illumines comme un sapin de Noël. *So obvious*, comme qui dirait.

Elle mord dans son sandwich pendant que je me décompose. Imani se dépêche d'intervenir :

— Ce n'est pas grave, tu voulais qu'il prenne conscience que tu lui plais en flirtant avec lui, non ?

Je hoche la tête, toujours tétanisée.

— Oui, reprend Jade, il doit se douter de quelque chose. Il n'est pas bête non plus ! Et puis, il a l'habitude que les filles lui courent après.

— Ça suffit, grommelle Imani. Tu vois bien que tu la crispes.

— Pourquoi ?

La raison me reste coincée en travers de la gorge. Peut-être parce que je m'imaginais que ce truc entre lui et moi était connu de nous deux seulement – plus ma mère et Imani. Qui a remarqué mon penchant pour Yanis, à part les membres du comité ? Est-ce que des élèves parient sur mes chances de séduire le plus beau mec du lycée ? J'essaie de ne pas bafouiller, mais ma voix tremble un peu :

— Tu crois que j'ai mes chances ?

Jade cesse de mâcher.

— Je ne sais pas, moi, répond-elle, impuissante. Le mec est à peu près aussi expressif qu'un bloc de glace.

Imani lui fait signe de se taire, mais partie sur sa lancée, Jade continue.

— Non, mais je vous jure : quand je lui demande un sourire pour nos vidéos de promo, c'est la croix et la bannière. Il ne parle quasiment à personne, et pour savoir ce qu'il pense, il faut lui extorquer son avis aux forceps !

Comme Kévin revient des sanitaires, la discussion s'interrompt immédiatement. Il traîne trop souvent avec Yanis comme avec Raph pour que je le mette au courant. La solidarité entre bonshommes, ce n'est pas un mythe.

❄

— Madame Potts ?

Je toque à la porte de sa classe, restée ouverte. Plongée dans une pile d'évaluations, elle relève le nez et me fait signe d'avancer. J'essaie de voir si ce sont nos copies qu'elle corrige, ce dont elle me dissuade d'un froncement de sourcils. Normalement, je devrais m'en être bien tirée au dernier contrôle. Mais ce n'est pas le moment de m'inquiéter pour ma moyenne. Elle se rencogne dans son fauteuil roulant avec un sourire.

— Bonjour, Ada, tu viens pour le chèque ?

— Oui, j'ai imprimé la facture.

Je la lui remets aussitôt.

— Excellent. Tu me l'enverras par mail également, par précaution.

— Sans problème.

Je lui souris, elle me sourit tout en plongeant la main dans son sac afin d'en sortir son chéquier.

— Alors, commence-t-elle en décapuchonnant un stylo noir. Comment ça se passe dans le comité ? Tout va bien entre vous ?

— Tout va pour le mieux.

Si on oublie que Jade est de plus en plus dictatoriale, que mon ex me court sur le système, et que le duo de notre groupe de musique adore se bouffer le nez. Tout à l'heure encore, ils se sont clashés sur Instagram, parce que Pierre n'a pas posté le bout de chanson comme Léa le lui avait demandé. Mais ces considérations n'intéressent probablement pas Mme Potts.

La prof vérifie le montant avant de l'inscrire et de signer.

— Et concernant les élèves ? Est-ce que vous sentez de l'enthousiasme ? Vous pensez que vous allez vendre tous les tickets ?

— Ne vous inquiétez pas pour ça, le succès sera au rendez-vous !

Et puis Jade mettrait son âme aux enchères s'il le fallait pour s'en assurer... Mme Potts fronce les sourcils. Est-ce qu'elle aussi lit dans les pensées ? Je me recompose une expression plus neutre.

— J'ai entendu dire que le coach Benette assurera le rôle du père Noël ? C'est vrai ?

— Tout à fait. Florian l'a convaincu qu'il s'agissait d'une bonne cause.

Mme Potts laisse échapper un ricanement.

— J'ai hâte de voir ça !

Stoïque, j'attends la prochaine question. Je suis prête à déballer la frise chronologique de ce que nous avons prévu jusqu'au jour J, à lui montrer mes réalisations à suspendre partout dans la salle... Mais elle me donne le chèque sans plus de tergiversations.

— Merci pour ton travail, Ada. Je suis sûre que la soirée sera formidable et que nous allons récolter la somme requise pour le voyage en Cornouailles.

ZÉRO PRESSION.

30

Je ne me ronge plus les ongles depuis que j'ai surmonté mes crises d'anxiété en cinquième. Mais ce soir, ça me démange. Bon. Analysons calmement la situation. Toute la population de Chantelbourg s'est donné rendez-vous sur la place, ce soir. Cela ne coûte rien de demander à Yanis s'il y sera, en tout bien tout honneur, de sorte à tâter le terrain. Allez, on bombe la poitrine et on se lance*! J'ouvre Insta sur mon téléphone et, de ma plus belle plume, je lui expédie le message suivant :

Tu vas à la cérémonie d'illumination tout à l'heure ?

J'ai tapé très vite et envoyé dans la seconde, de sorte à ne pas me laisser le temps de me dégonfler.

Je m'en abstiens depuis des années.

*** Note de Sandra : En avant, les seins! Comme Mrs Maisel.**

Ça a le mérite d'être clair. Il n'a aucune envie de m'y accompagner. En plus, il faut que je réponde, histoire de paraître cool et amicale. Alors que je préférerais me mettre la tête dans le congélateur pour me refroidir les joues, mais bon.

J'y vais avec ma mère et je ferai ensuite un tour au village de Noël pour regarder les décos des chalets. En mode mission pour le bal !

Quel programme. Amuse-toi bien 😊

C'est ça. Je vais m'éclater comme un petit poney shooté à la guimauve.

❄

— Qu'est-ce qui tracasse ma fille chérie ?

Accrochée à mon bras, ma mère s'est habillée quasiment pareil que moi : bottines crantées, jeans, doudoune, bonnet. À part la couleur du manteau (elle prune, moi parme), on dirait qu'elle essaie de se faire passer pour ma grande sœur.

— Martin n'est pas venu ?

— Il a lui aussi un enfant et, pour ton information, j'espère le croiser de façon tout à fait impromptue.

Ce soir, la foule se presse sur la place de Chantelbourg, au son d'une musique digne d'un ascenseur. Un immense sapin se dresse près d'un kiosque éphémère où s'affaire l'équipe municipale. Pour l'instant, seuls les lampadaires sont allumés, mais partout, de grandes étoiles suspendues à des câbles tendus, des gerbes de fausse glace et d'autres décorations somptueuses attendent d'enflammer les regards.

Jeanine se faufile jusqu'à nous.

— Alors, mes beautés, on est venues en prendre plein les mirettes ?

— Qui tient le magasin ? s'étonne aussitôt maman.

— Mon neveu. Entre nous, il ne devrait voir personne. Toute la ville est là. J'ai même croisé la mère Michel.

— A-t-elle retrouvé son chat ?

— Sandra...

— Excuse-moi, Jeanine, je n'ai pas pu m'en empêcher.

Clairement, plus une blague est mauvaise, plus elle a de chances de sortir de la bouche de ma génitrice.

— Et toi, Ada, ça va ? Tu ne dis rien, remarque Jeanine.

— Ne t'en fais pas, je me porte comme un charme. Je te confirme que tout le lycée ou presque traîne dans les parages.

À l'exception de Yanis, comme on s'y attendait.

En revanche, devinez qui s'est pointé et a fait comme s'il ne m'avait pas vue ? Je vous donne dans le mile : Raphaël. J'ai aussi croisé Jade. À l'heure qu'il est, armée de sa perche à selfie, elle est en plein live sur le compte du bal de Noël. Un profond soupir m'échappe. Par bonheur, la famille Hersi se fraye un chemin jusqu'à nous. Les embrassades sont joyeuses, les petites me sautent dans les bras, et ma morosité s'envole aussitôt. Imani a troqué son habituel manteau noir et blanc contre une longue doudoune, et elle a enroulé au moins trois écharpes autour de son cou, le sommet de sa tête disparaissant sous une chapka. On lui voit les yeux, le bout du nez, pas plus.

— Il fait un froid glacial, se plaint-elle. On a perdu huit degrés par rapport à cet après-midi.

— On se croirait presque au Canada, je pouffe.

— Moque-toi, mais il pourrait y avoir des chutes de neige cette nuit, ou pire, du verglas.

Elle me montre ses après-ski.

— Je me souviens encore de ma glissade sur le trottoir en bas de chez moi, l'an dernier. On ne m'y reprendra pas une seconde fois.

Un bruit de micro qu'on tapote interrompt la musique nasillarde qui nous assomme depuis notre arrivée.

— Il était temps, se réjouit maman.

Je surprends son regard qui sonde vite fait les alentours à la recherche de Martin. Je lui attrape le bras, puis accroche celui d'Imani, qui, elle-même, tient l'une de ses sœurs par la main.

La maire, Mme Coutraki, une bonne femme joviale au sourire aussi éclatant que ses vêtements rouges, se lance dans son discours.

— Je vous remercie, mes chers concitoyens, mes chères concitoyennes, d'être si nombreux à avoir fait le déplacement ce soir pour assister à ce moment tant attendu dans la vie de Chantelbourg ! L'illumination de la Grand-Place et l'ouverture du marché de Noël !

Ovation digne d'une horde de Minions.

— Je tenais également à saluer le dévouement de nos services techniques, qui ont mis les bouchées doubles pour que tout soit prêt pour ce soir. Ils méritent tous vos applaudissements !

Aussitôt, nous applaudissons à tout rompre. Ma mère, qui adore se faire remarquer, en profite pour siffler et pousser des cris. Ménageant ses effets, la maire Coutraki marque une pause avant de poursuivre.

— Comme vous le savez néanmoins, en ces temps de sobriété énergétique, il est de notre devoir de nous montrer raisonnables, même si ces lumières sont d'un grand réconfort pour chacun et chacune de nous à l'entrée dans l'hiver. En conséquence, l'allumage quotidien se fera de 18 h 30 à 21 h 30 sur notre belle place et notre beau marché de Noël, mais il sera réduit de 18 h 30 à 21 h dans les rues du centre. Nous vous remercions pour votre compréhension.

Petit ronchonnement étouffé, contrebalancé par des applaudissements timides.

— Il faut avouer que ce n'est pas très écologique, me souffle ma mère. Et puis, qui traîne dans les rues de Chantelbourg un mardi après 21 heures ?

— Sur ces considérations, poursuit la maire, il est temps de lancer le décompte.

Elle adresse un signe de tête aux agents techniques. Quelques lampadaires s'éteignent, créant une obscurité nouvelle. Un sourire me remonte jusqu'aux oreilles. Ma mère glousse par anticipation. Puis, avec le reste de la foule, nous nous mettons à compter :

— Cinq ! Quatre ! Trois ! Deux ! Un ! Zéro !!!!

En un instant, le sapin rutile de mille feux, d'immenses étoiles s'animent et scintillent. Des jeux de lumière enflamment la façade de la mairie ainsi que celles des maisons anciennes le long de la place. C'est merveilleux. Clou du spectacle, la chorale du lycée monte les marches du kiosque et entonne des chants de Noël.

Enfin ! L'esprit de Noël est là ! Alors que je fredonne en tapant dans mes mains, de concert avec maman et la famille Hersi, j'aperçois soudain un visage familier de l'autre côté de l'estrade. Yanis est venu. Il hoche la tête en guise de salut. Mon cœur s'affole dans ma poitrine. Si je m'attendais à ça ! Il a changé d'avis ! C'est forcément la magie de Noël qui est à l'œuvre. Les lumières, la beauté des décorations, les gens heureux, tout cela contribue à rendre l'atmosphère spéciale, propice au romantisme !

Il faut que je trouve une excuse pour le rejoindre, je ne peux pas emmener maman.

Tandis que je cherche un prétexte, une fille surgit et s'accroche à lui. Je dis une fille, mais c'est plutôt une miss Univers, grande, brune, un maquillage impeccable, très élégante. Rien à voir avec moi, qui suis saucissonnée dans ma doudoune. Elle est tellement parfaite qu'elle a même l'air gentille. Sérieusement ? J'ai dû commettre un crime dans une vie antérieure. On me punit. On m'en veut !

— Tiens, on dirait Yanis ! remarque Imani avec un léger temps de retard. C'est qui, elle ?

— Euh...

La magnifique inconnue se lève sur la pointe des pieds pour l'embrasser doucement. Je cesse de respirer, mon cœur de battre, je ne peux plus penser. Elle se détache de lui et l'emmène, le couple disparaissant parmi les citadins, abandonnant sans remords mon petit cœur meurtri et solitaire de son côté de la place.

Imani saisit ma main, la serrant très fort.

Anesthésiée, je n'arrive pas à réaliser. Je ne m'y attendais pas. Je n'ai même pas envie de pleurer, j'ai l'impression que ce que j'ai vu n'était pas réel.

Nous échangeons un regard, le mien étant humide. Elle me connaît par cœur et elle sait que je suis dévastée. Mais elle me jure silencieusement qu'on va s'arranger pour passer une bonne soirée. Quelqu'un glisse sa tête entre nous : Julie, total look coloré des années 1980. Elle a sorti sa combinaison de ski.

— Salut, les filles ! Vous venez avec moi ? On va s'empiffrer de trucs gras et sucrés au village de Noël.

— Je vous accompagne ! clame immédiatement maman.

31

Je sais que le sucre n'a jamais résolu la moindre peine de cœur. Mais s'en priver n'a jamais aidé personne à retrouver la joie de vivre. Au contraire !

— Une pomme d'amour ? remarque ma mère.

— Oui. Et alors ?

— Rien. Je te trouve... anormalement sage.

Je pose la tête contre la sienne, pour suivre la direction de son regard.

— Où est Martin, dis ?

— Là-bas...

Je l'aperçois droit devant avec... Kévin, dont le visage s'éclaire en m'apercevant. Il agite la main et tire son père en avant, pendant que j'ouvre des yeux grands comme des assiettes à soupe.

— Ça alors ! s'exclame Martin. Sandra ! Et Ada ! Quel heureux hasard !

Il joue très mal la surprise, entre nous. Proche de la quarantaine, athlétique mais pas trop, taille moyenne, cheveux courts, bouc de mousquetaire, il a en effet un air de ressemblance avec Kévin qui me frappe maintenant qu'ils sont l'un à côté de l'autre.

— Je rencontre enfin ton génie de fils ! s'enthousiasme Sandra. Tu nous présentes ?

Il semblerait que ce dernier n'a pas encore saisi qui il avait en face de lui.

— Kévin, voici Sandra, euh... ma copine. On peut dire ça, non ? vérifie-t-il auprès d'elle.

L'incrédulité se peint sur le visage de l'adolescent. On le voit connecter les infos, que je confirme d'un silencieux « Eh oui, nos parents couchent ensemble. » Il est immédiatement dépassé par la situation. Maman le bombarde de questions, au point qu'elle paraît à deux doigts de lui demander s'il porte des chaussettes à motifs*. Je profite du spectacle en croquant dans ma pomme d'amour, avant de me décider à intervenir, par esprit de camaraderie vis-à-vis de Kévin. Un peu par pitié aussi.

— Laisse-le respirer, maman. Au fait, Kévin, tu as faim ?

Il attrape sans hésitation la poutre que je lui tends.

— Je mangerais bien un truc.

— C'est une affaire qui roule.

J'ouvre ma main devant ma mère. Elle pousse un soupir, fouille dans son portefeuille et me donne un billet.

— La monnaie s'appelle « reviens » ! Je n'ai pas un salaire de ministre !

*** Note de Sandra : Inutile. J'ai vu qu'il y avait des sapins de Noël sur ses chaussettes pendant qu'il marchait vers nous.**

— Moi non plus ! ajoute Martin.

— Arrête, tu bosses en radiologie !

❄

— Le monde est petit, me glisse Kévin. Je savais qu'il avait une copine, mais j'ignorais qu'il s'agissait de ta mère.

— Je trouve que c'est assez drôle !

Elle est sûrement l'instigatrice de ce plan subtil, empreint de sa délicatesse légendaire.

Imani patiente dans la file d'attente du marchand avec ses frangines. Je me plante devant elle, tout émoustillée.

— Qu'est-ce qui t'arrive ? s'inquiète-t-elle. Quelle est cette lueur machiavélique dans ton regard ?

— Devine qui est le père de Kévin ?

— Pas Dark Vador, en tout cas...

— Martin !

— Non... Celui de ta mère ?

Imani nous dévisage, désarçonnée.

— C'est flippant. Mais du coup, vous allez fêter Noël ensemble ?

Je tourne un regard interrogateur vers le petit blond. Je l'ai toujours bien aimé, ça ne me dérangerait pas. Il ne paraît pas non plus opposé à l'idée.

— Noël chez nous, je te préviens, c'est en pyjama à avaler des plats de chez le traiteur en matant des films à la télé.

— Pareil, et en plus, on joue à la console, répond Kévin en avançant dans la queue avec moi.

— J'ai des jeux de plateau, mais à deux, on peut rarement les sortir. Style *7 Wonders*, tu connais ? Ça brancherait Martin, tu crois ?

— Oui, de temps en temps, on va chez Jeux Dingo, pour faire des parties avec ses potes.

— Ah oui ? Leurs cookies sont super bons.

Imani approuve d'un air entendu :

— C'est une affaire qui roule, il n'y a plus qu'à convaincre vos parents.

J'écarte vivement la pensée que mon père ne m'a rien proposé pour Noël. D'ailleurs, il ne m'a pas appelée depuis des lustres. Évacuant ma contrariété, je souris à Kévin.

— Martin a l'air d'un chic type.

— Il n'est pas trop nul comme père, de ce que je peux en dire.

Imani paye ses pommes d'amour et les déballe pour ses sœurs, qui ont hâte de se mettre du caramel partout. Pendant que Martin attend la sienne, Julie réapparaît avec, à son bras, Jade, toujours en direct sur nos réseaux sociaux.

— Voilà, notre visite du village de Noël s'achève, et je dois clôturer notre live, car le devoir m'appelle ! Je viens juste de rejoindre notre Kévi-chou, Imani, Ada... bref, une bonne partie du comité. Nous avons fort à faire dès ce soir pour vous concocter le plus incroyable des bals de Noël. Cette cérémonie d'illumination marque le début du décompte ! Il ne nous reste plus que trois semaines avant l'évènement ! Alors je vous invite à réfléchir dès maintenant à votre tenue, et je vous dis à lundi pour la révélation de l'affiche ! Prenez soin de vous, cia-ciao !

Elle coupe.

— Pfiou, je suis épuisée ! Je vous jure, ces tournages sont en train de me vider de mon âme.

Sans aucune exagération.

— Qu'est-ce que j'ai raté ? demande-t-elle, ensuite.

— La mère d'Ada sort avec le père de Kévin, lui apprend Imani.

Elle n'a pas le temps de commenter la nouvelle que Julie s'esclaffe en dépeçant sa barbe à papa :

— Vous ne devinerez jamais qui je viens de voir !

— Le père Noël ? réplique Imani, pince-sans-rire.

— Oui ! Mais non, Yanis ! Il a une copine ! La fille est tellement belle qu'elle m'a brûlé les rétines. Je suis dé-goû-tée.

Je fais attention à ne pas changer d'expression. Je reste stoïque, tel un lac à la surface immobile que rien ne peut perturber, pas même le vent du dépit amoureux. Jade me gratifie d'un regard en coin, tandis que Julie poursuit, insouciante :

— Vous le connaissez, vous, vu qu'il est dans votre comité ! Vous auriez pu me prévenir ! Je faisais des plans sur la comète !

— Bah pourquoi ? s'étonne Jade. Vous ne vous parlez pas.

Julie roule des yeux.

— J'avais l'intention de l'inviter au bal.

— Comme la moitié du lycée. Il me paraissait évident que c'était sans espoir.

Jade ne souhaitait pas me blesser, mais sa remarque me fait l'effet d'un coup de poignard retourné par trois fois dans la plaie béante de mon cœur. Kévin s'humecte les lèvres en rougissant.

— J'y pense, Julie… Si tu ne trouves personne pour aller au bal avec toi, je suis dispo.

Il fait son maximum pour masquer son trouble, mais sa pomme d'amour tremble.

— Tu es trop mignon, Kévi-chou…(Elle l'embrasse sur la joue, ce qui lui coupe le souffle.) Mais j'ai un plan B.

Il est tellement déçu. Je le suis autant pour lui.

— Ça vous dit un tour de grande roue ? propose Julie, toujours aussi joyeuse.

Je n'écoute pas la suite. Yanis vient de se placer au bout de la file d'attente avec sa conquête et il est trop occupé à la faire rire pour nous parler. Pourtant, il a repéré notre groupe. Je suis sûre que nos regards se sont croisés. S'il avait envie de faire des jalouses, il s'y est pris à la perfection. Derrière eux, les guirlandes clignotent sur les sapins endimanchés de fausse neige, et les lumières tour à tour rouges, bleues, jaunes dansent sur la musique du carrousel.

Un tableau idyllique.

Je me sens bête. Et dévorée par la jalousie.

32

Samedi 30 novembre

Il paraît qu'une bonne douche peut vous permettre de vous laver symboliquement de vos blessures. A priori, j'ai seulement réussi à vider le ballon d'eau chaude (et à contrarier ma mère). Résultat, je suis d'humeur mélancolique – comprendre, je soupire et je traîne les pieds – quand je rejoins Kévin à deux pâtés de maisons de chez moi. Il a emmené son chien pour m'accompagner chez l'imprimeur. Melchior fait le beau, tourne sur lui-même et aboie sur commande. En d'autres circonstances, je serais ébahie. Je me force à faire un compliment.

— Trop chou.

— Oh non, pas ça, s'il te plaît. Depuis que Jade m'a collé ce surnom de bébé, c'est Kévi-chou par-ci, Kévi-chou par là... J'en ai marre qu'on me rappelle tout le temps que je suis plus jeune. Je suis au courant, merci bien.

Il n'a pas tort. Il s'agit d'un problème général, d'ailleurs. Les gens adorent se saisir des petites comme des grosses différences. Par complaisance ? Par paresse ? C'est facile de réduire quelqu'un à une fraction de ce qu'on voit de lui. Cela demande moins d'effort que d'apprendre à le connaître.

— Praline ? fait-il en sortant un sachet de son blouson comme par magie.

Voilà un mec qui sait me parler. Je pioche dedans.

— On y va ? J'aimerais autant ne pas être en retard.

— Tu as le chèque ?

— Oui… Imani, sors de ce corps !

Nous partons. Le chien trottine devant nous. De temps en temps, il se retourne, revient à côté de son maître, puis ouvre de nouveau la voie lorsqu'il paraît certain de la direction. Fascinant. Je me concentre sur son popotin velu, mais je remarque ses coups d'œil torve. D'après ma mère, une étude a démontré que les chiens nous jugent. Elle n'a pas pu me donner ses sources, mais l'attitude de ce canidé conforte cette hypothèse. On dirait qu'il ne m'apprécie pas beaucoup. Sûrement parce que je préfère les chats. L'air de rien, Kévin m'observe.

— Qu'est-ce que t'as ? Depuis hier soir, je veux dire.

— Je n'ai pas à répondre à ce genre de question. On n'est pas encore officiellement de la même famille.

— Ta mère prévoit de se marier ?

— Tu es fou ! Elle est traumatisée du mariage. Mais le PACS, ça compte, si tu veux mon avis.

Il sourit jusqu'aux oreilles.

— Tu as vu la fille qui s'accrochait à Yanis, hier, au village de Noël ?

J'aurais dû lui préciser que je ne souhaitais pas aborder ce sujet en particulier.

— Tu savais qu'il avait une copine ? je demande.

— C'est son ex ! A priori, ils se sont remis ensemble hier. Je ne sais pas si ça va durer entre eux.

— Qu'est-ce qui te fait dire ça ?

— Mon instinct.

Mouais. Il en faudra plus pour me convaincre. Yanis avait l'air de passer un excellent moment en sa compagnie.

❄

J'ai décidé de chasser le spectre de Yanis de mes pensées. Dorénavant, je me concentre sur le bal, et j'ai hâte de voir l'affiche de mes propres yeux. L'impatience me dévore. À ma gauche, Kévin frétille tout autant. Je suis sûre qu'imprimée, elle sera grandiose. La dame revient de l'atelier de reprographie avec un énorme carton. Elle déroule une affiche devant nous. Les mots tombent de ma bouche avec la lourdeur d'une ancre au fond de l'océan.

— Il doit y avoir une erreur.

Pourtant, il est écrit en gros « Bal de Noël, le 19 décembre, Cité scolaire de Chantelbourg ». Les Earth Flatteners, mal détourés, sont bel et bien présents, au-dessus d'un encadré qui reprend les détails de la soirée. Sauf que ce n'est pas l'élégante composition qu'Octavia a passé une nuit complète à réaliser.

— C'est mon affiche, chevrote Kévin. Les autres vont être furieux.

Je tourne un visage implorant vers la dame.

— Pardon, mais ce n'est pas celle que je devais réceptionner.

Professionnelle, la femme vérifie le numéro inscrit sur le carton ainsi que sur son ordinateur.

— Il n'y a aucun doute, la référence et le nom correspondent à votre bon de commande.

À deux doigts de la crise d'apoplexie, j'ouvre le gestionnaire de mails dans mon téléphone, je bascule sur le compte du comité, je déplie le fil sur l'affiche... *Merdum maximum.* J'ai bien fait suivre le dernier message de la conversation. Malheureusement, un mail de Kévin est venu s'intercaler moins d'une minute avant que je ne clique sur le bouton « faire suivre », et au lieu d'envoyer le fichier définitif d'Octa, c'est celui de notre petit génie que j'ai expédié.

— Je suis désolé, murmure-t-il. Je voulais juste vous montrer ce que j'avais fait.

— Ce n'est pas ta faute. C'est la mienne.

J'entends encore Imani me demander si je suis sûre de vouloir m'en occuper. Moi, me vexer parce qu'elle n'a pas confiance en moi et lui assurer que je suis capable d'assumer une tâche aussi simple. Pourtant, voilà que j'ai foiré dans les grandes largeurs !

— L'erreur n'est pas de notre part, reprend la vendeuse. J'ai bien transmis le fichier que vous avez approuvé par téléphone. Il faut régler la facture.

Je vais payer, évidemment, mais si je me pointe lundi matin au lycée avec cette affiche, je suis morte. Jade va péter un câble, Imani me faire des reproches... Le pire, c'est qu'elles auront raison de m'en vouloir. Je tends le chèque à la dame.

— C'est une erreur de ma part, en effet, et bien sûr, voici le règlement de la facture, mais est-ce qu'on pourrait imprimer une autre affiche aujourd'hui ?

J'ai de quoi débourser une autre impression de ma poche. Je gardais cet argent pour m'offrir une robe pour le bal, mais tant pis. De toute façon, je n'ai pas assez pour acheter celle sur laquelle j'ai craqué.

Malgré mon regard implorant, la dame secoue la tête.

— Impossible. Nous avons énormément de commandes à assurer d'ici Noël. À l'approche des fêtes, les entreprises et les particuliers nous demandent des calendriers et des articles customisés de toutes sorte :

mugs, marque-pages, T-shirts. Je suis navrée, mais le délai est au minimum d'une quinzaine de jours.

Donc, trop tard.

Je ressors de la boutique dans un état second, un gros carton de vilaines affiches dans les bras, Kévin sur mes talons, Melchior sur les siens. Comment réparer ma bourde ? Je pose mon fardeau sur un banc afin de chercher sur Internet un imprimeur qui livrerait en quarante-huit ou soixante-douze heures. J'en trouve un qui promet monts et merveilles, mais le tarif exorbitant a de quoi refroidir le bitume par un jour de canicule.

Je reprends mon carton ; Kévin me suit, sans troubler le silence. Il se sent coupable, le pauvre. Mon cerveau malade balaie les éventualités qui s'offrent à moi.

a. Poster un message pour informer tout le monde de la situation. Me faire lyncher en ligne et prendre un second savon au cours de la semaine. Renoncer à la vie publique.

b. Mettre Imani au courant et prier pour qu'elle ait une solution miracle. L'entraîner avec moi dans le tourbillon de la destruction. Perdre son estime comme son amitié.

c. Coller les affiches comme prévu sans rien dire et me cacher dans les toilettes du lycée jusqu'à ce que le comité m'accorde son pardon. Prévoir de quoi réviser le bac de français et y passer les épreuves.

Il me faut une option d.

Je soulève un battant du carton pour examiner de nouveau l'affiche. C'est une catastrophe.

Déjà que les sondages de Jade ne donnaient pas des résultats mirifiques, mais vu comme elle a fait monter le suspense, je crains que mon erreur n'ait des effets dévastateurs. Je pense au bal, mais aussi au voyage. Si les gens imaginent que le bal sera *cheap* et que la soirée ne vaut pas le prix demandé à l'entrée, ils ne viendront pas !

— On est mal, Kévin.

— T'inquiète pas, Ada. Ce n'est pas si grave. L'important, ce sont les infos qu'il y a dessus.

Comme j'aimerais qu'il ait raison.

33

Ma mère m'a toujours répété qu'il était normal de commettre des erreurs et qu'il ne fallait pas culpabiliser pour autant, à trois conditions : la première, s'excuser et reconnaître ses torts ; la deuxième, apprendre d'elles afin de ne pas les reproduire ; la dernière, faire son maximum pour réparer les torts causés. Ce qui est terrible, avec cette histoire d'affiche, c'est que les répercussions n'ont pas encore eu lieu et que rien ne peut nous épargner cette catastrophe. Le bal va payer les pots cassés au prix fort. J'hyperventile une minute en songeant au voyage en Cornouailles. Si jamais il est annulé...

Je tire une affiche du carton, et la colle avec du scotch sur la porte de ma chambre pour mieux me rendre compte du problème. Assis sur mon lit, Kévin caresse son chien roulé en boule sur ses genoux.

— L'affiche d'Octa faisait un peu penser au film *La Reine des Neiges* si tu veux mon avis.

— Le côté féérique était assumé, Kévin. C'était raccord avec la déco que nous avons choisie !

Melchior continue de me juger de son œil torve, je ne suis pas dupe. Son maître se redresse d'un coup.

— Si tu veux, j'ai une imprimante à la maison !

— Elle fait du A3 ?

Peut-être que si on peut imprimer quelques affiches, même plus petites, en les disposant à des endroits stratégiques...

— Non, du A4, répond-il, démolissant mon regain d'espoir.

Je me prends la tête dans mes mains :

— Donc, ça n'ira pas. Il faut au moins du A3, sinon, les informations seront illisibles.

Ô rage ! Ô désespoir ! Rien ne saurait me sauver de cette tragédie. Kévin me tapote l'épaule.

— T'inquiète pas, tu as tout mon soutien. Si tu veux, je me charge de l'annoncer. Je vais poster un message sur Insta. Quelqu'un aura peut-être une idée ?

— Non !

J'attrape son bras pour l'en empêcher.

— Si on balance la nouvelle en ligne, ça va partir en vrille. Tout le monde va s'énerver.

— Mais si on ne leur dit rien, ils seront encore plus furieux. Ils vont bien finir par voir l'affiche.

— Je sais, mais je préférerais qu'on discute face à face. Il me semble qu'en parler de vive voix, ce serait plus constructif. Je n'ai pas envie qu'en plus, le groupe explose par ma faute.

Kévin hoche la tête.

— Du coup, on annule l'affichage lundi matin ? Tu sais que Mme Potts a tout arrangé, elle ne va pas être ravie-ravie si on ne va pas au rendez-vous prévu avec le CPE.

— Tu as raison.

Je me masse le front, en priant pour recevoir une illumination divine. Hélas, je suis obligée de me contenter de mes trois neurones en panique.

— Voilà ce qu'on va faire. Je continue de chercher une impression rapide sur Internet aujourd'hui, et je demande au comité de me retrouver quelque part demain en invoquant une urgence. Comme ça, je pourrai expliquer la situation, m'excuser, et on décidera ensuite de la meilleure stratégie à adopter.

Rien que de penser à cette confrontation, j'en tremble dans mes chaussons lapin. Mais je n'ai pas le choix. Je doute de parvenir à nous faire livrer l'affiche d'Octa dans les délais et à des prix raisonnables.

— J'assumerai l'entière responsabilité de ce merdier, Kévin. Quitte à me faire virer du comité.

Autant être réaliste : je suis foutue.

— Qu'est-ce que c'est que cette tête de fouine, Ada ?

Ma mère range les courses dans le frigo avec un air de fripouille. Un autre jour, je serais rentrée dans son jeu, mais là, je n'en ai pas le courage.

— Au fait, s'exclame-t-elle, tu as récupéré l'affiche avec Kévin ? Je peux la voir ?

Je grimace.

— Plus tard si tu veux bien...

— Il y a un problème ?

Et il est de taille. Mais je préfère éviter le sujet pour le moment. Je crains qu'elle ne se mette à élaborer des plans dignes d'un scénario catastrophe pour me sauver la mise.

— Disons que je suis déçue. Pendant qu'on marchait, j'ai discuté de Noël avec Kévin.

Maman s'interrompt, une botte de carottes en main.

— Ah oui ? Pourquoi ?

— Parce que ce serait chouette de fêter le réveillon ensemble !

— C'est prématuré, non ? En plus, tu as pensé à nos traditions ? Notre rallye de films de Noël, nos plats tout préparés, nos pyjamas assortis... Il faut aussi que nous partions tôt le lendemain : nous sommes attendus chez mes parents pour midi !

Papi et mamie habitent en Normandie. Ce n'est qu'à trois cents kilomètres de Chantelbourg, mais il faudra en effet décoller de bonne heure. Pourtant, cela sonne comme une mauvaise excuse.

— J'aime bien Kévin et Martin, j'insiste. Je suis sûre qu'ils seraient OK pour un Noël en pyjama.

Elle empile des yaourts au soja dans le frigo, soucieuse.

— Je sors avec Martin depuis peu. Je n'ai pas envie de mettre la charrue avant les bœufs en l'invitant à Noël.

— Il ne s'agit pas de l'emmener chez papi et mamie ! Juste de passer une soirée tous les quatre. Comme des amis !

— D'accord, j'y réfléchirai.

Ce qui signifie « non, mais je ne veux pas que tu boudes ». Je me dirige avec les produits secs vers le placard à provisions. Ma mère termine de son côté et vient se planter devant moi, tout excitée.

— Au fait, tu sais quel jour on est, demain ?

— Le 1er décembre.

Hier encore, cette idée me remplissait de joie. Maintenant, je ne pense qu'à l'enfer qui se prépare devant moi.

— Oui ! applaudit-elle. Donc il est temps que je te donne ton... ton ? Ada, fais un petit effort !

— Je ne sais pas...

— Mais ton calendrier, banane ! Ne bouge pas, j'en ai pour une minute.

La voilà partie à fond de train en direction de sa chambre. Je m'attends au pire, elle a l'air tellement contente d'elle !

Elle revient en cachant les calendriers derrière son dos.

— On a aussi ceux qu'on a achetés chez Jeanine.

— Oui, mais les miens sont spéciaux. TADA !

Il y a sa tête dessus. C'est-à-dire qu'elle s'est photographiée avec son bonnet de lutin – rouge à lèvres pétant – et son pull moche de Noël, le bariolé avec des Yodas.

— Il contient de vrais chocolats, me précise-t-elle, fière de sa blague. Ainsi, chaque jour, tu te rappelleras à quel point ta mère est formidable, et que c'est elle qui a fait de Noël une fête que tu adores.

Je me gratte le menton. Que répondre à tant d'esprit ? Je me le demande.

— Merci, maman... Sinon, ça va, les chevilles ?

— Vise un peu le mien !

Aux anges, elle me brandit sous le nez une autre version du calendrier : elle s'est imprimé un Pedro Pascal, son acteur fétiche, affublé d'un bonnet de Noël mal détouré.

— Où est-ce que tu as trouvé cette photo ? je m'étrangle.

— Bah, dans une banque d'images. Je l'ai payée, je te ferais dire. Admire cette qualité ! Je serai triste quand je vais devoir ouvrir le 24, il est positionné en plein milieu de son visage. Allez hop, Pedro ! On t'installe dans le salon. Ne te formalise pas pour le désordre.

Vraiment, elle me tue.

34

Lundi 2 décembre - Bal de Noël J-19

Je me réveille avant l'heure pour vérifier de nouveau mes messages. Hier, personne n'était disponible pour une réunion impromptue. J'ai pourtant précisé qu'il s'agissait d'une urgence et qu'il fallait absolument se voir ce matin. Imani m'a demandé en privé ce qui était si critique, et je lui ai dit la vérité, que je préférais qu'on voie ça ensemble de vive voix.

Je suis arrivée en avance avec Kévin, comme convenu avec la vie scolaire. Il porte les rouleaux de scotch ; moi, le carton. Le concierge nous a ouvert, avec un air digne d'un gardien de prison. Il n'a pas le sourire facile.

— J'ai mal dormi, m'avoue mon complice. J'ai peur de ce que les autres vont dire.

— Je m'en charge. De toute façon, c'est moi qui ai fait la bourde. Tu n'y es pas pour grand-chose.

Moi non plus, je n'ai pas eu un sommeil tranquille cette nuit. Je suis tellement stressée... Le pire qui pourrait arriver, ce serait qu'ils décident de me jeter hors du comité. Je suis prête à l'accepter. J'ai avancé au maximum les guirlandes de Noël, et j'ai attaqué la confection des flocons de neige, en espérant que je serai autorisée à participer à la décoration de la salle, le jour J.

Il est 7 h 35 quand Flo nous rejoint au pas de course sous le préau.

— Tu as des nouvelles des autres ?

Il répond par la négative.

— Pourquoi tu fais une tête d'enterrement ?

J'entrouvre le carton pour lui montrer l'affiche. Il hausse les épaules.

— Oui, je vois bien que tu as les affiches.

— Ce ne sont pas les bonnes. Tu n'avais pas regardé les visuels qu'Octa nous a envoyés ?

— Tu sais, moi, je m'en fous un peu.

Je lui raconte ma grosse boulette, mais il n'est pas plus ému que ça. Pour lui, ça ne change rien. Sa réaction nous réconforte, Kévin et moi. Je consulte mon téléphone. 7 h 40. Toujours personne. À 7 h 45, Flo, qui se les gèle et danse sur place, se met à grogner.

— À mon avis, on attend pour rien. Les autres ne vont pas venir, vu qu'on commence à 9 heures.

C'est aussi le cas pour moi. L'heure de vie de classe a été annulée.

— Mais je leur ai dit que c'était une urgence ! je m'indigne.

Je me suis fait des nœuds au cerveau tout le week-end, tout ça pour m'apercevoir qu'ils s'en fichent. On ne m'a pas prise au sérieux. Même Imani, ce qui me met un sacré coup au moral. Flo essaie de tempérer la situation.

— Écoute, Ada, si j'ai bien compris, on ne sera pas en mesure de réimprimer. Autant coller ce qu'on a comme prévu. Si on ne s'y met pas tout de suite, on n'aura jamais le temps de terminer avant les cours.

— Il a raison, approuve Kévin. Au boulot.

Les dés sont jetés. À chaque affiche collée, la honte et la culpabilité me tordent l'estomac. Je m'attends à une très mauvaise réaction de la part des filles. J'espère qu'elles me laisseront m'expliquer.

— Tu te prends trop la tête, Ada, fait Flo. Le plus important, c'est la soirée, pas ce bout de papier.

Nous poursuivons notre tâche, de bâtiment en bâtiment, jusqu'à notre première heure de cours. Avant de nous séparer, je serre brièvement Kévin et Flo dans mes bras.

— Merci de m'avoir aidée.

— Pas de problème, répond Kévin. Je te devais bien ça, Non ?

Il fait allusion à Louis. Je crains qu'il ne regrette bientôt sa loyauté. Quant à Flo, il se contente d'un clin d'œil. Nous nous répartissons le matériel, que nous devons stocker dans nos casiers. Alors que je me hâte vers le mien, consciente d'être en retard, je me heurte à Yanis. Il sent si bon. Rien que de voir son visage me brise le cœur. Le sien est pris.

— Ada, tu as vu l'affiche ? s'exclame-t-il. Ce n'est pas la bonne !

— C'est pour vous en parler que je vous avais demandé à tous de venir ce matin, j'explique avec une pointe d'amertume. Je me suis trompée de fichier. C'est ma faute.

Je devine que je vais le répéter souvent aujourd'hui. Il acquiesce, sans commenter. Je lui suis reconnaissante de ne pas m'enfoncer tandis que nous prenons le chemin de la classe. À notre entrée, les regards de Jade et Imani pèsent sur moi. Elles ont dû découvrir le problème entretemps.

Le courage me manque à cet instant. Au lieu de m'asseoir près d'elles, je file au dernier rang. Yanis ne m'a pas suivie. Est-ce qu'il m'en veut, lui aussi ? Il s'installe près de Julie qui lui a fait signe. Mon cœur se fendille et s'émiette sur les bords. J'ai encore raté un épisode ? C'est vrai qu'elle est jolie et sympa, Julie. Originale, avec ça.

Je reçois une boulette de papier sur mon bureau.

Qu'est-ce que c'est que cette affiche ? Ça sort d'où ???

Pas de signature, mais je reconnais l'écriture droite et précise d'Imani. Je lui adresse un regard lourd de tristesse. À ses côtés, Jade fulmine. C'était prévisible.

❄

Lorsque la cloche retentit, j'ai déjà remballé mes affaires. Je file à la vitesse de l'éclair hors de la classe, direction les toilettes. J'ai affreusement mal aux boyaux, à cause du stress. Je me réfugie dans la première cabine disponible pour libérer mon trop-plein d'émotion. Je m'aperçois qu'en plus, j'ai mes règles. De mieux en mieux, cette journée.

— Ada ! tambourine Imani. Ne me dis pas que tu te caches ?

Non, je suis malade d'angoisse, mais mes lèvres demeurent scellées.

— S'il te plaît, Ada, sors de là !

— On ne partira pas tant que tu ne te seras pas expliquée ! renchérit Jade.

Je rassemble quelques bribes d'amour-propre pour lancer :

— Vous ne pourriez pas me laisser finir d'abord ?

La porte des sanitaires claque en guise de réponse, ce qui me délivre temporairement d'un poids. Mais alors que je me lave les mains, elles refont leur apparition et se plantent chacune d'un côté de la vasque. Nos regards se croisent dans la glace.

— Je pense que tu es en mesure de parler, là ? me tance Jade. Tu peux nous expliquer ce que c'est que cette monstruosité ?

Elle a arraché une affiche qu'elle me met sous le nez. Je ne peux m'empêcher de grommeler.

— J'ai fait une erreur quand j'ai envoyé le fichier. J'ai demandé s'il était possible de réimprimer, mais l'atelier de repro croule sous les commandes et a refusé.

— Et via un service en ligne ? Je suis sûre que certains livrent dans les soixante-douze heures ! m'interrompt Jade, excédée.

— Beaucoup trop cher. Pour ma bourse comme pour le comité. On compte chaque euro, je te le rappelle. Je suis désolée. J'ai fait une énorme boulette, vraiment, j'en ai conscience.

— Pourquoi est-ce que tu n'as rien dit ? s'emporte Imani. Tu le sais depuis samedi !

— Je te signale que c'est pour ça que je voulais vous voir ! Pour qu'on en parle de vive voix, mais personne n'a cru que c'était important.

— Tu aurais dû nous prévenir avant quand même ! martèle Jade.

Il me faut tout mon sang-froid pour répondre avec calme. Posément.

— Je sais, et j'en suis navrée. J'avais peur de ta réaction. Mais qu'est-ce que ça aurait changé ?

— On aurait pu chercher une solution ! s'agace Imani.

— Tu veux dire, Jade et toi ?

Je me mords les lèvres. C'est sorti tout seul.

— Oui, Ada, se fâche Imani, parce que comme d'habitude, c'est à moi de réparer tes bêtises !

Raison pour laquelle je n'ai pas voulu lui refiler ma patate chaude, mais Jade enchaîne sans me laisser en placer une.

— Tu es gonflée de balancer des piques après la crasse que tu viens de nous faire ! Surtout que oui, il va falloir qu'on gère ! Je ne sais même pas ce que je vais raconter sur les réseaux pour dédramatiser le truc ! En plus, je vais passer pour une gourde aux yeux de tout le monde ! À se demander si tu ne l'as pas fait exprès. Tu te rends compte des conséquences pour le bal ? Pour le voyage en Cornouailles !

Je souffle, agacée par sa soupe de bonne morale.

— Évidemment ! Qu'est-ce que tu crois ? Que je m'en fiche, que ça me fait plaisir, que je n'y ai pas pensé tout le week-end ? Je me mets en quatre pour cette soirée depuis le début, moi aussi. Et personne ne t'a demandé d'en faire des caisses, que je sache !

— Ce n'est pas la faute de Jade si tu as merdé avec l'affiche, m'interrompt Imani, froidement. Ne mélange pas tout.

Naturellement, elle prend sa défense. Je ne suis même pas surprise.

— Tu n'aurais pas dû décider de l'afficher sans nous, ajoute-t-elle.

Cette fois, la coupe est pleine.

— On vous a attendues, ce matin, mais on ne vous a pas vues. Nous étions trois, je te rappelle. Flo, Kévin et moi, mais en fait, ce qui vous défrise, c'est que nous avons fait un choix sans vous ? Alors que vous avez pris les autres décisions ? Pour l'organisation de la salle, pour la gestion des réseaux, pour la déco ?

— Attends, tu pètes un câble parce qu'on n'a pas voulu acheter l'arche ? s'exclame Jade. J'hallucine !

Décidément, elle ne comprend rien.

— Disons plutôt que j'en ai marre de toujours être mise devant le fait accompli. Je marche sur des œufs en permanence pour ne pas te vexer, Jade, mais je crois que j'ai atteint ma limite. J'arrête les frais.

Imani lève les yeux au ciel.

— Et moi, j'en ai ras le bol de faire le tampon entre vous ! Pour ta gouverne, ça ne m'amuse pas non plus d'avoir à faire les comptes du bal, à gérer les mails, les interactions avec les profs, et tout ce que tu ne vois pas parce que la seule chose qui te préoccupe, c'est la couleur des boules sur le sapin de Noël. Oh, et pardon, j'oubliais le plus important à tes yeux : savoir si Yanis s'intéresse à toi ou pas !

Si elle voulait me faire mal, elle a réussi. Je sens les larmes qui montent, mais je les contiens.

— Désolée d'apprendre que mes petits problèmes de cœur te gonflent aussi ! J'imagine que c'est pour ça que tu ne me parles presque plus. Ne t'inquiète pas, j'ai bien remarqué que tu préférais la compagnie de Jade à la mienne.

Imani me toise avec déception.

— Génial. Je pense que nous nous sommes tout dit. Tu es frustrée de te voir imposer des décisions ? Je vais te libérer de ce fardeau. De mon côté, c'est fini. Débrouille-toi avec le bal de Noël.

— Pareil, approuve Jade. Puisque tu n'apprécies pas mes contributions, je ne vois pas pourquoi je continuerais à me prendre la tête. Tu as gagné, Ada. Te voilà aux commandes.

Sur ce, elles me plantent là, toutes les deux*.

Je ne me suis fâchée qu'une fois avec Imani depuis six ans que nous sommes amies. Elle a cessé de m'adresser la parole pendant toute une semaine, et j'étais aussi vexée qu'elle. Tout ça parce que nous avions des divergences au sujet des Pokémons – chacune était persuadée de posséder la carte la plus puissante. Je croyais que cela n'arriverait plus, que nous étions au-dessus de ce genre de dispute, que personne ne pourrait nous séparer... Belle erreur.

*** Oh merde.**

Dire que j'étais effrayée à l'idée qu'elles me jettent hors du comité !

Sur le groupe Insta, deux notifications arrivent quasi simultanément.

Imani a quitté le groupe Comité du bal de Noël.

Jade a quitté le groupe Comité du bal de Noël.

Puis un message de Léa :

C'est quoi cette affiche merdique ?

Vous la sortez d'où ?

Dire qu'on n'est que lundi.

35

Mardi 3 décembre – Bal de Noël J-18

— Normalement, quand on se lance dans un putsch, commente maman en rangeant le pain dans son sachet de papier, on se prépare. On organise ses soutiens. On s'arrange pour contrôler la situation. Tu as fait tout le contraire. J'ai du mal à croire que tu sois parvenue à éjecter Jade sans préméditation. Tu aurais voulu le faire que tu te serais cassé les dents. Essaie de voir le bon côté : elle ne risque plus de te marcher sur les pieds.

— Merci pour ton analyse, maman. Je peux y aller ?

Elle ferme le Tupperware et me le tend.

— Je t'ai coupé ton sandwich en deux pour qu'il tienne dans la boîte, et j'ai ajouté la mayonnaise au-dessus et en dessous de la salade, exactement comme tu l'aimes.

— Je n'ai plus cinq ans, je murmure.

— Tu me remercieras ce midi, quand tu déprimeras seule dans ton coin au lieu de manger avec tes amies. Les petites choses offrent plus de réconfort que tu ne le soupçonnes. Ne sous-estime pas le pouvoir de la mayonnaise.

Je hoche la tête. Elle me retient.

— Tu n'as pas ouvert ton calendrier ce matin ! Il faut absolument que tu manges tes deux chocolats !

— Maman, j'ai passé l'âge...

— J'y tiens. C'est la tradition, et il faut que tu nourrisses le feu sacré de Noël. Tu vas en avoir bien besoin !

Elle se place face à moi, les deux mains sur mes épaules.

— Ada Lagrange, redresse-toi. Tu es investie d'une grande mission et tu vas brillamment relever le défi. Aie foi en toi. Et en l'esprit de Noël.

— Promis.

Elle ne me lâche pas d'une semelle jusqu'à la porte de l'appartement, de sorte à s'assurer que j'avale mes deux chocolats.

— Je vais me livrer à un sacrifice en l'honneur du sacro-saint barbu, afin de lui demander d'exaucer tes prières et de faire du bal un succès.

Je pose le pied dans l'entrebâillement de la porte, vaguement inquiète.

— Un sacrifice ?

— Trois fois rien, Nadège a des photos de son ex qu'elle veut brûler.

— Ne mettez pas le feu à l'hôpital quand même !

— Mais non ! Allez, file ! Tu vas rater ton bus.

Ce que je n'ai pas raconté à ma mère, c'est qu'à l'instant où Jade a quitté notre groupe Instagram, nos réseaux sociaux se sont enflammés. En l'absence de la vidéo promise, « révélation de l'affiche », des abonnés se sont mis à poster des photos en identifiant le compte du bal de Noël. Depuis, mes notifications s'emballent. Hélas, elles remontent surtout des moqueries.

L'image glamour du bal de Noël en a pris un sale coup.

Léa suggère dans mes DM :

On devrait peut-être réagir, non ?

Je m'en occupe.

Il fait nuit à 8 heures du matin, et je n'ai pas l'habitude de me filmer, mais les circonstances me poussent à me faire violence. Je vais essayer de me transformer en Jade. D'avoir du charisme, de l'énergie. Action, on sourit à son téléphone, sous un lampadaire à l'arrêt de bus.

— Salut, tout le monde ! C'est Ada, du bal de Noël. Vous avez découvert notre affiche hier, et vous avez sûrement deviné que nous avons eu un problème d'impression. Une malheureuse erreur de ma part ! Comme vous l'imaginez, nous sommes déçus, mais nous devons faire contre mauvaise fortune bon cœur ! Je vous dévoilerai la véritable affiche ce midi ; vous verrez, elle est canon. Vous la retrouverez sur les jolis visuels que nous avons préparés pour accompagner ce mois de décembre ! Surtout, ne vous inquiétez pas, la soirée sera incroyable ! Et les ventes de billets démarreront la semaine prochaine, il faudra vous jeter dessus ! N'oubliez pas, le nombre de places est limité !

Je la télécharge sur les réseaux sans la visionner de peur de me dégonfler.

À mon arrivée au lycée, je vais directement déposer une partie de mes livres dans mon casier. Quand je referme la porte, Raphaël apparaît adossé au mur. Je sursaute.

— Qu'est-ce qui se passe ?

— Ta *story* était nulle.

— Je suis au courant, merci.

Il se met à marcher avec moi. J'aperçois Yanis au bout du couloir. Il nous jette un regard, puis il accélère pour rentrer en cours. Ce constat me bouleverse.

— Lui aussi, il m'évite ?

Raphaël hausse les épaules.

— Mais non, tu vois le mal partout. Il est juste préoccupé. Il a des problèmes avec sa copine.

Ses mots me transpercent avec le tranchant d'un pic à glace. Je rassemble quelques miettes d'aplomb pour déclarer :

— J'espère qu'il viendra quand même ce midi.

Malheureusement, je me suis trompée. Il est absent de la réunion où nous nous retrouvons en tout petit comité aujourd'hui. Kévin. Raphaël. Moi. Léa. Il manque Flo, pris par un empêchement. Yanis n'a pas daigné nous prévenir.

❄

— Ada !

Je sursaute. Octa me barre le passage, et son septum palpite à chaque souffle porteur d'un vent de colère.

— C'est quoi, cette affiche ? Où est celle sur laquelle j'ai trimé pendant des heures ? Tu ne réponds même pas à mes messages ! Je te cherche partout depuis hier !

Oh non. J'ai complètement oublié Octavie.

— Je suis désolée, je suis submergée depuis hier. Écoute, je me suis trompée de fichier. Je suis terriblement confuse, mais tu auras tes billets VIP et...

— Je m'en fichais des cadeaux, je voulais la mettre sur mon book ! C'était ma première commande officielle.

Énervée, elle éjecte un gravillon du bout du pied. Je réfléchis à toute vitesse.

— Tu n'as pas fait ça pour rien. On va l'utiliser pour les visuels sur les réseaux. Tu as aussi fait la maquette des billets ; ils arrivent demain, ils seront super beaux, et le logo est également imprimé sur les verres réutilisables. Je prévois de partager des photos...

— J'ai fait une nuit blanche pour que l'affiche soit prête à temps, me coupe-t-elle. Tu aurais dû me prévenir, par respect pour mon travail.

Son ressentiment me frappe au cœur. En effet, pas un instant je n'ai songé à l'avertir. Comment ai-je pu être égoïste à ce point ?

— Pardon, tu as raison…

— Ouais, j'ai raison. Tu m'as vachement déçue.

J'ajouterais bien que je me déçois moi-même, mais elle a déjà tourné les talons.

❄

Alors que les cours se succèdent, mon humeur se dégrade. Je ne me sens pas l'âme d'un lutin de Noël, mais plutôt celle du Grinch. Il m'a fallu vingt-quatre heures pour comprendre que la démission de Jade et d'Imani allait faire de ma vie un véritable enfer.

De façon unilatérale et unanime, j'ai bel et bien été propulsée cheffe de notre équipe de bras cassés. Les membres du comité comptent sur moi pour gérer les problèmes, les bénévoles viennent me trouver pour me poser des questions sur le planning qui n'est pas prêt, et mon téléphone est plus chaud qu'une cocotte-minute.

Soudain, au détour d'un couloir, Mme Potts, qui roule à fond de train, me lance :

— Salut, Ada ! Sympa, cette affiche ! Beau travail !

Si seulement elle faisait preuve d'ironie... mais même pas. Je ralentis en apercevant Jade et Imani, leur laissant le temps de s'installer dans la classe, tandis que je me tapis au dernier rang. Le hasard me place derrière Yanis. Il n'a pas eu l'air de me voir passer. Plus tard, à la fin du cours, je l'interpelle alors qu'il se lève. Mon regard glisse sur ses yeux, sa bouche, ainsi que les muscles saillants à la naissance de son cou, avant de fixer un point derrière lui. Et de remarquer Raphaël qui attend à la porte.

— Yanis, il faut que je te parle.

— On peut voir ça, demain ? me répond-il, ennuyé. J'ai un truc à faire.

Ou sa copine à voir, j'imagine. Je le retiens.

— Tu as raté la réunion du comité. Il faut que tu prennes des créneaux pour tenir le bureau de vente la semaine prochaine. Il y en a pour cinq minutes...

Un minuscule bureau dans le hall principal nous a été alloué. Par défaut, nous devons être ouverts pendant toutes les pauses, voire les heures de permission. Je m'apprête à lui donner le planning, mais il refuse d'un geste.

— Mets-moi avec Kévin, ou avec Flo. Ou avec Pierre, peu importe. Je veux juste éviter... (Son regard m'effleure, un bref instant.) Je veux juste éviter Léa. Elle me fait flipper.

— Mais… tu es fâché, toi aussi ? Je veux dire, à cause de l'affiche ?

Un éclair de compréhension passe sur son visage.

— Non, pas du tout. Je sais bien que la situation te rend malheureuse.

Il se ravise et me prend la feuille.

— Je te la ramène dès que possible.

Il file aussi vite que si j'avais la peste. J'en ai la gorge serrée. Et Raph patiente toujours à la porte. Au moins, les choses se sont détendues avec lui. Il me tend un papier. Une nouvelle liste de noms.

— J'ai complété mon groupe de *roadies* pour les lumières et la sono. Le plus dur a été de les convaincre de rester pour le démontage. Il faudra que tu prévoies un goûter le jour J.

— C'est ton équipe, à toi de gérer, Raph. Je dois m'occuper des chalets, des décos, du stand photo, du timing pour la chorale, de l'arrivée du père Noël, sans oublier le concours du plus beau couple… Et il faut que je communique au sujet de tout ça.

Soudain, j'ai du mal à respirer. Mes côtes se bloquent, mon souffle se hache. Inquiet, Raph me confisque mon sac et me fait asseoir sur une chaise.

— Du calme, Ada. Inspire… Expire.

La crise s'envole au bout de quelques minutes. À son expression, je devine qu'il a eu aussi peur que moi.

— Je vais gérer mon goûter, tu as raison. Panique pas, OK ? Tu n'es pas toute seule, on peut te décharger. OK ?

J'acquiesce. Maintenant que j'ai retrouvé mes esprits, je me sens gênée aux entournures. Il m'empêche de lui reprendre mon sac.

— Je te le rendrai en classe. Pour l'instant, fais gaffe. J'ai cru que tu allais tomber dans les pommes.

Il ne me laisse pas le choix et me surveille tout le long du trajet jusqu'à la classe suivante, comme s'il avait peur que je me brise en mille morceaux. Quand nous nous installons, bons derniers, dans le cours d'enseignement scientifique, les regards sont braqués sur nous. Et je sais de quoi nous avons l'air : d'un couple.

Je n'aime pas du tout ça.

36

Samedi 7 décembre – Bal de Noël J-14

Deux semaines. C'est le temps qu'il reste avant le bal de Noël.

Je planche frénétiquement sur tout ce qu'il faut encore organiser. Je ne comprends pas : la semaine dernière, on avançait correctement sur tous les sujets, et personne ne stressait. Mais depuis que Jade et Imani ont démissionné, l'ampleur de la tâche m'écrase. Le pire, ce sont les réseaux. Je ne cesse de poster sur Instagram que les billets seront en vente à partir de lundi. Mais les likes ne sont pas au rendez-vous. N'oublions pas Louis, ce rat d'égout, qui s'est filmé pour expliquer que le bal avait toutes les chances d'être une soirée Pépito-Banga, avec fermeture des portes à 22 heures, faute de participants.

Sur Threads, WhatsApp, TikTok, pas mieux.

À la demande de Raph, Flo me donne un coup de main et s'occupe de repartager sur les plateformes, en plus de gérer les commentaires. Kévin aussi voulait m'aider en préparant des visuels, mais j'ai décliné. On n'a pas la même sensibilité artistique, tous les deux. Je lui ai proposé de répartir les bénévoles dans différents groupes, chose difficile puisqu'il faut tenir compte des compatibilités d'humeur de chacun et chacune.

Quant à Yanis… il nous fait une Pierre le Ténébreux : il joue les carpes dans le groupe de discussion. Son indifférence m'écorche les nerfs. C'est simple, il ne m'a quasi pas adressé la parole depuis mardi. J'ai l'impression de subir une double punition.

Après le conseil de classe – j'ai eu les compliments ! –, j'ai voulu savoir si tout s'était bien passé pour lui. Il a dit qu'il avait eu les encouragements, puis il a prétexté devoir aller aux toilettes. Typique d'une manœuvre d'évasion. Je crois avoir compris. Il a deviné qu'il m'attire, mais comme ses sentiments ne sont pas réciproques et qu'il a une copine, il garde ses distances. Pas évident à avaler.

— Qu'est-ce que tu fais ? m'interroge maman, habillée de pied en cap pour sortir dans le froid.

— Je programme des publications pour la semaine prochaine : une par jour, pour indiquer les horaires d'ouverture du bureau. Ensuite, il faut que je fasse monter la pression pour le concours…

Plus que deux semaines, mon stressomètre pulse comme une sirène d'ambulance. Maman plante ses poings sur ses hanches.

— Ne me dis pas que tu comptes rester enfermée tout l'après-midi ?

— Je n'ai pas le choix, je te signale ! Il faut que je termine mes grappes de boules et que j'avance sur mes flocons à suspendre. Je dois en confectionner des centaines !

— Mais aujourd'hui, on a prévu de faire nos courses de Noël !

Elle me plante le calendrier sous le nez.

— C'est écrit, Ada.

— Maman !

— Ada ! répète-t-elle sur le même ton. Allez, habille-toi, on sort. J'ai besoin de ton aide pour choisir des cadeaux pour tes grands-parents, et il faut qu'on te trouve une robe.

Je n'ai même pas de cavalier pour participer au concours de couple. Je pousse un profond soupir.

— À quoi bon ? De toute façon, je vais courir partout pendant le bal, je n'aurai pas le temps de profiter de la soirée. Je me contenterai de te piquer un haut et d'enfiler un pantalon noir.

— Il en est hors de question ! Je t'ordonne de t'acheter une vraie tenue pour l'occasion ! Et puis, ça va être marrant ! Moi aussi, je vais essayer des robes ! On va bien s'éclater ! On n'a pas fait de shopping ensemble depuis si longtemps !

Mes sentiments se mélangent. L'angoisse de voler quelques heures alors qu'il me reste tant à faire se mêle à la nostalgie de ma dernière séance de shopping avec Imani. Maman referme mon ordinateur portable sans douceur.

— Ma chérie, tu ne vivras qu'un seul bal de Noël. Si tu n'y vas pas avec une tenue de rêve, tu le regretteras.

— Tu n'en as pas les moyens, maman.

— Tu es priée de me laisser en décider. Maintenant, debout ! Direction le centre-ville, le marché de Noël, les boutiques ! On va s'amuser comme des folles, allez !

❄

Pendant un moment, j'oublie le bal et mes soucis. Une foule dense bat le pavé du centre-ville. Le marchand de marrons grillés est revenu au même endroit que l'année passée. Nous lui en prenons chacune une poche, et maman lui demande des nouvelles aussi naturellement que s'ils s'étaient vus le mois dernier. Ce monsieur, qui s'appelle Qassim, nous parle de ses rhumatismes, de la retraite qui s'éloigne et de sa femme qui est obligée de freiner sur les pâtisseries sucrées sur ordre du médecin. En retour, maman lui raconte des anecdotes de son service de cancérologie, se plaint du brancardier qui leur manque et lui annonce avoir un nouveau copain, ce qui le réjouit comme si elle lui apprenait ses fiançailles.

— Et toi, ma belle ? Tout va bien ? m'interroge-t-il les yeux brillants alors que je me brûle les doigts sur le papier des marrons. Tu as encore beaucoup changé depuis l'année dernière !

J'acquiesce, la bouche pleine, en phase avec l'instant présent. Pour lui, je reste la gamine avec des tresses qui trépignait parce que sa maman discutait trop longtemps avec un inconnu.

Maman a toujours adoré nouer des amitiés improbables, en particulier avec les commerçants. Elle a à cœur de leur être fidèle, de discuter, de ne pas faire d'eux de simples figures dans le paysage de sa vie. Je souris à Qassim, qui remplit mon cornet de papier à ras bord avant que nous ne prenions congé.

— Quand on redescendra du marché de Noël, on vous déposera un café ! je promets, avec un sourire. Sans sucre, c'est ça ?

Nous repartons le cœur léger, le ventre moins vide, direction Les Gadgets de Mélodie, la boutique préférée de ma génitrice. Je l'empêche d'offrir des dingueries à mes grands-parents – un « lama à faire pousser* » pour mamie, et des gants à leds permettant de voir ses mains

*** Note de Sandra : Un lama à faire pousser est une poterie en forme de lama à arroser pour que se développe une belle touffe de chia en guise de pelage. Je ne vois pas ce qu'Ada reproche à ce cadeau. C'est parfait pour mamie, elle adore le jardinage.**

dans le noir pour papi. À la place, je propose un coffret rituel ressourçant (des crèmes et de l'encens), et je cède devant le stylo multifonction, dix accessoires en un : le machin inclut une lampe, un tournevis, un niveau, impossible de le faire lâcher à ma mère. Pour Martin, elle jette son dévolu sur un *Guide des randonnées bière en France**, et pour Kévin, un ventilateur USB portatif, un *must have* en cas de canicule.

— Tiens, regarde ça ! Ce serait super pour Imani !

Elle me montre un coussin chauffant en forme d'utérus, fort mignon au demeurant, avec ses yeux brodés et son velours rose. En dépit de la couleur, maman a raison, c'est exactement le genre de cadeau qui la ferait sourire.

— On est toujours en froid, maman.

— Mais ça ne va pas durer. On parle de la sœur que tu t'es choisie.

Son optimisme me réchauffe le cœur mieux qu'un long discours, donc j'achète.

— Est-ce que tu as besoin que je t'accorde un quart d'heure seule pour faire des emplettes pour une personne dont je ne citerai pas le prénom, même s'il commence par un S ?

J'étouffe un rire.

*** Note de Sandra : Appel du pied subtil pour qu'il me propose de partir en week-end en amoureux.**

— Absolument pas ! Figure-toi que ton cadeau est déjà prêt.

Elle l'ignore, mais durant l'année, chaque mois, je lui ai acheté un magazine en rapport avec son amour pour les documentaires, en fonction des sujets traités : des *Comment ça marche*, des *Science & Vie*, des *Grands Reportages*, des *Terres sauvages*, et même un *Couture facile* qui devrait me garantir au moins un après-midi de rigolade à la voir se confectionner une cape. Intéressée, elle se frotte les mains.

— Je suis curieuse de découvrir ce cadeau…

— Je t'interdis de fouiller dans ma chambre. Au fait, il nous manque un petit truc pour Jeanine, dis donc !

Ma manœuvre de diversion, efficace, la replonge immédiatement dans l'examen de tous les bidules à sa portée. Nous tombons d'accord sur une brosse à vaisselle en forme de canard.

— J'espère qu'elle n'y verra pas un sous-entendu graveleux, glousse maman en payant.

Encore une question d'esprit mal placé. Surtout que pour sa copine Nadège, elle a choisi un porte-encens fesses parfumées.

37

Maman s'amuse plus que moi à enfiler des robes de soirée, toutes plus bling-bling les unes que les autres, dans ce magasin débusqué au fin fond d'une galerie marchande du centre. De merveilleuse humeur, elle danse devant les cabines d'essayage dans un ensemble à franges perlées, style années 1920.

— *Too much*, à ton avis ? Pas assez Noël, si ?

De mon côté, j'ai essayé un fourreau bordeaux près du corps. Je déteste. La vendeuse me propose une robe courte à bretelles, jupon en tulle, d'un bleu pâle. Elle me plaît mieux. Maman disparaît avec un modèle en velours vert et ressort de sa cabine, tout excitée.

— Je crois que je la tiens ! Elle est superbe, non ?

En effet, elle met en valeur sa taille et sa chevelure brune. Nous nous examinons l'une l'autre d'un œil critique. Puis elle virevolte devant le miroir comme une jeune première. Je fronce les sourcils.

— Tu sais que tu ne vas pas au bal, n'est-ce pas ?

Elle se détourne vivement.

— Je l'achète. Un coup de cœur pareil, ça ne se refuse

pas. Je la porterai à la soirée de Noël de l'hôpital la semaine prochaine.

Le fait qu'elle ne me regarde pas, couplé à la vitesse avec laquelle elle me débite son petit discours soigneusement préparé, me met la puce à l'oreille.

— Maman ? Tu ne vas pas au bal, n'est-ce pas ?

Elle me fait face, l'air embêté.

— De toute façon, il n'y a pas de mauvais moment pour te mettre au courant. Martin et moi, on s'est portés volontaires pour jouer les chaperons. Mme Potts nous a envoyé un message via Pronote, et j'ai eu une illumination ! Je me suis dit qu'on pourrait te donner un coup de main et prendre des photos pendant le bal. Ça va être super !

Quelle traîtresse. Hier, quand j'ai récupéré la caisse avec la monnaie, Mme Potts m'a informée qu'elle recrutait des parents d'élèves. J'aurais dû me douter que maman se jetterait sur l'occasion d'assister au bal, elle aussi.

— Tu n'es pas fâchée, si ? vérifie-t-elle en tripotant l'ourlet de sa robe. Tu sais comme je rêve d'aller à un bal de promo depuis des années...

— Tu aurais pu me prévenir, je ronchonne, ou me demander si ça me gênait, par délicatesse.

— Oh, on sait toutes les deux que tu aurais accepté ! Et puis j'avais envie de te faire la surprise de cette journée shopping ! Au fait, ta robe, tu en dis quoi ?

Je soupire en tournant devant la glace. Elle me va, en plus de rentrer dans notre budget. C'est le principal.

— Elle conviendra bien.

— Tu ne parais pas plus emballée que ça.

J'aimerais lui dire que je n'arrive pas à me sortir de la tête celle que j'ai essayée le mois dernier avec Imani. Mais elle se sentirait mal de ne pas avoir les moyens de me l'offrir, donc je mâchonne cette pensée sans la laisser filtrer. C'est sans compter sur l'enthousiasme débordant de ma mère.

— J'ai une idée. Je te prends en photo dans les trois robes qui t'allaient bien, je les imprime, on les met sur le frigo, et on se donne la semaine pour réfléchir. Je passerai chercher ton choix final le week-end prochain. Qu'en dis-tu ?

— Que cela me paraît être un bon plan.

❄

En nous dirigeant vers le village de Noël, nous tombons nez à nez avec la famille Hersi au grand complet. Imani me salue avec froideur pendant que nos mères s'embrassent et s'échangent des banalités – comment ça va ? Vous avez fini vos courses ?

Chez les Hersi, on ne fête pas Noël, mais on s'offre des cadeaux au Nouvel An.

— Les filles, vous voulez vous promener ensemble et nous rejoindre plus tard ? propose la mère d'Imani.

Ce qui me confirme qu'elle ne les a avertis ni de notre brouille ni du fait qu'elle a lâché le comité.

— Hélas, non, ça ne va pas être possible, intervient maman, Ada a promis de m'aider. Elles pourront se voir demain si elles le souhaitent.

Imani acquiesce sans sourciller. Ma mère lui demande ensuite « très » innocemment :

— Et toi, tu as trouvé une tenue pour le bal ? Ada hésite entre trois robes.

— Ah oui ? s'intéresse Mme Hersi.

— Je vous montre ?

Elle déverrouille son téléphone en moins de temps qu'il n'en faut pour dire « ouf ». Imani se penche dessus par politesse – elle cache son malaise de façon remarquable – tandis que les petites sœurs trépignent au rythme des « Je peux voir ? Je peux voir ? »

— Laquelle a ta préférence, Ada ? m'interroge Mme Hersi.

— La bleu ciel, je pense. Elle est raccord avec le thème.

Maman partage l'adresse du magasin, tout le monde se dit au revoir et reprend sa route. Imani jette un coup d'œil en arrière en guise d'adieu. Même pas un signe. Je suis effondrée. Si j'avais fait suivre le bon mail à l'imprimeur, rien de tout ceci ne se serait produit.

Décidément, je suis un boulet. Maman me passe un bras autour des épaules.

— Malgré sa part de responsabilité dans votre dispute, elle a le droit d'être en colère. C'est un sentiment, il ne se contrôle pas. Il faut que tu l'acceptes. N'oublie pas que toi aussi, tu as des raisons d'être fâchée.

La situation me rend surtout triste. J'ai l'impression d'un beau gâchis.

— Connaissant Imani, elle s'en veut aussi, ajoute maman. Vous vous êtes laissées dépasser par vos émotions. Tôt ou tard, vous vous seriez disputées à cause de Jade.

— Peut-être qu'elle ne me pardonnera pas.

— Rien ne l'y oblige, me rappelle-t-elle. Il faut parfois accepter qu'on ne puisse pas réparer une relation qu'on a abîmée. En amour comme en amitié. Mais je crois que tu dramatises. Imani t'adore. Elle ne te laissera pas tomber.

Je l'espère. Elle me manque. La féerie de Noël habite la rue de ses lumières, de ses gens, de sa foule, mais elle peine à me toucher. Une crainte s'est peu à peu logée dans mon cœur.

— Souviens-toi, Jade était ma meilleure amie quand on était petites. On était tout le temps fourrées ensemble. Et pourtant, je l'ai perdue.

— C'est différent, ma puce. Vous ne vous êtes pas vraiment expliquées. D'ailleurs, as-tu déjà essayé de te réconcilier avec elle ?

Pas que je me souvienne. Nous ne nous sommes plus jamais parlé de la même façon.

— Il faudrait peut-être y remédier un jour. Une amitié est plus précieuse qu'un peu d'amour-propre.

Il va me falloir méditer un moment sur ces belles paroles. La sagesse de ma mère a le don de m'étonner, mais avant que je n'aie le temps de la remercier pour ses conseils, une lueur étrange traverse son regard.

— Oh ! Un père Noël ! s'exclame-t-elle. Viens, on va faire des photos avec lui !

Pourvu qu'elle n'essaie pas de me faire asseoir sur ses genoux. Ce serait trop *cringe*.

38

Lundi 9 décembre – Bal de Noël J-12

Nous y voilà. L'heure de vérité a sonné. Aujourd'hui démarre la vente des billets pour le bal. Pourvu que ça fonctionne. Que les élèves viennent acheter des places. J'ai fait mon maximum pour susciter de l'intérêt sur les réseaux. J'ai mis en ligne une *story* où je parlais avec la voix d'un lapin survitaminé qui aurait avalé une batterie nucléaire.

Je me suis donnée à fond, dans la douleur. Il y a une chose dont je suis sûre : jamais, au grand jamais, je ne travaillerai dans la comm ou les réseaux sociaux. Croix de bois, croix de fer.

J'ai pris le premier créneau entre midi et deux. Tout est prêt. Je détiens la caisse ainsi que le petit TPE de l'association des parents d'élèves (le machin pour payer par carte et sans contact). Kévin s'est chargé de récupérer les carnets de billets auprès d'Imani – le colis était arrivé à son adresse. Cela aurait été l'occasion de se parler, mais il me semble que c'est encore trop tôt. Le hall 1 est quasiment désert quand je le traverse pour ouvrir le bureau. Kévin me rejoint, tout essoufflé.

— C'est le jour de vérité! s'exclame-t-il en dégainant un bonnet de Noël de son sac.

Il porte même le pull moche assorti.

— Une idée de ma mère! ajoute-t-il joyeusement.

Il est bien le seul à se sentir guilleret. Pendant que je déballe le premier carnet, il me filme pour les réseaux. Les tickets sont magnifiques. Un filet argenté souligne le lettrage du texte central, « Le Bal de Noël ». Quand je pense à ce que notre affiche aurait dû être... Cela me fend le cœur. Mais inutile de ruminer plus longtemps mon erreur, il est impossible de réparer le passé.

Un long quart d'heure s'étire, dépeuplé et silencieux. Kévin et moi en profitons pour grignoter. J'essaie de le rassurer, à moins que ce ne soit moi que je cherche à convaincre.

— Les gens vont venir après avoir mangé à la cantine.

— Carrément.

Jamais contrariant, Kévin.

Nos premières clientes pointent le bout de leur nez trente minutes plus tard : une bande de filles en seconde. Elles s'extasient devant les tickets, nous bombardent de questions sur le bal en lui-même, la déco, les boissons, et mon enthousiasme refait surface aussi sûrement qu'un diable qui jaillit hors de sa boîte. Je promets une soirée démente, en insistant sur la qualité de la musique! La conversation dérive sur les robes et le concours. Elles sont aussi prêtes à jouer le jeu à fond.

Après leur passage, remontée comme une cocotte-minute, je décide de passer à l'action.

— Je vais photocopier les horaires d'ouverture du bureau de vente et les coller sous les affiches !

❄

Me voilà à arpenter les couloirs, en jetant à la ronde :

— HO ! HO ! HO ! Les ventes de billets pour le bal de Noël ont commencé ! Il n'y en aura pas pour tout le monde ! Dépêchez-vous d'acheter vos entrées ! HO ! HO ! HO !

Mes appels me valent quelques regards amusés. Au moins, je suscite des réactions.

— Alors la petite mère Noël, il est garé où, Rudolph ?

Cette blague désopilante, capable de secouer de rire Einstein dans sa tombe, émane de l'adorable Louis. Il a avalé un clown aujourd'hui. Je l'ignore, mais le voilà qui m'emboîte le pas.

— C'est quoi ce groupe pourri, les Earth Flatteners ? Tu crois vraiment qu'on va payer pour voir ça ?

Dans un sursaut d'orgueil, j'essaie de lui rabaisser son caquet.

— C'est un bal, Louis. Pas un concert. Si ça ne t'intéresse pas, passe ton chemin.

— Du calme, inutile de piquer une crise d'hystérie !

Je n'ai même pas levé la voix ; il m'agace, mais d'une puissance ! Raphaël se dirige vers nous avec son air des mauvais jours. Pour une fois, je suis contente de le voir. Louis l'a également repéré. Ce bubon ambulant, très courageux, décide donc de battre en retraite, non sans lâcher une dernière crasse :

— Je ne sais pas qui aura envie d'aller à ce bal, mais ce qui est sûr, c'est que personne ne t'invitera, toi !

Tout fier de sa saillie, il s'esquive à la vitesse d'un pet fuyant. Raphaël le gratifie d'un regard meurtrier en replaçant sa mèche derrière l'oreille.

— Ça va ? Il ne t'a rien fait ?

— À part ruiner les quelques miettes de bonne humeur que je venais de retrouver, tu veux dire ? Non.

Il désigne les plannings que j'ai photocopiés.

— Tu as besoin d'un coup de main ?

— Je vais me débrouiller. Je ne voudrais pas que tu te fasses des idées.

Je lui tire la langue, il ricane.

— Ne crois pas ce crétin de Louis, ajoute-t-il avant de me laisser. Je serais étonné que personne ne t'invite.

— Merci, Raph. C'est gentil.

On a fait un four : seulement une quarantaine de ventes pour le bal.

Les chants de Noël de la supérette ne parviennent pas à me dérider. Pourtant, d'habitude, je ne peux m'empêcher de chantonner les refrains.

— Tu fais une drôle de tête, ma choupette, remarque Jeanine en replaçant des livres en rayon. Tu veux réapprovisionner les wagons avec des chocolats ?

— Pourquoi pas.

La perspective de jouer avec le train me donne un regain d'allégresse. C'est un véritable modèle réduit qui fait tchou-tchou quand il arrive en gare.

— Qu'est-ce qui te tracasse ? insiste Jeanine alors qu'elle arrête la locomotive rouge juste devant moi.

J'attaque le garnissage des wagons à bestiaux avec des rochers, en soupirant avec la force d'un pneu percé.

— Par où commencer ? J'ai ruiné le bal de Noël.

— Celui que tu organises pour renflouer les caisses du voyage en Cornouailles ?

Ça fait plaisir de voir qu'elle suit. Je lui explique, l'affiche que j'ai sabotée, la dispute avec ma meilleure copine, et même ma déception sentimentale.

— J'espérais qu'en rattrapant le coup avec le bal, Imani me pardonnerait plus vite, mais les ventes d'aujourd'hui sont lamentables.

— Il vous reste deux semaines, tempère Jeanine. Tu as le temps d'inverser la vapeur.

— Mais comment ?

— Tu vas trouver.

Elle m'offre un chocolat avant de remettre le train en route. Il repart faire le tour du village qui est quasiment terminé. Il ne manque plus que la crèche au centre.

— Au fait, dis à ta mère qu'elle doit commander vos plats pour le réveillon avant vendredi prochain. Tu prendras un menu devant la caisse. Mais je peux aussi vous en réserver deux tout de suite ?

— Non, j'essaie de la convaincre d'inviter Martin et Kévin.

— Quelle bonne idée !

— Et toi, qu'est-ce que tu fais le 24 ?

— Je vais dans la famille de ma femme. Chez sa sœur.

— Celle avec qui tu ne t'entends pas ?

— Dans le mile, Émile. Des nouvelles de ton père, au fait ?

Dire que je ne l'ai pas vu depuis le mois dernier... Il est bien le cadet de mes soucis.

— Vu qu'il ne m'a pas appelée pour me proposer de le voir, j'imagine qu'il a une nouvelle copine...

C'est ainsi depuis toujours. À croire qu'il a peur d'annoncer aux femmes qu'il fréquente qu'il a une fille... Mais je soupçonne qu'en vérité, il m'oublie dès qu'il est amoureux.

— Cet abruti ne changera jamais, maugrée Jeanine. Il regrettera quand il sera trop vieux pour se rattraper.

— Ce n'est pas grave. Je prends le bon qu'il peut me donner quand je le vois, mais je ne me rendrai pas malheureuse pour lui.

Je suis plus philosophe que je ne le soupçonnais. Elle se penche sur moi pour me souffler :

— Dans les dates courtes, il y a ta marque préférée de crèmes à la vanille.

Je n'en mange plus depuis que je suis toute petite. Cependant, en passant devant l'armoire réfrigérée, je m'arrête pour en prendre un pack. Parce que m'en priver ne me fera pas me sentir mieux*.

*** Note de Sandra : J'ai drôlement bien réussi son éducation!**

39

Jeudi 12 décembre – Bal de Noël J-9

Les deux chocolats dans mon calendrier de Noël n'ont pas suffi à m'insuffler l'énergie dont j'ai besoin pour affronter la journée. Mes vidéos n'ont pas donné les résultats escomptés. Le nombre de billets vendus demeure bien en dessous de ce qu'il faudrait, et je fais de mon mieux pour éviter les questions de Mme Potts. C'est-à-dire que je la fuis, littéralement, dans les couloirs, et que je termine accroupie derrière une poubelle en attendant qu'elle trace sa route hors de la mienne.

Quand je me relève, je me retrouve nez à nez avec Yanis.

— Qu'est-ce que tu fabriques ? me demande-t-il.

— Je me cache, Captain Obvious.

J'avoue, je suis sèche. Mais vu qu'il est aussi amical avec moi qu'un garde en faction devant Buckingham Palace, je ne vois pas de raison de faire des efforts. Sans compter que, cette semaine, son implication dans le comité laisse à désirer. Je croise les bras, en mode inspectrice de la Cour des comptes – c'est une expression de ma mère.

— Dis donc, tu as oublié la réunion mardi, et tu ne m'as donné aucune nouvelle des grappes de boules. Tu en es où exactement ?

Sous-entendu lourdingue : je commence à m'inquiéter, mon bonhomme. Bon sang, je crois qu'il a changé de parfum. Ou alors c'est son after-shave ? Sa réponse interrompt mes divagations intérieures sponsorisées par mes hormones.

— J'ai presque fini de les assembler, il y en a plein mon sous-sol à la maison.

— Génial !

Pourquoi est-ce que ma voix vient de grimper dans les aigus ? Concentre-toi sur le mur derrière lui, au lieu de te laisser aveugler par tes pulsions, Ada Lagrange. Comme il me regarde sans que je puisse deviner ce qu'il pense, je joue la (fausse) décontraction.

— Autre chose ? je demande.

En vérité, ce que je voudrais, c'est qu'il m'explique les raisons de son changement d'attitude. Qu'il admette que je n'ai pas mérité ce traitement, et que je n'y suis pour rien s'il a une nouvelle copine et qu'il se sent mal à l'aise.

— J'ai communiqué le déroulé de la soirée au prof de musique, ajoute-t-il, et j'ai aussi récupéré la bâche qui servira de décor photo.

Sous-entendu : il est passé chez Imani. Elle s'est occupée d'un certain nombre de commandes en novembre.

Le regard de Yanis, fuyant, se promène derrière moi de sorte à ne pas croiser le mien.

— De ton côté, ça va? finit-il par lâcher du bout des lèvres.

— Bien sûr. Le bal prend l'eau comme le Titanic avant de se casser en deux, le voyage en Cornouailles va se planter en beauté, mais tout va très bien, j'irai jusqu'à dire que ça ne pourrait pas aller mieux.

Oh mon Dieu, le ton de ma voix frôle l'indice maximal de l'hystérie. Soudain, une idée me traverse l'esprit.

— Dis donc, tu t'occupes de la permanence avec Kévin aujourd'hui?

Il plisse le front.

— Euh... oui, pourquoi?

— Parce que tu pourrais poster des photos de toi sur les réseaux! Pour inciter les filles à venir?

Il recule, hésitant, alors je bondis pour lui couper tout espoir de retraite. L'espace qui nous sépare est ridicule, au point qu'il se heurte au mur. J'écarte vivement le souvenir de cette fameuse fois sous la table, qui vient de rebondir entre les parois de mon cerveau primaire. Il faut le convaincre. Je ne laisserai pas la moindre petite chance de redresser la barre nous échapper!

— Écoute, je sais que je te demande beaucoup, mais on est vraiment mal. Il faut qu'on utilise toutes les armes à notre disposition, et ta présence, ton charme, ta notoriété pourraient nous sauver la mise. Il y a un paquet de filles qui rêvent de t'approcher. Dis oui, s'il te plaît ! Pour le bal, pour le voyage, pour Mme Potts !

Pour nous, je songe. Je papillonne des yeux dans une mimique de supplication. C'est moi ou il vient de rougir ? Le souffle haché, il hoche la tête.

— OK, Ada, c'est bien pour te faire plaisir.

Je me retiens de lui sauter au cou. Il m'adresse un sourire constipé.

— Je voulais aussi te parler d'un autre souci, fait-il, ennuyé. Flo m'a demandé si le père de Jade était toujours OK pour nous livrer les chalets sur place.

— Je vais aller la voir.

C'est l'occasion de lui parler. Je ne peux pas continuer comme ça, j'ai besoin d'elle pour gérer les réseaux.

❄

J'ai réfléchi depuis ma discussion avec ma mère au marché de Noël. Malgré moi, j'ai mis Imani en porte-à-faux entre nous, mais j'ai besoin que Jade reconnaisse qu'elle n'est pas une oie blanche dans cette histoire. Si elle refuse de s'excuser, tant pis. Il suffirait qu'elle accepte sa part de responsabilité pour que je passe outre. Et si, ensuite, nous trouvons un moyen de mettre nos rancœurs de côté pour de bon, ce serait bien.

Je lui envoie un message et elle me rejoint du côté des sanitaires sans tarder.

— Qu'est-ce qui t'arrive ? Il y a un problème avec le bal ?

Pas une seconde, elle n'imagine que je la convoque pour lui vider mon sac. Cependant, je ne peux pas lui rentrer dedans sans préambule, ce serait tout sauf constructif. Dans un premier temps, j'aborde le problème des chalets.

— Mon père est toujours d'accord, me rassure-t-elle. Je ne lui ai pas dit qu'on s'était disputées. Et puis, je ne vois pas comment vous feriez sinon.

Voyant mon soulagement, elle ajoute plus bas :

— Imani est toujours fâchée, mais on va aider le comité le jour du bal. Vous n'allez pas refuser deux paires de bras supplémentaires, si ?

— Sûrement pas ! Pour être honnête, je ne crois pas que je vais réussir à gérer seule la soirée.

Malgré moi, je viens d'ouvrir les vannes. Les mots dégringolent sans que je puisse les en empêcher. Je lui déballe tout. Le stress de faire en sorte que tout se déroule correctement le jour J, auquel s'ajoutent les derniers préparatifs, de l'installation du matériel à la mise en place des décos, sans oublier les désistements parmi les bénévoles. Pas moins de cinq cette semaine. Mon accablement me semble sans fin.

— Je ne te raconte même pas la galère pour les réseaux.

Elle hoche la tête, soucieuse.

— J'ai vu.

— Jade, je sais que j'ai commis une grosse erreur avec l'affiche. J'ai fait mon maximum pour la rattraper, mais je n'y suis pas arrivée.

Mes efforts ne me mènent à rien. Maintenant que je me suis épanchée, je n'ai plus le courage de la confronter. En plus, Jade compatit à mon malheur.

— Les garçons ne t'aident pas beaucoup, j'ai l'impression.

— Si. Kévin est sur tous les fronts, Raphaël fait de son mieux, Yanis a géré ses décos et Flo a réussi à rallier une bonne partie de l'équipe de rugby pour aider aux opérations de démontage. Bon, Pierre et Léa tirent au flanc sous prétexte qu'ils travaillent sur les chansons dès qu'ils ont un moment de libre – j'avoue, je suis mauvaise langue, ils se donnent à fond –, mais je ne peux pas me plaindre des autres membres du comité.

— Si tu veux que je reprenne les réseaux, je le ferai. J'ai...

Elle déglutit, mal à l'aise.

— J'ai conscience que j'ai exagéré pour l'affiche. Peut-être que si les rôles avaient été inversés, j'aurais eu la trouille de t'en parler. Je sais bien que j'ai créé des tensions entre Imani et toi. Mais je te jure, c'était involontaire, je n'avais pas l'intention de me mettre entre vous.

Son argumentaire a du mal à me convaincre.

— Vous êtes devenues super proches en un claquement de doigts, je raille. J'ai quand même vachement l'impression que tu as cherché à m'éjecter...

Jade marche sur des œufs.

— Je sais de quoi ça a l'air, mais c'est plus compliqué que ça. Je n'essaie pas de devenir sa meilleure amie...

Chaque mot lui coûte.

— Elle me plaît. Je craque pour elle depuis au moins deux ans, et quand l'opportunité s'est présentée, j'ai essayé de passer le plus de temps possible avec elle.

Je tombe des nues. Jade est... bi ! Je me sens bête, mais à ma décharge, comment aurais-je pu le deviner vu la teneur de nos relations ? Je cligne des yeux, le temps de réévaluer la situation et d'additionner ces nouvelles informations.

— Ça alors ! Mais vous sortez ensemble ?

Cela expliquerait tellement de choses. Vu mon animosité envers Jade, si Imani a craqué pour elle, elle a dû trouver difficile de me l'avouer. Jade secoue la tête.

— Non. Je ne sais pas si elle ressent quoi que ce soit à mon égard.

Elle ne la connaît pas comme moi. Du plus profond de mon cœur, je suis persuadée que oui, Imani éprouve des sentiments pour Jade. Sa colère devient limpide à la lumière de ces révélations. Sa loyauté doit la tirailler. Elle a envie de se rapprocher de Jade, mais trahir notre amitié lui est impossible et, de façon consciente ou pas, elle doit m'en vouloir de manquer de recul. Si on ajoute qu'elle a la capacité d'expression d'une huître dès qu'il faut verbaliser ses émotions, elle doit être complètement coincée.

Jade attend, stoïque, un verdict de ma part. Il est temps pour moi de faire amende honorable.

— Je te remercie de ton honnêteté. Je me sens idiote d'avoir été jalouse de toi.

Et un peu vilaine sur les bords, même si j'avais mes raisons.

— Je croyais que tu essayais de me piquer ma meilleure amie. Pour te venger.

— Me venger de quoi ?

— Tu le sais sûrement mieux que moi.

Je me mords la lèvre. Je n'aurais pas pu m'arrêter avant « Pour te venger » ? La sidération de Jade me pousse à m'embourber un peu plus. J'étais pourtant si près d'enterrer notre querelle... Quel boulet. Je n'ai plus le choix, il faut que j'aille jusqu'au bout.

— À cause de cette vieille rancœur qui date du collège.

Elle hausse les épaules.

— C'est vrai, je n'ai jamais digéré que tu m'aies oubliée après ton déménagement.

— Pardon ?

— Je t'ai écrit des lettres auxquelles tu n'as jamais répondu.

— Je ne les ai pas reçues. Je te promets que sinon, je t'aurais répondu. J'ai encore notre bracelet d'amitié dans ma boîte à souvenirs. Et le portrait que tu avais fait de moi, quand tu étais dans ta période kawaï !

Elle fronce les sourcils, désarçonnée.

— C'est vrai, tu les as gardés ?

— Je peux te les montrer pour te prouver ma bonne foi.

Elle secoue la tête, bouleversée.

— Moi aussi, j'ai toujours tes dessins.

Depuis tout ce temps ? J'en ai les larmes aux yeux. Jade essuie furtivement sa joue.

— Alors tu ne m'as pas oubliée ?

— Jamais.

Nous nous asseyons un moment. Je lui raconte ma rentrée dans cette nouvelle école où j'étais une étrangère parmi des groupes formés depuis longtemps déjà. L'appartement sans jardin, les heures passées chez Jeanine pour ne pas être toute seule chez nous, les tête à tête avec Moumoune, mon vieux chat. Je me sentais isolée, perdue, loin de mes anciennes amies. Jade pose une main compatissante sur mon épaule.

— Je n'y ai même pas pensé. Je te jure, je me sens ridicule.

— On avait dix ans !

— J'aurais dû te demander des explications en sixième au lieu de te rejeter.

— Mieux vaut tard que jamais.

Le ciel nuageux s'est assombri. Il règne un froid particulier, électrique, que je reconnais soudain.

— Il va neiger !

Jade lève les yeux à son tour, guettant l'apparition des premiers flocons. Gros et duveteux, ils flottent au-dessus de nous avant de se déposer sur nos manteaux, nos visages, nos paumes tendues. Jade sourit.

— La magie de Noël est à l'œuvre, on dirait.

J'acquiesce, prise d'un élan de joie irrépressible. Oui, en effet, un miracle vient de s'accomplir, puisque nous nous sourions sans gêne à présent.

40

Qui aurait cru que la hache de guerre serait enfin enterrée une bonne fois pour toutes avec Jade ? Pas moi ! N'empêche que j'en tire une légèreté quasi divine. Jade est déjà passée à autre chose, elle ne pense qu'à renverser la vapeur et à sauver notre bal. Je suis ravie de la voir prendre le taureau par les cornes, et c'est un plaisir de déambuler dans le hall en sa compagnie, en observant le rideau de neige épaissir à l'extérieur.

— Je vais m'occuper de tourner de nouvelles *stories*. C'est une excellente idée d'avoir demandé à Yanis de poster qu'il tient le bureau de vente ! Les midinettes vont se bousculer auprès de lui. Tu sais quoi ? Je vais aller le voir et en rajouter une couche.

Il va être content, notre cher Yanis, de devoir poser. J'approuve aussitôt en me frottant les mains intérieurement.

— Il ne faut pas oublier le concours, dit-elle. Ce serait génial si on pouvait présenter nos robes ce week-end, qu'est-ce que tu en dis ?

Un hoquet se coince en travers de ma gorge. Cependant, je me ressaisis.

— Ma mère ira l'acheter samedi, mais je ne l'ai pas encore choisie.

Par chance, elle m'a envoyé les photos par SMS en plus de les coller sur le frigo. Je les montre à Jade, qui les examine d'un œil critique.

— Je peux être honnête ?

Je retiens un rire. Comme si c'était son style de mâcher ses mots.

— Vas-y.

— J'ai mieux que ça à la maison. Ma mère a une collection de robes de cocktail incroyable, je suis sûre que tu pourrais trouver quelque chose de plus... fun. Ces modèles sont trop basiques. Ta personnalité exubérante devrait être mise en valeur.

Je ne vois pas de quoi elle veut parler. Je suis tout à fait ordinaire.

— Ada !

Kévin nous rejoint, essoufflé. Il pose ses mains sur les genoux, son sac manquant de lui passer par-dessus la tête. Il n'a pas l'air dans son assiette.

— Qu'est-ce qui t'arrive ?

— Une grosse galère ! Léa et Pierre se sont encore embrouillés.

— Je serais plus inquiète s'ils ne s'étaient pas engueulés de la journée.

— Tu ne comprends pas ! s'exclame Kévin. Léa a quitté

les Earth Flatteners. Elle refuse l'arrangement que Pierre a composé pour l'interprétation de *Snowman*.

— Elle fait sa diva, c'est tout.

J'ai du mal à imaginer qu'elle soit sérieuse vu le nombre de fois où elle a menacé de partir avant de changer d'avis. Néanmoins, la consternation de Kévin me pousse à réviser mon opinion.

— Ce n'est pas possible ! s'énerve Jade. Elle ne peut pas nous lâcher maintenant, pas à dix jours du bal. Elle débloque, Léa !

— Si on n'a plus de groupe pour la soirée, on est foutus ! renchérit Kévin.

En plein déni, je déclare avec une assurance que je suis loin de ressentir :

— Je m'en occupe.

❄

Alors que je cours après Léa à travers le lycée (et que mes bottines glissent à chaque pas dans la neige), mon portable vibre dans ma poche. Le nom du correspondant s'affiche. Papa ? Je décroche, blasée ; mon père est du genre à appeler à l'improviste, c'est vrai, mais quand il essaie de me joindre en semaine, il en a rarement pour plus de cinq minutes.

— Salut, ma chérie ! Je ne tombe pas mal ? J'ai vu sur Pronote que tu avais un trou entre deux cours, je me suis dit que c'était le bon moment pour te parler.

— Pour être honnête, je suis occupée, je gère des trucs pour le bal de Noël.

C'est-à-dire que je dois rabaisser le caquet de deux artistes aux ego aussi imposants que l'Everest, entre autres.

— Je fais vite, promis ! Je serai absent pour Noël, je pars au ski dans les Alpes avec ma nouvelle copine.

J'avais vu juste ! Je me remets à marcher, j'ai de plus en plus froid à cause de la neige qui se dépose sur mes cheveux.

— Je me suis dit qu'on se verrait à mon retour, à la Saint-Sylvestre. Je t'emmènerai dans un super restau pour me faire pardonner. Ça te va ? Tu n'es pas fâchée ?

— Mais non, voyons. Étoilé, le restau ?

Tant qu'à faire, autant en profiter.

— Tout ce qui te fera plaisir ! assure-t-il, tout enjoué. J'ai aussi appelé ta mère, à propos de ton cadeau. Elle va s'assurer que tu le reçoives en temps et en heure.

En plus, il a demandé à son ex de gérer le cadeau... Quel père exemplaire*. Au moins, il n'a pas oublié, c'est déjà ça.

*** Note de Sandra : À qui le dis-tu !**

— Autre chose ? je lance.

— On a fait le tour, ma puce !

— OK, super ! Amuse-toi bien au ski !

Je raccroche, soulagée d'en avoir terminé. Au moins, il n'y aura pas de complications pour Noël. Je n'avais pas envie de renoncer à mon réveillon avec maman, Martin et Kévin. Parce qu'a priori, elle a fini par céder. Elle m'a promis d'en parler avec son amoureux cette semaine, et j'ai hâte, j'aimerais mettre Kévin au courant.

Pour l'heure, une mission des plus amusantes m'attend : contraindre Léa la Diva de trouver un terrain d'entente avec Pierre le Ténébreux. Tout un programme.

❄

À l'abri du préau, je continue d'observer le spectacle de la neige qui transforme la cour du lycée. Léa a ignoré mes SMS tapés du bout de mes doigts gelés. De guerre lasse, je passe en numéro caché et je l'appelle. Une voix de dogue me répond.

— Qui c'est ?

— Ada, évidemment ! Non, mais sérieux, qu'est-ce qui te prend ?

— Il me prend que je jette l'éponge. Je ne chante pas ce truc-là. J'en ai marre des fulgurances de monsieur l'Artiste. Franchement, il veut s'incruster dans les chœurs ! Tu l'as entendu, avec sa voix de flûte à bec ? Il est persuadé d'avoir raison, mais il me flingue ma chanson. En plus, tu ne crois pas qu'on a déjà assez de kitsch dans cette soirée ? Le père Noël, la chorale, la déco. C'est trop sucré, c'est écœurant ! On peut très bien se passer de *Snowman* !

— À tes yeux, peut-être, mais c'est un bal de Noël. On est dans le thème ! *Snowman* sera le clou romantique du concert ! Les couples vont guetter ce moment.

Aussi désagréable qu'à son habitude, elle ajoute :

— Ce n'est plus mon problème.

Je fulmine intérieurement. Elle est gonflée !

— Tu as pris un engagement, Léa. Tu ne peux pas nous lâcher à la dernière minute. Toute l'équipe se décarcasse, on est dans les derniers préparatifs et on ne peut pas vous remplacer en un délai aussi court !

— Qu'est-ce que ça peut faire ? Raphaël a promis de jouer les DJ et de toute façon, si on parvient à vendre la moitié des places d'ici samedi prochain, ce sera un exploit. C'est foutu, Ada. Tu ne veux pas voir la vérité en face, mais le bateau coule.

Léa vient de me balancer un uppercut. Anéantie, je reste sans voix, le temps de ramasser les débris de mon optimisme.

— On a encore une semaine, je bredouille avant de raccrocher.

Tel un fantôme, je déambule dans la cour enneigée. Des groupes d'élèves se livrent à des batailles entrecoupées de fous rires, d'autres font des bonshommes de neige qu'ils décorent avec des bouts de bois et des cailloux. Un vrai plongeon en enfance. Qui me laisse de marbre. Il y a encore un quart d'heure, j'y croyais. Jade avait réussi à me rendre mon mojo de lutin de Noël… Il s'est fait écrabouiller par un trente-cinq tonnes.

Mais je n'ai pas le droit de baisser les bras.

Réfléchissons. Je peux convaincre Pierre d'abandonner les chœurs, et revenir vers Léa, quitte à la menacer de la dénoncer auprès de Mme Potts pour qu'elle fasse son boulot et qu'elle chante comme prévu.

J'ouvre Insta pour informer les autres du problème. Que vois-je dans les notifications ?

Léa a quitté le groupe de discussion Comité du bal de Noël.

Jade a rejoint le groupe de discussion Comité du bal de Noël.

Pierre a quitté le groupe de discussion Comité du bal de Noël.

Génial. On a perdu tous les musiciens. Sans les Earth Flatteners, a-t-on ne serait-ce qu'une chance de remplir la salle d'ici la semaine prochaine ?

Quel enfer, je vous jure.

41

Samedi 14 décembre – Bal de Noël J-7

La permanence de ce matin, ouverte spécialement par le concierge – ce qui l'a fait grogner car il aurait dû être de repos –, s'est avérée un sombre et lourd échec. La rumeur s'est propagée en moins de temps qu'il ne faut pour dire « ouf » : les Earth Flatteners se sont séparés. *Très rock and roll,* a commenté cet abruti de Louis sur notre dernier post, *ou digne d'une belle bande de tocards, à vous de choisir!*

Pourtant, toute l'équipe s'est démenée. Jade a multiplié les publications sur les réseaux; Kévin et moi, on a collé de nouveaux papiers pour indiquer qu'on serait ouvert ce matin; Flo a ordonné à ses gars de faire de la propagande pour le bal, en postant avec qui ils s'y rendaient sur Insta... Et Yanis a même publié une photo de lui en smoking pour montrer qu'il avait acheté son billet. Je n'ai pas essayé de savoir s'il en avait pris deux.

Nous avons fait plus de ventes que la semaine passée, mais c'est loin de suffire. Léa la Diva avait raison, si on écoule la moitié des billets, on devra s'estimer heureux.

— Si on y arrive, on ne perdra pas d'argent, rappelle Jade en m'aidant à remettre les chaises sur les tables pour le personnel de ménage. Tout ce qu'on fera en plus sera du bonus pour le voyage. Donc, ne baissons pas les bras. Tout est encore possible.

— Comme réconcilier Pierre et Léa ? ricane Kévin qui compte les pièces et les billets dans la boîte de trésorerie.

— Pour que les Earth Flatteners se reforment, je soupire, il faudrait plus qu'un miracle. Il faudrait carrément que le père Noël descende du ciel et les force à jouer.

Jade éclate de rire.

— Désolée, c'est nerveux.

Je la mets gentiment dehors avec Kévin pour fermer derrière nous.

— Quels sont tes plans pour cet après-midi ? me demande-t-il.

— J'ai des cotons à accrocher sur des fils, plein.

— Tu ne viens pas essayer les robes chez moi, finalement ? s'exclame Jade, déçue.

— Maman va m'acheter la bleue. Elle tient à me faire ce cadeau, tu comprends ?

Elle baisse les yeux.

— J'avais espéré que tu viendrais. J'ai invité Imani, pour lui trouver une tenue. Ça aurait été l'occasion de vous parler.

— Je comprends que tu veuilles arranger les choses, mais tu ne devrais pas t'en mêler. Surtout qu'Imani déteste les surprises. Je réglerai ça. Promis.

— D'accord.

Jade décide de filer, nous laissant Kévin et moi en tête à tête.

— Mon père aimerait vous inviter à dîner ce soir, si tu es OK. Je crois que ta mère et lui sont gênés qu'on se connaisse.

— Qu'on soit amis, tu veux dire ?

Il sourit, touché par ma remarque. Je lui attrape le bras :

— Ils craignent qu'en cas de séparation, on en souffre tous les deux. Je te propose un marché. Quoiqu'il arrive, on n'intervient pas dans leur relation. De cette façon, notre amitié ne pourra pas en être affectée.

Le voilà qui se tord de rire.

— Ada, on essaie de les faire passer Noël ensemble ! On se mêle déjà de leur histoire.

Oups, il a raison.

— Dans ce cas, on continue, et on se promet de ne pas se disputer si jamais ils se quittent ?

— On peut au moins essayer.

Décidément, je l'aime bien, ce petit gars.

❄

— Je suis rentrée ! braille maman depuis l'entrée, ouverte sur le salon, donc à peu près à cinq pas de moi, vu que je suis en train d'enfiler des cotons sur des ficelles comme prévu.

— Je ne suis pas SOURDE !

— Ah, tu es là. Toujours sur tes *do it yourself*. Devant un film de Noël, en prime ?

Évidemment. Mon petit cœur angoissé a largement besoin d'une dose de chamallow pour l'esprit. J'ai lancé *A Christmas Prince**, allumé le sapin et fait du chocolat chaud.

Maman cache dans son dos un grand sac qu'elle glisse hors de ma vue dans le couloir avec la subtilité d'une grue en pleine parade amoureuse. Tiens, tiens. Voilà qui est suspect. Elle jette son manteau sur une patère, enlève bonnet et écharpe, tape ses boots sur le paillasson afin de détacher la neige accrochée à ses semelles.

— Je te préviens, tu ne passeras pas ton après-midi enfermée à broyer du noir et à t'abrutir avec des comédies de Noël. Tu en as déjà vu deux, hier soir ! Je suis fan moi aussi, mais là, c'est trop. Je suis ta mère, il faut que je prenne des mesures.

Je pousse un soupir de pneu crevé.

— On sort déjà dîner chez Martin.

— Certes, mais il a encore neigé ! Le parc est tout blanc, c'est magnifique !

*** Note de Sandra : Alerte rouge. Le film guimauve par excellence. Elle déprime vraiment.**

— D'ici une heure ou deux, les chemins seront pleins de gadoue.

Elle se plante devant moi :

— Tu rigoles ou quoi ? Le paysage est fabuleux ! La ville s'est transformée en un spectacle magique sous mes yeux ! Dois-je te rappeler qu'il neige tous les cinq ans au maximum ?

— Eh ben, merci le réchauffement climatique.

Je suis grognon. Je ne pense qu'au bal et à cette fameuse barre des cinq cents tickets à vendre. Maman frappe dans ses mains.

— Tu vas t'habiller, et on va se faire une bataille de boules de neige suivie d'une séance photo dans le parc. Tu n'as pas le choix.

— Maman...

— Ada Lagrange, repose tes bidules, finis ta tasse, et hop ! On y va !

Quand elle a une idée en tête, rien ne l'arrête. Mon téléphone vibre, aimantant mon regard.

Jade m'écrit :

Imani vient d'arriver. Tu es sûre de ne pas vouloir nous rejoindre ?

— Qui c'est ? Jade ?

— Elle m'a proposé de choisir une tenue dans le dressing de sa mère.

Maman paraît tendue, tout à coup. Je devine que le sac qu'elle vient de cacher contient une robe. J'envoie une réponse à mon ancienne meilleure ennemie :

Amusez-vous bien toutes les deux.

Je serais à ta place, je l'inviterais au bal.

Maman, qui n'a pu s'empêcher de lire par-dessus mon épaule, s'exclame :

— Oh, mais c'est bien ce que je crois ?

— Oui, et cesse d'être indiscrète ! C'est ma vie privée !

— Pardon, mes yeux ont glissé ! Mais c'est incroyable. Jade et Imani ? Tu vas le supporter ?

— Absolument.

Soudain, un détail me revient à l'esprit.

— Dis-moi maman, est-ce que j'ai reçu des lettres de Jade après qu'on a emménagé ici ?

— Pas que je sache, pourquoi ?

Pas d'hésitation, de regard fuyant ou de petit rire coincé symptomatique d'un mensonge. Je lui explique l'histoire du courrier qui ne m'est jamais arrivé entre les mains, à l'origine de ma brouille avec Jade. Maman se montre catégorique.

— Si tu avais eu du courrier, je te l'aurais donné, ma puce. Quant à ton père, il me l'aurait transmis. La séparation a été compliquée, mais il a toujours été réglo.

Le problème ne vient donc pas de chez nous. Tant mieux. Maman me retient alors que je me dirige vers l'entrée.

— Attends. À propos de ta tenue...

Je l'interromps, embarrassée.

— Je sais que tu es passée chercher la robe pour moi. Pas la peine d'en faire tout un plat. Je n'ai pas de cavalier, de toute façon. Je ne pourrai même pas participer au concours.

Elle est aussi navrée que moi. Elle sait très bien avec qui j'avais envie d'aller au bal.

— Réfléchis, il doit bien y avoir un ou une pote qui pourrait participer avec toi. Essaie la robe au moins avant de renoncer au concours.

Maman me fourre le sac dans les bras. Le tissu que j'aperçois n'est pas bleu ciel, mais gris pâle. D'une main tremblante, je lève le vêtement à hauteur des yeux. Je n'ai pas une hallucination : je tiens la robe hors budget sur laquelle j'ai flashé avec Imani.

— Maman ! C'est de la folie ! Ne me dis pas qu'on va manger des pâtes pendant des mois !

— Mais non ! s'esclaffe-t-elle. J'ai fait banquer ton père ! Il se paie un voyage dans les Alpes et il ne t'a même pas emmenée en vacances cette année ! Je lui ai dit qu'il pouvait au moins te faire cette surprise-là !

Voilà la raison de son coup de fil. Je soupire, soulagée.

Elle m'a fait peur, mine de rien. Tout excitée, elle sautille sur place par anticipation.

— Tu la mets, que je te voie dedans ?

Je relève le menton, traversée par un éclair de joie :

— D'accord ! Et après, bataille de boules de neige !

Je la serre dans mes bras, émue, euphorique, transportée. Même si le bal est un échec, je n'aurai pas tout perdu : j'aurai le plaisir de danser dans une robe magnifique. La robe de mes rêves, pour être exacte.

Maman a raison, il faut que je trouve un moyen de participer au concours.

Je ne vais pas renoncer maintenant.

42

Lundi 16 décembre – Bal de Noël J-5

Le bal a lieu cette semaine. Cette semaine ! Une part de moi a très envie de courir en rond dans l'appartement en poussant des cris de putois. Il reste tant à faire ! L'autre s'est plantée devant la robe à volants de gaze légèrement pailletés, au bustier magnifique, qui me donne l'allure d'une reine. Je l'aime, au point que j'espère la remettre à toutes les occasions possibles, pour l'amortir, mais surtout pour en profiter au maximum. J'ai donc proposé à maman de demander Martin en mariage. J'ai déjà la tenue de demoiselle d'honneur parfaite ! Hélas, la future mariée en a avalé son café de travers, et à son regard, j'ai compris qu'il valait mieux éviter d'aborder ce sujet de nouveau, de sorte à préserver mon intégrité physique.

J'ai l'intention de m'accrocher à cette robe comme à une bouée de sauvetage. Quoi qu'il arrive, même si on ne dépasse pas les cinq cents ventes de tickets, la soirée aura lieu, et je me ferai prendre en photo devant la toile imprimée moche de Jade.

Tant pis pour les Earth Flatteners, tant pis si je n'ai pas de cavalier, je rayonnerai au bal de Noël, foi d'Ada Lagrange.

Forte de cette motivation, je me transforme en lutin de Noël, c'est-à-dire que j'enfile un bonnet rouge à pompon blanc pour compléter ma tenue, à base de kilt, collant, et pull assortis. Aujourd'hui, je compte attraper des élèves par le col dans les couloirs et les forcer à acheter leur billet. J'admets qu'il est probable que je me dégonfle. Mais je vais tenter le tout pour le tout.

En attendant, il faudrait que je me dépêche un minimum, je tiens le bureau de vente de 8 à 9 heures. Il y a toutes les chances que ce soit désert, donc j'ai prévu de gérer seule le créneau. Quelle n'est pas ma surprise de découvrir un groupe de lycéens alignés en rang d'oignons devant la porte à mon arrivée...

Bizarre, mais réconfortant. Je salue et je m'enferme dans la pièce, ravie, le temps d'installer la caisse, de préparer le terminal de paiement, de sortir les billets pour le bal. La routine.

Pendant que je m'affairais, le hall s'est rempli. Une queue s'est formée. Étonnant... J'ai dû louper un épisode, ma parole ! Mes « clients » sont visiblement fous d'impatience d'obtenir leur place. Bientôt débordée, j'envoie un appel à l'aide au comité.

Le premier à débarquer est Kévin, tout joyeux. Nous organisons deux files : l'une pour payer par carte, l'autre pour les espèces.

— C'est hallucinant tout ce monde ! me confirme Kévin. On ne va pas pouvoir fermer le bureau pour aller en cours ! Il faut qu'on prévienne Mme Potts !

Il a raison, le hall ne désemplit pas. Les carnets de billets se vident à vue d'œil. Une petite voix dans ma tête me souffle qu'il y a eu un miracle.

— Il s'appelle Jade, ton miracle, ricane mon camarade de galère. Son idée était vraiment géniale !

— Quelle idée ? De quoi parles-tu ?

— Tu n'as pas vu la vidéo qu'elle a mise en ligne hier ? Tu rigoles ?

J'ai passé ma journée à enfiler des morceaux de coton pour terminer à temps toutes mes décorations. Je ne peux plus voir le fil de pêche en peinture. J'en ai ras le pompon. Et puis j'ai posté une photo de moi dans ma robe samedi, avec le hashtag du concours, pour récolter quatre vues... Misérable. J'ai donc décidé de faire une pause Instagram, d'autant qu'avec Jade de retour, je ne voulais pas lui donner l'impression de la fliquer. J'avoue que ce qui m'intéresse le plus la concernant, c'est de savoir si elle a effectivement demandé à Imani de l'accompagner au bal.

Le temps d'une pause, je sors cinq minutes, histoire de vérifier les réseaux. Je découvre une vidéo qui totalise des milliers de likes. En robe de soirée, maquillée, Jade partage l'écran avec Yanis, lui aussi sur son trente-et-un.

Tous deux sont glamours au possible, j'en ai la mâchoire qui tombe. Elle prend sa voix de speakerine pour dire son texte :

— Aujourd'hui, il reste moins d'une semaine avant le bal de Noël, et jusqu'ici, nous avons gardé le secret à propos d'une incroyable surprise...

— Vous n'êtes pas prêts ! assure Yanis. Je vous conseille de vous ruer sur les billets encore en vente...

— Parce qu'ils s'envoleront très vite !

— Comme vous le savez, jusqu'à l'année dernière, je jouais à haut niveau au football...

— C'est peu de le dire, commente Jade avec adoration. Ce type est une étoile !

— Je suis toujours en contact avec mes anciens équipiers... Et parmi eux, cinq des plus grands espoirs masculins de notre génération ont accepté notre invitation !

Il fait signe à sa partenaire de reprendre la main. On croirait qu'ils ont fait ça toute leur vie !

— Alors voilà, poursuit Jade, avant de vous révéler les noms de ces stars, sachez qu'il y aura un tirage au sort se basant sur les numéros des billets. Les heureux gagnants pourront assister à une séance photo privée avant le début du bal, et une poignée d'élus auront la chance de passer la soirée avec nos footballeurs dans le carré VIP !

— Ça va être énorme, cette soirée ! s'exclame Yanis.

— Et maintenant, on vous laisse faire connaissance avec nos invités...

Sans transition, les joueurs apparaissent tour à tour en train de lancer des « Je ne dis jamais non à une fête ! », « Je ne vais pas rater ça ! », « Compte sur moi ! », etc. En guise de conclusion, le logo du bal scintille sur mon écran avant de s'évaporer.

J'envoie immédiatement un message à Jade.

Quel coup de génie ! Ça a marché ! Bravo !

Puis j'ajoute :

Merci.

Réponse, quasi instantanée :

C'est l'idée d'Imani.

Et elle a dit oui pour le bal.

Prise d'un accès de bonheur, je serre mon téléphone contre mon cœur. La magie de Noël existe bel et bien : le bal est sauvé. Et par extension, le voyage en Cornouailles.

Un vent de folie souffle sur le comité. Impossible de fermer le bureau de la matinée. Nous sommes pris d'assaut par les élèves. Nous devons même refuser des jeunes gens qui ont largement dépassé l'âge de fréquenter notre établissement.

Quand Jade pointe le bout de son nez, je lui saute dans les bras.

— L'héroïne de la journée !

— N'oublie pas Yanis ! C'est lui qui a tout organisé !

Il apparaît derrière elle. Il se tient à distance, alors que nous nous sommes réunis dans un coin du hall, à l'écart de la file, avec ce qu'il reste du comité, c'est-à-dire Kévin, Raphaël et moi. Flo gère la caisse tout seul, le temps que nous mangions un morceau. Je n'ai d'yeux que pour Yanis. Je suis incurable, ma parole.

— C'est merveilleux d'avoir appelé tes coéquipiers à la rescousse.

— Ouais, bon, c'est facile pour lui, grommelle Raph. Ils sont potes.

— Il n'empêche, l'évènement n'est pas sponsorisé et il a lieu à quelques jours de Noël, rétorque Jade. C'est super sympa de leur part d'avoir accepté ; et sans Yanis, jamais on n'aurait pu rêver de les avoir.

Yanis accepte les compliments avec modestie, mais nous précise qu'il a contacté des membres de l'équipe espoir féminine.

— Hélas, elles ne sont pas dispos. Elles jouent un match caritatif ce soir-là.

— Au moins, tu auras essayé, lui dis-je.

Un silence s'installe entre lui et moi, alors que Kévin pérore avec excitation au sujet du nombre de ventes. Le fameux seuil des cinq cents tickets a été atteint. Il s'interrompt quand Imani nous dépasse avec un signe de la main, très sobre, poursuivant son chemin vers le bureau.

— Elle va aider Flo, m'informe Jade.

Elle m'adresse un clin d'œil qui me conforte dans l'idée que le volcan Hersi s'est apaisé. En conséquence, je propose à tout le monde de trouver notre pitance au supermarché, histoire de vite rejoindre Flo et Imani.

— Lagrange ? Votre bonnet !

— Oui, monsieur Fluoret !

Je rougis en l'ôtant vivement. Je l'ai porté toute la matinée, et il m'est complètement sorti de l'esprit. Je le roule soigneusement avant de le ranger dans une poche de mon sac. Une personne se laisse tomber sur la chaise voisine. Imani. Elle me gratifie d'un regard en coin. Je fais mine de rien, même si, en mon for intérieur, je ricane de satisfaction. Nous sortons nos affaires selon un ballet savamment orchestré.

— Tu as pris le livre d'enseignement scientifique ? vérifie-t-elle.

— Oui, et toi, la calculatrice ?

— Absolument.

— Parfait.

— Parfait.

Nous nous répartissons la charge de nos sacs depuis longtemps. Même si elle s'est assise près de moi et que nous avons repris nos bonnes vieilles habitudes aussi facilement qu'on enfile son peignoir favori, rien n'est résolu entre nous. L'heure s'écoule, ainsi que la suivante, avant que nous ne puissions échanger plus de quelques mots. Je me lance, étant donné qu'elle a fait le premier pas.

— Toujours fâchée ?

— Bien sûr que oui. Tu as remis en cause ma loyauté et mon amitié.

— Ce qui ne serait pas arrivé si tu avais joué cartes sur table.

Nous nous mettons en marche vers le cours suivant.

— C'est-à-dire ? réplique Imani de mauvaise foi.

— Tu aurais pu m'avouer que Jade te plaisait et que tu suspectais que l'intérêt était mutuel.

Je suis très fière de l'expression de surprise qui se peint sur ses traits. Je décide donc d'abattre ma carte maîtresse :

— Je me suis réconciliée avec Jade. Nous avons fait table rase du passé, et elle m'a expliqué qu'elle craquait pour toi. Il ne m'en a pas fallu plus pour en déduire que l'attirance était réciproque, je te connais par cœur, et je lui ai même suggéré de t'inviter au bal.

Imani apprécie la manœuvre d'un air entendu.

— À ma décharge, répond-elle, tu ne m'as donné aucune raison de penser que tu la tolérerais si je t'avouais mes sentiments pour elle.

— Certes. Mais j'aurais été rassurée d'apprendre qu'elle n'avait aucune chance de me remplacer dans le rôle de la meilleure amie. Bien entendu, j'aurais chouiné tout ce que je pouvais en te demandant : pourquoi elle ?

Un début de sourire retrousse ses lèvres.

— Je m'attendais à quelques pigneries de ta part, en effet.

Elle m'ouvre une porte ; je lui rends la pareille à la suivante.

— Pour l'affiche, je m'excuse, OK ? Je n'ai pas voulu te coincer en t'appelant au secours et j'ai voulu gérer seule.

— Avec l'efficacité qu'on te connaît...

Sa taquinerie me ferait presque bougonner tant elle m'a manqué.

— Dis donc, moi aussi, j'attends tes excuses.

Imani relève le menton avec dignité.

— Moi ? Je n'ai rien à me reprocher !

— Pardon ? je fais sur le même ton.

Elle m'attrape le bras pour me rapprocher d'elle.

— OK, je m'excuse. J'aurais dû comprendre que tu avais un vrai problème, et je reconnais que tu as agi d'une façon plutôt mature en essayant de rassembler le comité, au lieu de te reposer sur moi. J'admets également que j'ai été trop directive et que, sans le vouloir, je t'ai exclue de certaines décisions. Quant à Jade, j'aurais dû te dire la vérité. Peut-être que tu te serais fait moins de films…

— Tu crois ?

— Je te rappelle que je ne savais pas trop où j'en étais. Erell venait de me planter un couteau dans le cœur, j'étais décidée à me retirer du marché amoureux au minimum jusqu'à la fin de mes études, et tout à coup, je me suis sentie attirée par une fille que j'étais supposée détester. Plus je passais de temps avec elle, plus je l'appréciais et plus tu te vexais.

— J'ai quand même pris sur moi au maximum.

— Oui, mais mon petit lapin en chocolat, je sais déchiffrer la moindre de tes expressions faciales. Il serait temps que tu suives mon conseil et que tu t'inscrives à un cours de théâtre.

Elle m'adresse un regard entendu, et j'éclate de rire.

— Alors, vous sortez ensemble, Jade et toi ?

— Pas encore, me confie-t-elle, mais j'ai bon espoir qu'il se passe quelque chose le soir du bal.

— Awww... Suspense !

C'est si bon de la retrouver.

43

Mardi 17 décembre – Bal de Noël J-4

— C'est hors de question, se rebiffe Flo du haut de ses deux mètres. Ce midi, c'est repas de Noël à la cantine. Dinde aux marrons et frites, avec une bûche en dessert. Je ne bouffe pas de sandwich !

— Ada et moi, on a assuré toute la matinée hier, geint Kévin, et on rempile en fin d'après-midi... Moi aussi, je veux ma bûche.

— J'ai pris la permanence avec Jade il y a une heure, rappelle Imani.

Bonne ambiance : les membres du comité se regardent en chien de faïence, prêts à défendre leur bout de gras. Il ne manque qu'un seul d'entre nous. Et il est bien connu que les absents ont toujours tort.

— Bah, fait Flo, et notre Mbappé local, il ne peut pas prendre son tour ? Il fait sa star, c'est ça ?

Jade vole immédiatement à la rescousse de son protégé.

— Il est au téléphone. Il gère la venue de ses potes footballeurs. Il ne peut pas être au four et au moulin !

Sur un coup de coude d'Imani, elle contrebalance la sécheresse de sa réponse :

— Enfin, sans vouloir être désagréable. Vous comprenez, il est le seul à pouvoir s'en charger.

Jusqu'ici, j'ai gardé le silence. D'une, parce que moi aussi, j'aimerais bien avoir une vraie pause-déjeuner, ce qui ne m'est pas arrivé depuis deux semaines, de deux, parce que je me suis creusé la cervelle pour trouver une solution qui mettrait tout le monde d'accord.

— Personne n'a envie de rater le menu de Noël. On devrait modifier l'affichage sur la porte de notre bureau et manger tous ensemble.

Raphaël me désigne le hall qui commence à se remplir.

— Tu crois que c'est une bonne idée ? La queue est en train de se reformer.

Une goutte de sueur perle sur mon front. Le succès du bal prend une belle ampleur, mais sur le plan logistique, nos nerfs sont mis à rude épreuve. Cette nuit, dans mon cauchemar, j'observais la file d'attente s'allonger et s'étirer à l'infini dans les couloirs, puis au moment où je criais « c'est terminé, il n'y a plus de billets ! », la foule me huait et me jetait des objets au visage. Des sacs de cours, des chaussures de sport, la statue en papier mâché du hall D…

— Ada ? Toujours avec nous ? vérifie Imani.

Aujourd'hui, elle est intégralement en noir, à l'exception du col brodé blanc de son pull. Très chic. Je lui souris.

— Le rythme a été infernal hier, et il faut qu'on fasse un point pour être prêts à coordonner les bénévoles samedi.

En vérité, nous avons besoin de nous réunir. La décision est donc approuvée à l'unanimité.

— Je lance une *story* pour annoncer le changement d'horaire, décrète Jade en dégainant sa perche.

— Je vais informer la populace qui attend déjà, ajoute Imani.

D'un pas assuré, elle fend la foule. Tirant un marqueur de sa veste en laine noire, elle rectifie la feuille collée sur la porte, puis répand la mauvaise nouvelle en formant un porte-voix avec ses mains. Sa déclaration soulève une vague de protestations, mais la lycéenne repart comme elle est venue, sans ciller.

Une notoriété soudaine nous accompagne partout où nous allons désormais. Des élèves se lèvent spontanément pour nous laisser nous installer ensemble à une table. D'autres nous abordent pour nous demander s'ils ne peuvent pas nous acheter un billet « vite fait ». Lorsque Yanis traverse le réfectoire, charismatique, serrant quelques poignées de main avec décontraction, il attire sur lui tous les regards. Kévin lui fait une place, et il se retrouve en face de moi. Je me prends immédiatement de passion pour ma viande trop sèche et mes frites huileuses à souhait. Ça m'agace d'être aussi sensible à sa présence alors que je suis transparente à ses yeux et que j'ai abandonné tout espoir romantique. Mais pendant que mon cœur d'artichaut rumine, la réunion improvisée démarre.

Se préparant à faire le point sur l'organisation des séances photo, Jade est brusquement interrompue. Les couverts tressautent sous le poids de la personne qui vient de frapper des deux mains sur la table. Le malotru n'est autre que Pierre le Ténébreux.

Son khôl a coulé, sa lèvre inférieure est agitée de tremblements, et il a la tête de quelqu'un qui a oublié de dormir. À fond dans son rôle d'artiste maudit*.

— C'est vrai ce qu'on dit ?

— Quoi donc ? soupire Flo qui est en train de se brûler avec la sauce de son chapon.

— Que des stars du foot assistent au bal samedi ?

— Non, c'est une rumeur qu'on a inventée pour sauver les meubles, ricane Raph. Évidemment que c'est vrai !

— Vous avez vendu tous les billets, oui ou non ?

De plus en plus aimable. La moutarde me monte au nez.

*** Note de Sandra : N'est pas Brian Molko qui veut.**

— Je ne vois pas en quoi cela te concerne. Non seulement tu as dissous les Earth Flatteners, mais en plus, tu nous as ghostés et tu n'as pas levé le petit doigt pour nous aider.

Tout individu normalement constitué sentirait que sans excuses préalables, il n'obtiendra rien. Mais notre cher Pierre a le culot chevillé au corps.

— Si vous pensez vendre toutes les places, je pourrais convaincre Léa de revenir. Je suis prêt à supprimer *Snowman* du répertoire s'il le faut.

Je me dresse comme un diablotin sur son ressort.

— Ah non ! Pas *Snowman* ! C'est le seul slow qu'on a demandé !

Il s'agit de ma chanson préférée de Noël par extension. Imani se lève à son tour, imitée avec un temps de retard par Jade. Pierre recule prudemment d'un pas. Je pointe un index accusateur sur lui :

— Léa ne veut pas de toi dans les chœurs. Donc, tu vas la voir, tu t'excuses, tu rampes devant elle s'il le faut pour qu'elle revienne dans le groupe, mais si tu veux monter sur scène samedi soir, tu fermes le grand four qui te sert de bouche, tu grattes gentiment ta guitare et tu la laisses chanter *Snowman* seule. Compris ?

— Pas la peine de s'énerver, lâche-t-il, vexé.

Imani toussote, en balayant l'air de la main.

— Maintenant, tu dégages, parce que nos assiettes refroidissent.

Mission accomplie, Pierre bat en retraite.

— J'en ai eu des frissons, s'exclame Kévin. Il a fait une de ces têtes.

Yanis approuve d'un hochement de tête.

— Le mec a un melon de la taille d'une pastèque, renchérit Flo.

— Il faut encore qu'il s'excuse auprès de Léa. Vu l'engin, ce n'est pas gagné. Mais elle acceptera sûrement.

Kévin arbore un sourire qui laisse à penser qu'il en sait plus que nous. Mais comme il refuse de partager ses infos, nous en sommes pour nos frais. Les filles me félicitent d'avoir sauvé *Snowman*, ce qui me soulage. J'ai toujours peur de passer pour une barbare quand je livre le fond de ma pensée sur un coup de tête.

— J'adore cette chanson, me confie Jade, avant de se mettre à fredonner : « *I want you to know that I'm never leaving / 'Cause I'm Mrs. Snow, 'til death we'll be freezing...* »

Contre toute attente, c'est Yanis qui reprend le refrain avec elle : « *Yeah, you are my home, my home for all seasons / So come on, let's go...* »

Seigneur, sa voix est aussi douce que cruelle.

— Attends, tu chantes super bien ! l'interrompt Jade, on devrait se filmer pour poster une vidéo sur le compte du comité !

Toujours à faire retomber la magie. Je pouffe devant l'air désemparé de Yanis.

Je raye les derniers éléments sur ma liste alors que les autres débarrassent leur plateau.

— Tu n'as même pas mangé ton dessert, me fait remarquer Raphaël qui est resté à table lui aussi.

— Ce n'est pas grave, je n'avais plus faim.

Satisfaite, je range mon crayon et mon calepin dans mon sac, tandis qu'il se décale d'une chaise pour se rapprocher de moi. Il s'accoude à son dossier, l'air très sérieux. La cantine se vide et nos camarades n'ont pas vu que nous étions restés en arrière. À part Kévin et Yanis, qui nous lancent un regard curieux avant de suivre le groupe. Je fronce les sourcils.

— Qu'est-ce qui t'arrive, Raph ?

Il paraît tendu. Une petite voix énervée me dresse un rapide état des lieux : pas de potes dans les parages, tête-à-tête, donc soit il va me balancer des reproches et nous allons nous disputer, soit...

— J'attendais le bon moment pour t'en parler, mais avec les préparatifs de la soirée, on est plutôt occupés...

Non ! Pourvu qu'il ne fasse pas ça ! Il ne va pas oser !

44

— Ada, est-ce que tu accepterais de m'accompagner au bal ?

Il l'a fait. Il m'a invitée. Non, pas possible. J'ai dû mal entendre.

— Pardon ?

Raphaël, ennuyé par ma réaction, poursuit :

— Je crois que tu n'as pas de cavalier, et je n'ai personne non plus. Je me suis dit que ça te brancherait peut-être.

Je ne sais pas si son offre part d'une bonne intention, ou s'il cherche à me reconquérir par des moyens détournés. Je ne peux pas nier que ces quinze derniers jours, il a été super. Présent dans le comité, agréable même. Mais c'était bien parce que la situation était limpide entre nous.

— Raph, je ne comprends pas. Je croyais qu'on était sur la même longueur d'onde, d'ailleurs.

— Attends, doucement ! Je ne te propose pas de sortir avec moi, juste d'y aller ensemble, comme des potes. Je suis sûr que tu as envie de participer au concours, je me trompe ?

Il essaie de m'embrouiller avec son excuse. Je vois bien qu'il espère vraiment que je vais dire oui.

— Je ne peux pas accepter, ce serait trop bizarre avec notre passif. Regarde-moi dans les yeux et jure-moi que tu n'espères pas qu'il va se passer un truc ?

— Hein ?

Il affiche une expression outrée, mais évite de croiser mon regard.

— Tout ça n'a aucun sens, lui dis-je. Tu m'as larguée avec un texto, et en plus, tu me trouves moche.

— Je t'assure que non ! se défend-il, le teint livide.

— Ne fais pas genre c'est faux, je t'ai entendu. C'est une façon de te moquer de moi ?

— Pas du tout. Tu te trompes sur toute la ligne.

— Alors, explique-moi. Arrête de mentir et déballe tout.

Il me semble que je mérite des explications. Cette fois, il me regarde dans les yeux.

— J'avoue, j'ai encore des sentiments. Je voudrais ne pas en avoir, j'ai vraiment fait ce qu'il fallait pour passer à autre chose, mais avec l'organisation du bal, on passe du temps ensemble et ça réveille des émotions... Je regrette ce SMS que je t'ai envoyé.

Je secoue la tête.

— Je ne comprends rien. Si tu avais des sentiments pour moi, pourquoi est-ce que tu as rompu ?

Que dis-je, pourquoi m'as-tu piétinée comme une vieille serpillière sale ? Raphaël a perdu toute assurance.

Ses lèvres tremblent légèrement.

— Tu vas trouver la raison stupide.

Il y a de fortes chances, en effet. Mais au stade où on en est, j'ai envie d'en avoir le cœur net. Je l'encourage d'un hochement de tête.

— Tu n'avais pas l'air aussi à fond que moi dans notre relation, avoue-t-il. Pas vraiment amoureuse, quoi. J'ai paniqué, et je me suis dit qu'il valait mieux que j'arrête tout avant que tu ne le fasses.

— Sérieusement ?

Le gars m'avoue en toute décontraction qu'il m'a broyé le cœur pour éviter de se faire jeter. Et il espère que je serai sa cavalière au bal et que je vais tomber dans ses bras ?

— Vu que tu ne m'as même pas répondu, ajoute-t-il déçu, j'en ai déduit que tu t'en fichais vraiment.

Il me faut un effort de volonté surhumain pour endiguer la colère prête à exploser à la face de cet inconscient. Je respire à nouveau profondément. Je referme mes chakras. Une brise fraîche souffle sur ma plaine intérieure et disperse la rage incandescente sur le point de tout brûler. Zen, Ada.

— Raphaël, la prochaine fois que tu as une copine, discute avec elle au lieu de lui envoyer un texto de rupture. C'est un manque de respect total qui ne mérite aucune réponse. Compris ?

Je me lève brusquement en attrapant mon sac. Il en fait autant.

— Attends, Ada, je suis désolé, je suis stressé et très maladroit. C'était idiot de ma part, mais réfléchis pour le bal. Tu préfères vraiment y aller seule plutôt qu'avec moi ?

Je repense à ma belle robe suspendue dans ma chambre. Même sans personne à mon bras, j'aurai la classe. Et puis j'ai une idée.

— Tu te trompes, Raph, j'ai un cavalier. Il se trouve que je me rends au bal avec Kévin.

Sauf qu'il n'est pas encore au courant. Simple détail que je réglerai plus tard.

— Mais ta mère sort avec son père, non ? Ce n'est pas bizarre ? En plus, il est plus jeune que toi...

— On y va entre amis, pour de vrai. Je te remercie pour ta sollicitude, Raph, mais restons-en là, OK ?

Sur ce, je me dépêche de remballer mon plateau. Je fuis la déception peinte sur le visage de Raph.

Le refrain de *Snowman* me revient à l'esprit. Les larmes me montent aux yeux, mais je tiens bon. Dire que je m'étais soigneusement noyée dans les préparatifs pour ne pas y penser... Raphaël et ses gros sabots se sont fait une joie de me le mettre sous le nez.

Personne d'autre ne m'a proposé d'être mon cavalier. Entre autres, Yanis.

Comment est-ce que je vais le sortir de ma tête ?

Nous voilà à la fin de la journée, et il ne nous reste plus que soixante-huit places à vendre. Sacré exploit ! Un poids vient de tomber de mes épaules : nous les écoulerons sans problème demain, ce qui signifie que nous n'aurons pas à tenir de permanence jusqu'à la fin de la semaine.

— Tant mieux, me confie Kévin en refermant le bureau derrière moi, je n'en peux plus d'encaisser et de demander : « Combien de billets ? Pas plus de deux par personne ! Tu as ta carte de self sur toi, que je vérifie que tu es de la cité scolaire ? » En plus, j'ai bien cru que l'autre allumé de Louis allait nous péter une crise.

Louis s'est pointé comme une fleur et a exigé d'acheter quatre places. Il s'est fait rembarrer comme un malpropre par Flo, ce qui a particulièrement amusé Kévin.

— Tu crois qu'il en a fini avec moi ? s'inquiète le blondinet.

— Je ne pense pas qu'il ait envie de rendre des comptes à Flo. Et tu es devenu beaucoup plus populaire, alors que lui, à part son groupe de délinquants en herbe, personne ne l'apprécie.

— Tu as sûrement raison.

— Un peu que j'ai raison ! Au fait, tu as trouvé une solution pour récupérer le sapin chez ta mère ?

— Papa s'en charge. Il l'apportera au gymnase samedi matin.

— Tes parents s'entendent bien ?

— Ça va. Les tiens ?

— Mon père n'est pas très présent. Ça facilite les choses.

Il acquiesce en prenant la direction de la salle des profs. Nous sommes tous les deux tranquilles, il n'y a personne du comité dans les parages pour nous interrompre, c'est donc avec confiance que je lui propose de m'accompagner au bal.

— Je ne peux pas, me répond-il, étonné. J'ai déjà une cavalière.

— Quoi ? Mais qui ?

Je ne devrais pas être aussi surprise, ce n'est pas très sympa de ma part. Je me recompose une expression neutre, mais trop tard, il est vexé.

— Je vais faire comme si je n'étais pas blessé par ton sous-entendu.

— Désolée, Kévin, mais ça fait quinze jours qu'on se promène partout ensemble comme des siamois, et je ne t'ai vu flirter avec aucune fille. Ou alors, tu y vas avec une amie ?

— J'y vais avec Léa.

Léa ? La fille aussi « facile » à débusquer qu'une murène terrée dans son trou ? Je me retiens in extremis de la comparer à ce poisson aussi laid que belliqueux, parce que Kévin se décide à se confier.

— On discute pas mal par messagerie. Elle me trouve plus intelligent que les autres types qu'elle fréquente. Et mignon, en plus.

Il rougit.

— Elle aussi a sauté une classe. Elle fait moins jeune que moi. Quand elle chante, elle me colle des frissons dans tout le corps.

Je tombe des nues. Mon adorable Kévin avec Léa la Diva ?

— Elle chante super bien, dis-je, incapable de me fendre d'un meilleur compliment.

Au moins, je suis sincère sur ce point.

— Mais est-ce qu'elle a accepté de revenir dans les Earth Flatteners ?

— Je l'en ai convaincue. Elle pense que Pierre voulait lui voler la vedette, en quelque sorte.

— Possible !

— Elle interprétera *Snowman*. Je lui ai dit que c'était ma chanson préférée.

— Ah bon ?

— Considère que c'est mon cadeau de Noël en avance.

— Merci.

J'ai du mal à imaginer un garçon aussi gentil avec une personne aussi froide. Mais qui suis-je pour le juger ?

Je n'ai rien à dire, à part peut-être à le féliciter. Il paraît aux anges. C'est le principal.

— Qu'est-ce que tu vas faire ? s'inquiète Kévin. Pour ton cavalier, je veux dire.

— Je vais me rabattre sur Flo.

— Nan, il y va avec son copain.

— Quoi ? Mais depuis quand ?

Je ne suis au courant d'AUCUN ragot. C'est pénible à la fin ! Apparemment, Flo sort avec un talonneur de son équipe depuis des mois. Je fouille consciencieusement parmi mes souvenirs de *Heartstopper** à quoi ce poste correspond. Peine perdue. Kévin m'observe avec commisération au lieu d'abreuver ma curiosité. Misère, j'en suis de nouveau rendue à vivre le bonheur par procuration.

— Il y a Raphaël, me suggère-t-il tout bas.

— Plutôt m'arracher le bras que le laisser mettre des fleurs à mon poignet.

Je rêve ou il sait pour Raphaël ? Mais non, il paraît soulagé.

— Je t'avoue, je m'inquiétais de vous voir discuter tout à l'heure. Ne le prends pas mal, mais vous n'iriez pas du tout ensemble.

— N'aie aucune inquiétude. Tout ça ne fait pas mes affaires, je n'ai pas de cavalier pour le bal.

*** Note de Sandra : Dire qu'elle a visionné toutes les saisons de la série au moins trois fois ! Et elle n'y connaît toujours rien en rugby ?**

— Ne sois pas défaitiste ! s'exclame Kévin. Je connais quelqu'un qui...

Je l'arrête d'un geste catégorique.

— Surtout pas. Je te remercie, mais j'irai seule. Je tiens à ma dignité, je n'ai pas besoin d'avoir un type accroché à mon bras pour sauver les apparences. Tu peux rapporter la caisse à Mme Potts ? J'ai une course à faire avant de rentrer à la maison, et il se fait tard.

— Pas de problème.

Le visage de Kévin s'assombrit alors que je m'enfuis aussi vite que possible. Malgré ses bonnes intentions, il a retourné le couteau dans la plaie. Un couteau de boucher, a priori, vu le carnage dans ma tête.

❄

SMS de maman :

> Il faut que tu passes chercher un sac chez Jeanine avant de rentrer. Elle l'a préparé, je la paierai demain. Tu en as pour une minute !

Finalement, mon excuse pour m'éclipser n'en était pas vraiment une. Un nouveau message tombe :

Tu n'oublies pas, tu vas le chercher, hein ?

Tu me le dis si tu ne peux pas !

Pourquoi est-ce qu'elle s'excite comme ça ? J'espère que ce n'est pas pour une plaquette de beurre. Mon téléphone vibre une troisième fois.

Alors ?

Je te signale que tu ne me laisses pas le temps de répondre ! C'est bon, j'y vais !

Dire qu'elle est à la maison, à moins de deux cents mètres de la supérette. Elle pourrait bouger son charmant fessier et s'y rendre elle-même si c'est si urgent. Je me demande ce que c'est. Aiguillonnée par la curiosité, je me hâte vers le magasin tout clignotant à cause des guirlandes lumineuses accrochées partout à l'intérieur.

Jeanine est occupée en caisse avec une cliente, mais elle m'a vue. Pendant qu'elle termine, je confisque un chocolat au petit train qui fait le tour du village de Noël. Le carrousel fait osciller ses chevaux de bois peints au milieu d'une multitude de personnages et de maisons illuminées, calé entre une patinoire et un kiosque à musique où tourne un violoniste.

— Ada ! J'ai ta commande !

Jeanine fonce sur moi, interrompant ma courte rêverie.

Elle me remet deux grands sacs en papier kraft agrafés en haut. Ils sont assez lourds. Je lui adresse un regard suspicieux.

— Qu'est-ce que maman fabrique ?

— File sans poser de questions ! Rentre chez toi !

Elle me pousse dehors avec une détermination qui ne laisse aucune place à la révolte.

❄

Ascenseur en panne. Évidemment ! Obligée de monter jusqu'au troisième avec mon chargement qui me cisaille les mains, en plus du sac rempli de livres qui me ruine le dos. La fatigue rend chaque marche plus pénible. J'ai l'impression d'avoir trente ans – la vieillesse* ! –, conséquence d'une journée faite de montagnes russes.

Je toque lourdement avec mon front à la porte d'entrée pour que maman m'ouvre. Elle réagit aussitôt et m'arrache les courses avant que je n'aie pu dire « ouf ».

— Vite, entre ! Dépêche-toi de refermer !

Je m'exécute tandis qu'elle scrute le couloir comme si sa vie en dépendait.

*** Note de Sandra : Je suis choquée. On n'est pas vieux à trente ans !**

— Qu'est-ce qui t'arrive encore ? je demande. Vous avez sniffé des produits toxiques à l'hôpital aujourd'hui ?

— Évite de parler trop fort.

La voilà qui file vers la cuisine sur la pointe des pieds. C'est confirmé, elle est complètement ravagée. J'accroche mon manteau à sa patère, perplexe. Pas de musique, un grand calme règne dans l'appartement. Je l'entends qui verse quelque chose dans un bol. Le bruit me rappelle celui des croquettes de feu Moumoune. Mon cœur se serre. Je m'attends toujours à ce qu'il se précipite en direction de sa gamelle.

Un mouvement près du canapé attire mon attention. C'était furtif, mais j'ai cru voir un pelage blanc. J'ôte mes chaussures, étonnée, et rejoins ma mère sur le seuil de la cuisine.

Un félin maigrichon, d'un blanc sale, casse des croquettes, non sans lancer des regards méfiants de notre côté. Il lui manque l'œil droit, tache rose étoilée, l'autre étant d'un bleu digne des eaux des Seychelles.

— On va le laisser manger tranquille, me souffle maman. Il est craintif, il n'a pas eu beaucoup de chance jusqu'ici.

— Tu as pris un chat ? Sans moi ?

J'aurais bien voulu l'accompagner pour choisir le nouveau membre de notre famille. Ma mère me fait asseoir sur le canapé.

— Je l'emmène chez le véto demain. Ça faisait quelque temps que je pensais à reprendre une bête. Mountain* nous a quittées depuis dix-huit mois, et tu passes le bac l'an prochain… Je n'ai pas envie de me retrouver seule une fois que tu seras en études supérieures. Et j'ai vu passer une urgence adoption : des chats en fourrière qui allaient être euthanasiés. Quand je l'ai vu, j'ai tout de suite pensé que personne ne voudrait de lui.

— Donc, tu es allée le chercher.

Nous nous interrompons en retenant notre respiration. Le chat s'avance avec une prudence peureuse dans le salon avant de filer sous le fauteuil d'en face.

— Il va lui falloir un moment pour se sentir chez lui, déclare-t-elle. Mais il s'est frotté à ma main dans sa cage. Je suis sûre qu'il m'aime déjà.

— Comment s'appelle-t-il ?

— Un-œil. J'ai déjà commencé à le surnommer Nœnœil.

Il fallait s'y attendre.

Nous préparons le repas de sorte à le laisser prendre ses marques, sans l'effrayer avec notre attention constante. Sa tête triangulaire apparaît de temps en temps sous le fauteuil. Il nous surveille. Puis, à l'heure de passer à table, il approche, attiré par l'odeur du poisson pané

*** Note de Sandra : À prononcer « Mounetaigne », *avé* l'accent du Sud !**

qui est au menu. Nos offrandes font fondre ses réticences : l'animal est gourmand. Plus tard, pendant que nous visionnons un film de Noël, il s'installe sur les coussins à côté de nous et entame sa toilette.

— Il nous réclamera bientôt des caresses, se réjouit maman.

Je l'espère. En tout cas, c'est une belle surprise. La plus réconfortante de toutes.

45

Vendredi 20 décembre – Bal J-1

Journée de folie ! Heureusement qu'on finissait les cours tôt. Il y a tellement à faire d'ici le bal que je ne sais plus où donner de la tête ! L'installation de la scène commence dès ce soir au gymnase, pour que les balances puissent être faites demain. Raphaël supervise le déchargement du camion de matériel avec le prof de musique, M. Chançonnet, sans m'accorder un regard. Toute communication paraît bel et bien rompue.

Imani consulte sa *to do list* sur son téléphone.

— Flo est partie avec Kévin et son père chercher le sapin, et ensuite, ils doivent revenir ici pour aider à décharger les chalets de Noël.

— Donc, c'est Martin qui me conduira chez moi pour que je récupère mes suspensions de Noël ?

Maman travaille ce soir, elle ne peut pas me les apporter.

— Non, me détrompe Imani. Le frère de Yanis passe vous prendre d'ici un quart d'heure. Vous irez chercher celles de Yanis en même temps.

Je dois faire une sacrée tête parce qu'elle me frotte l'épaule.

— On n'avait pas d'autre choix, et puis, il ne va pas te manger.

— C'est plutôt à lui que ça pose un problème, tu sais.

— Tu exagères, il est sympa avec toi.

Elle a raison, sur le fond, mais c'est juste qu'il est distant. Cette semaine, il ne s'est jamais assis à côté de moi, il s'arrange pour qu'il y ait toujours une personne entre nous quand on discute entre membres du comité. Rien de neuf sous le soleil, à part que j'ai une impression de gâchis. Je me suis même posé des questions sur mon odeur corporelle, mais a priori, je ne sens pas le pipi de chat*. Je risque un coup d'œil en coin en direction de Yanis. Il soulève des caisses comme si elles étaient des packs d'eau. Je baisse la voix.

— Tu sais s'il amène sa copine au bal ?

— Aucune idée, ricane Imani. Demande à Kévin, il doit être au courant.

Hélas, il ne sera pas de retour avant un moment. Dix minutes plus tard, Yanis s'approche, l'air nonchalant.

— Mon frère nous attend devant la porte. Prête ?

— Allons-y.

J'évite de sourire, je m'efforce de garder une expression neutre.

Comme à notre première rencontre, Adémo fait la conversation, en commentant l'actualité cette fois. J'ai

*** Note de Sandra : Nœnœil est très propre, il sent la rose depuis qu'il a pris un bain, et ce chat est le pot de colle le plus mignon de la Terre.**

un sentiment de déjà-vu alors que la Kangoo roule en direction de chez eux. En d'autres circonstances, j'aurais été ravie de visiter le domicile de Yanis, curieuse comme je suis, mais là, ça ne me fait ni chaud ni froid.

Ils vivent au fond d'un lotissement ordinaire, dans une maison d'une quinzaine d'années qui ressemble à ses voisines. Carrelage imitation bois par terre, lignes des meubles sobres, comme le canapé bleu ciel aux coussins assortis. Les portraits des enfants de la famille sont accrochés dans l'entrée. J'ai à peine le temps d'apercevoir la bouille ronde de Yanis bébé qu'il m'invite à descendre d'un étage. Le sous-sol est plus petit que chez Jade, mais il est aménagé en salle de sport, avec dans un coin un entassement impressionnant de décorations de Noël.

— Félicitations ! Tu as bien travaillé !

Je voulais rester impassible, mais chassez le naturel, il revient au galop. Je me réjouis en comptant le nombre de pièces.

— Elles y sont toutes, me confirme Yanis. Je n'ai cassé aucune boule.

— J'aimerais en dire autant…

Jeudi matin, j'ai malencontreusement trébuché et écrasé deux de mes guirlandes sous mon poids. Ma confession le fait rire.

— Ah ! vous vous êtes réconciliés ! note Adémo en empoignant un lot de boules. Je commençais à m'inquiéter.

— Avance au lieu de raconter n'importe quoi, le rembarre Yanis.

Ma bonne humeur retombe comme un soufflet. Sans s'en douter, Adémo a ravivé des questions longtemps mises en sourdine. Elles me taraudent de nouveau. Est-ce que j'ai fait ou dit quelque chose ? L'aurais-je mis mal à l'aise d'une façon ou d'une autre ? Ou pire, est-ce que sa copine lui interdit d'avoir des amies ?

Je me convaincs que ce n'est pas le moment d'aborder le sujet, même lorsque nous sommes seuls. Cependant, je rumine en mon for intérieur.

— Quelque chose ne va pas ? m'interroge Yanis pendant que nous ramassons les dernières compositions.

— Ton frère n'avait pas tort, tout à l'heure. On s'entendait plutôt bien tous les deux, mais ces derniers temps, on dirait que tu m'évites.

À son tour de s'assombrir. Le néon du sous-sol grésille par intermittence, au-dessus de nos têtes. Yanis me dévisage avec une intensité douloureuse.

— Ada, je ne crois pas qu'on puisse être seulement des amis. Je ne suis pas ce genre de gars. C'est bon, on a tout ?

— Oui, on a tout.

Décontenancée, je le suis jusqu'à la voiture. Je reprends place sur ma banquette arrière, que je partage avec un amas de boules bleues et blanches savamment organisées. Je suis à peu près aussi perplexe qu'une oie devant un ouvre-boîte.

Je me repasse en boucle sa déclaration. Est-ce qu'il a voulu dire ce que je crois ?

Une fois en bas de chez moi, Adémo se gare en double file.

— Faites vite, soupire-t-il.

Nous nous dépêchons dans les escaliers – l'ascenseur est toujours en panne –, je sors mes clés et soudain, je me retourne vers lui :

— Fais gaffe à Nœnœil. Il n'essaie pas de sortir, mais on ne sait jamais.

Yanis éclate de rire.

— Mais de quoi tu parles ?

— De mon chat. C'est tout récent. Je rentre, je l'enferme dans la cuisine, et ensuite on se dépêche.

Nœnœil ne fait pas de difficulté pour se laisser attraper. Sa timidité a fondu en l'espace de vingt-quatre heures, à croire qu'il sait qu'il a trouvé son foyer pour toujours, en plus d'une mine de croquettes inépuisable.

— Il est beau, déclare Yanis en lui caressant la tête.

J'embrasse le chat avant de l'abandonner dans la cuisine, tout en lui promettant que ce ne sera pas long. Un coup de klaxon nous empêche de nous attarder. Nous entamons une série d'allers-retours infernaux. Les décorations nous encombrent au maximum.

— Ce sont les dernières ! dis-je à Yanis en le conduisant dans ma chambre.

Nous fourrons les suspensions dans des sacs. Je me

retrouve chargée comme un baudet, avec une énorme boule blanche calée sous le menton. Yanis achève de coincer une dernière guirlande sous son aisselle. Je lui fais signe de me suivre, mais ma robe accrochée à ma penderie retient son attention. Il se plante devant. De mon côté, je ne suis plus que consternation. J'aurais préféré que personne ne la voie avant le bal. Surtout pas lui. J'avais espoir de créer la surprise, et peut-être de lui faire regretter de ne pas être à mon bras. J'ai vraiment un karma plus bas que terre en ce moment...

— C'est ta robe pour demain ?

— Eh oui, ce n'est ni celle de ma mère ni celle de ma sœur imaginaire...

J'avoue, je me suis permis une petite pointe d'acidité dans ma réponse. Il n'en prend pas ombrage, perdu dans ses pensées.

— Elle est magnifique. Ton cavalier a de la chance...

Un gloussement nerveux m'échappe, alors que le fond de mon œil s'humidifie de façon alarmante.

— Un cavalier ? Très peu pour moi ! J'aurai trop à faire pendant la soirée.

Un coup de klaxon retentit dans la rue.

— Il ne faut pas traîner, Yanis. Tu viens ?

Avant que je ne fasse un pas en avant, il me bloque la sortie. Avec toutes ces boules, impossible de me faufiler. Son sérieux me donne froid dans le dos.

— Comment ça ? Tu ne devais pas aller au bal avec Raphaël ?

— Mais non ! Jamais de la vie. Pourquoi ?

— Parce qu'il a prétendu le contraire.

Je hurle intérieurement.

— Et tu l'as cru ? Mais c'est faux ! Quand est-ce qu'il t'a raconté ça ?

— Il y a un moment… C'était avant la cérémonie d'illumination.

— C'est pour ça que tu t'es pavané au bras de ton ex ce soir-là ?

— Raph n'est pas ton ex, peut-être ? Vous vous affichez ensemble sans arrêt, je te signale.

— Mais moi, je ne sors pas avec lui.

Nous nous regardons dans les yeux comme deux chats en colère.

— Tu voulais me rendre jalouse, je l'accuse.

— Ça n'a pas marché, visiblement. Je t'ai dit qu'on ne pouvait pas juste être amis.

Des klaxons retentissent dans la rue, insensibles au trouble et aux reproches muets qui nous saisissent. Je rêverais de l'embrasser, là, tout de suite. Mais nos bras encombrés rendent cette éventualité impossible, et de toute façon, il n'est pas libre. J'ai failli l'oublier. Le téléphone de Yanis se met à sonner, signe que son frère s'impatiente tout autant que les autres automobilistes.

— Il faut qu'on y aille, s'agace-t-il.

— Après toi.

Nous nous dépêchons de descendre notre chargement, et il ferme le coffre de la voiture sous le regard méchant du conducteur d'un véhicule arrêté. Son frère démarre tandis que je m'en retourne libérer Nœnœil.

— Je n'en ai pas pour longtemps !

Yanis me retient par le bras.

— Mets-toi à ma place, on s'était rapprochés, tu me plaisais, et tout à coup, un mec me balance que vous irez au bal ensemble, comme si c'était fait. Comment j'aurais pu savoir que c'était faux ?

Heureusement que Raphaël n'est pas dans les parages, sinon, il prendrait cher. Je secoue la tête.

— Tu aurais peut-être pu me demander si c'était vrai, pour commencer, au lieu d'embrasser une autre fille devant moi.

La colère ressurgit. Tout à coup, son attitude ce soir-là me paraît révoltante.

— Parce que figure-toi que moi aussi, je croyais qu'on se rapprochait ! Tu m'as brisé le cœur.

Je pèse mes mots, des larmes me sont spontanément revenues dans les yeux. Il panique, essaie de prendre ma main, mais je la lui refuse.

— Je n'avais pas prévu qu'elle me sauterait dessus, jure-t-il. Je voulais juste me promener avec elle.

— Ah oui ? Le résultat est là. Tu sors avec une autre fille et on ne peut pas être amis, comme tu me l'as si gentiment rappelé tout à l'heure. Franchement, j'en ai marre de toi, de Raphaël, et je suis bien contente d'aller au bal seule.

— Mais non, commence-t-il sans que je le laisse poursuivre.

— Laisse-moi tranquille. Je n'ai plus envie de t'écouter. Tu as raté ta chance, alors fais comme moi, passe à autre chose. Nœnœil m'attend, il faut que j'y aille.

Quel horrible gâchis.

46

Samedi 21 décembre

Mon réveil sonne à 7 heures. C'est terriblement tôt pour un week-end, mais je bondis aussitôt sur mes pieds, envoyant voler Nœnœil au passage. À la vérité, j'ai à peine dormi, ou très mal, pour des milliers de raisons.

En premier lieu, je n'ai pas cessé de penser à ma dispute avec Yanis. Au cours de la soirée, il n'a quasiment pas quitté mon champ de vision. C'était désarçonnant. Il paraissait aussi en colère que moi, et chaque fois que nous devions interagir, il y avait des étincelles entre nous. Je lui ai bien fait comprendre que je refusais d'entendre ses excuses. Dire qu'en plus, je vais le voir se pavaner avec sa copine toute la soirée en sachant que j'aurais pu être à sa place si Raphaël n'avait pas interféré. Si je le chope entre quatre yeux celui-là, il va entendre parler du pays.

Ensuite, nous avons terminé tard hier soir au gymnase. La mise en place des chalets nous a pris une éternité, car il a été compliqué de les charger dans la remorque et de les transporter un par un avant de les assembler. Même avec l'aide de M. Hersi, l'opération a pris plus deux heures. L'installation du « décor féérique » nous a appris qu'il était plus difficile de coller du papier peint avec des raccords que ce que nous soupçonnions*. Le résultat est... pas si mal, mais pas franchement enthousiasmant. Passons.

Enfin, j'ai beau avoir réglé une foule de détails, il me reste pas mal de choses à fignoler – en plus de gonfler des ballons biodégradables, suspendre les flocons de neige et décorer le sapin –, et ma *to do list* tourne en boucle dans mon cerveau dérangé.

Toute cette tension m'a perturbée. J'ai cassé une autre grappe de boules, je me suis pris les pieds dans les câbles sur scène, et j'ai failli écraser Kévin en lui tombant dessus. Imani m'a interdit de monter sur une échelle par la suite, et je l'ai vue lancer un regard suspicieux à Yanis. Vu qu'on courait partout, qu'il a fallu aussi s'occuper de la livraison des pizzas pour la pause dîner, je n'ai pas eu le temps de la mettre au courant des récents évènements.

Tout en bâillant au-dessus d'une bonne tasse de thé, je lui envoie un vocal avec un résumé de mes déboires. Pour une fois, elle ne râle même pas et me répond immédiatement :

Je me doutais qu'il se passait un truc.

Je vais trucider Raphaël.

Laisse-moi ce plaisir. Et toi, avec Jade ?

*** Note de Sandra : En vrai, le papier intissé, c'est facile à coller. Mais bon, c'est toujours compliqué les premières fois.**

Vous avez enfin échangé un bisou ?

R.A.S.

Elle est sûrement aussi à l'aise que moi

dans ce genre de situation.

Elles sont aussi coincées l'une que l'autre, ma parole.

Il faudra peut-être que tu fasses

le premier pas pour une fois.

Possible. Je te retrouve à la salle.

Je vais être chargée comme un baudet dans le bus, avec mes gros sacs-poubelles remplis de mes flocons de neige artistiquement roulés ensemble et noués de sorte à ne pas s'emmêler – ma hantise. S'ils s'emmêlent, c'est terminé, je n'aurai plus qu'à les jeter.

Quand j'arrive sur place, l'effervescence est à son comble. Jade s'est trouvé une assistante pour la filmer pendant qu'elle présente la salle du bal à ses abonnés sur les réseaux ; Mme Potts a calé son fauteuil roulant dans un coin et s'accroche à son mug de café, les yeux dans le vide ; Raphaël teste son contrôleur DJ avec différents sons, Imani vérifie la livraison de boissons que l'équipe de Flo décharge du camion ; Pierre et ses musiciens s'installent pour les balances… Et Yanis est perché sur une échelle en train de fixer un projecteur. Son sourire ravageur me retourne l'estomac. Il retombe dès qu'il m'aperçoit.

Je me détourne en songeant que cette soirée risque d'être une torture. Surtout que c'est fichu. Je ne pourrai pas participer au concours. Ce n'est pas tant le concours que le symbole dont je serai privée, la photo souvenir que je comptais conserver et sortir à l'occasion pour la montrer à ma descendance – si je parviens à en avoir une.

Heureusement, tout le monde n'a pas une vie amoureuse misérable. Kévin, qui est censé m'assister dans la décoration du sapin, est en grande conversation avec Léa. Avant qu'il n'ait le temps de dire « ouf », elle l'agrippe par le t-shirt et l'embrasse à pleine langue.

— Ah, d'accord, fait Flo en s'arrêtant à côté de moi. Le petit est déjà un bourreau des cœurs.

Finalement, les tourtereaux se décrochent l'un de l'autre, et elle s'éloigne d'un pas léger, tandis que Kévin me rejoint, étourdi par leur baiser. Je ne peux m'empêcher de rire en lui désignant les ornements destinés au sapin.

— Tu me donnes un coup de main ? Ou tu veux continuer de planer un peu ?

— On se met au travail.

Pendant que Léa s'échauffe la voix, Kévin et moi accrochons les guirlandes bleu et argent, les boules assorties, les gouttes translucides et les cheveux d'ange. Reste le problème de l'étoile. Notre arbre flirte avec les deux mètres cinquante de hauteur. Même au sommet de l'échelle, impossible d'atteindre la cime sans se retrouver en équilibre précaire.

— Désolée, Kévin, je passe mon tour. Avec mes deux pieds gauches, je n'ai pas l'intention de prendre le moindre risque. T'imagines, si je tombe et que je finis aux urgences, je rate le bal. Hors de question.

— Non, mais j'ai une copine pour la première fois de ma vie, je ne vais pas tout ficher en l'air pour un bout de plastique !

— Donnez-moi ça ! intervient Yanis que je n'ai pas vu arriver par-derrière.

Mon humeur se rafraîchit instantanément. J'aimerais qu'il cesse de me tourmenter, mais je me retrouve à lui tenir l'échelle, et je baisse le nez, histoire de ne pas passer pour une perverse. Il parvient à accrocher l'étoile sans souci – l'avantage d'être grand – et, une fois redescendu, me tire par le bras pour m'emmener à l'écart dans le couloir des vestiaires.

— Viens, il faut que je te parle.

— Je pense qu'on s'est tout dit.

Je le suis quand même. Il fait plus sombre, le coin est tranquille. Mon cœur pompe comme un groupe-électrogène en pleine tempête.

— Qu'est-ce que tu me veux encore? je jette, furieuse.

— Il y a eu un malentendu entre nous, je te promets.

Nos regards s'accrochent.

— C'est vrai, Marlène et moi, nous nous sommes embrassés, mais ce n'était pas prémédité. Elle m'a proposé d'aller à l'illumination, et j'étais jaloux de Raphaël, donc j'ai accepté. Mais la situation m'a échappé. On s'était séparés après mon accident, et elle m'a proposé de réessayer parce que j'allais mieux.

Je n'ai pas tellement envie d'entendre ce genre de détails. À part retourner le couteau dans la plaie, je ne vois pas l'intérêt. Autant essayer de couper court.

— Tu ne me dois pas d'explication, Yanis. Il n'y avait rien entre nous. Tu as le droit de sortir avec qui tu veux, ça ne me concerne pas.

— Mais c'est terminé, Ada. Je n'avais pas envie d'être avec Marlène, on a rompu au bout de quelques jours, et je n'ai pas de copine. Je n'ai invité personne à aller au bal, parce que la seule fille avec laquelle j'ai envie d'y aller, c'est toi.

Mon cœur vient de rater un battement. Mes mains tremblent. Il vient bien de dire ce que je crois qu'il a dit?

Il se rapproche avec prudence, et glisse sa main dans la mienne. Je suis tétanisée.

— Je sais que je t'ai fait de la peine, et je m'en veux pour ça, je t'assure. Je suis désolé, vraiment, mais je n'en peux plus d'avoir des regrets, et je ne veux pas rater le coche une fois de plus. J'aimerais que tu sois ma cavalière, ce soir.

— Et qu'on fasse le concours tous les deux ?

Je l'ai dit d'une petite voix, hypnotisée par son regard, sa bouche, son visage. L'intensité de son expression me donne des frissons. Mes mots sortent tout seuls :

— J'ai très envie de t'embrasser.

L'instant d'après, ses lèvres sont sur les miennes, et son baiser m'emporte dans une autre dimension. J'oublie tout sauf la douceur de ce contact, la chaleur de nos doigts entrelacés, la caresse de sa langue contre la mienne. Il me serre plus fort contre lui, comme s'il avait peur que je m'enfuie, alors que je n'ai jamais ressenti un tel abandon. Et nous nous embrassons encore, comme si nous ne voulions plus nous arrêter.

J'ai la tête qui tourne quand je reprends mes esprits. Je suis toujours dans ses bras.

— J'imagine que ta réponse pour le bal est oui ? vérifie-t-il.

J'acquiesce. Heureusement qu'il sait déjà où j'habite, parce que je ne sais plus ni où je vis ni comment je m'appelle, tellement je suis choquée.

Je vais au bal avec Yanis. Hiiiii !

Je découvre qu'il a l'esprit pratique et qu'il a déjà tout prévu. Il passera me prendre avec le convoi de footballeurs, vu que je suis chargée des photos pendant la séance de dédicace avec les gagnants du tirage au sort. Nous nous séparons, à regret, et il repart à petites foulées, comme s'il venait de marquer un but, ce que je trouve très mignon étant donné les circonstances.

J'ai du mal à croire que ce que j'ai vécu était bien réel. Je reste figée dans le couloir, à attendre que la plante de mes pieds touche de nouveau terre, métaphoriquement parlant. Il vient me chercher à quelle heure, déjà ?

Une porte s'ouvre dans un grincement prudent juste derrière moi.

— C'est bon, vous avez fini ? demande Jade.

Elle sort des vestiaires, en compagnie d'Imani – tiens ? – et de Julie – perdu, il n'y a pas eu de bisou de ce côté-ci du mur. Imani me prend dans ses bras.

— Désolée, on a tout entendu. Mais on est restées cachées, on ne voulait pas tout gâcher. Tu es contente ?

— Un peu plus que ça, je crois.

Elle me serre plus fort contre elle.

— Bah super pour toi, commente Julie, mais moi qui espérais le convaincre de faire le concours avec moi, j'en suis pour mes frais.

Elle se tourne vers Jade.

— Je suis sûre que ta tenue sera démente. Tu veux bien participer avec moi ?

— Certainement pas ! s'offusque Imani en prenant Jade par la main.

— Attendez une minute, vous deux ?

— On va au bal ensemble, déclare fièrement Jade. Si tu veux, il reste Raphaël.

Intérieurement, j'écrase une boîte d'œufs. Julie n'est pas emballée par la proposition.

— Je ne sais pas, j'aurais l'impression de racler les fonds de tiroir.

Voire les fonds de poubelle. Il me fuit depuis hier, mais je vais bien finir par lui dire ses quatre vérités. Julie se gratte le menton, toujours préoccupée par son problème.

— Au pire, je vais tenter de mettre le grappin sur un des potes footballeurs de Yanis. Est-ce que mes meilleures copines du monde voudraient bien être assez gentilles pour m'arranger le coup ? En truquant le tirage au sort des gagnants, par exemple ?

— Ça ne va pas la tête ! fulmine Jade. Ce sera fait en direct à l'heure du déjeuner. Kévi-chou...

— Il déteste qu'on l'appelle comme ça, je place.

— Kévin sera notre main innocente.

Imani lâche un ricanement.

— Vu de quelle façon il fourre sa langue dans la bouche de Léa, il n'est pas si innocent, à mon avis.

— On peut se concentrer sur mon problème ? s'agace Julie.

— Si tu veux, tu peux me donner un coup de main pour prendre les photos, je suggère. Mais à la condition que tu te tiennes bien.

La connaissant, la situation pourrait vite dégénérer.

— Ça marche ! Je file, j'ai du boulot pour me préparer. Vous n'êtes pas prêtes pour ma tenue !

Il va bientôt être l'heure pour nous toutes d'aller nous transformer en reines d'un soir, mais avant ça, Imani a quelque chose à me montrer. M. Hersi est de retour, alors que les chalets ne nécessitent plus aucune intervention avant leur démontage demain. Pourtant, il assemble à coups de visseuse des morceaux de bois blancs devant le lac. Je comprends de quoi il s'agit au moment où il redresse la structure.

— C'est un portique ! s'exclame Jade, qui s'interrompt, foudroyée du regard par Imani.

Au bout de cinq secondes, celle-ci déclare, blasée :

— C'est un portique.

Elles ont prévu de le décorer avec des guirlandes et des branches de sapin pour le rendre plus féérique.

Il ressemble beaucoup à celui que j'avais repéré dans le magasin de déco, mais à mes yeux, il est encore plus beau. Magnifique, même. Les mots me manquent. Submergée par une bouffée d'émotion, je les serre toutes les deux dans mes bras. Cette soirée s'annonce merveilleuse.

47

— Maman ? Maman !!!

Je rentre en trombe dans l'appartement. Le pauvre Nœnœil sursaute dans le gros fauteuil en velours orange et se fige, tétanisé. Je le gratifie d'une caresse et d'un mot d'excuse, puis je me mets à chercher ma mère, que je trouve assoupie sur son lit, en peignoir, les cheveux emmaillotés dans une serviette. Elle se redresse, ébouriffée.

— Je ne dormais pas ! Je reposais mes yeux une seconde !

Elle vérifie l'horloge digitale sur sa table de chevet.

— Oh, on n'est pas en avance.

— Il faut que je me douche et que tu m'aides à me préparer. Yanis sera là dans une heure et demie !

— Quoi ? Mais le bal commence à vingt heures ! Comment ça, Yanis vient te chercher ?!

Je pousse des cris, je lui explique, elle hurle à son tour, puis après cinq bonnes minutes d'hystérie, elle retrouve la raison.

— Tu fonces, tu n'oublies pas le soin sur tes cheveux, tu t'hydrates bien la peau. Je prépare le maquillage, les faux ongles et ta robe !

Après une bonne douche, je me sens plus détendue. Néanmoins, je surveille l'heure comme si j'avais un soufflé au four*. Ma mère me peint artistiquement les ongles en blanc glacé tout en papotant de tout et de rien, une fois le sujet Yanis épuisé. Je la soupçonne de dire tout ce qui lui traverse l'esprit.

— Quand même, Nœnœil est bien trop sage. Il devrait donner des coups de papatte dans le sapin, ou s'attaquer à ma collection de lutins, voire grignoter un schtroumpf de la crèche, au minimum !

— Il vient d'emménager, maman. Pauvre minou, il était à la rue, ensuite il a été capturé et mis en cage, laisse-lui le temps de prendre ses marques.

— J'ai peur qu'il ne soit malade. J'espérais que la magie de Noël ferait son effet sur lui.

— C'est déjà assez incroyable qu'il dorme avec nous. Ne lui en demande pas trop.

— Moumoune aurait avalé Gargamel sans demander son reste, lui. J'ai terminé les ongles, on enchaîne avec les cheveux.

— On ne devrait pas mettre la robe ?

*** Note de Sandra : On n'a jamais fait de soufflé.**

— D'abord je les sèche, après tu enfiles la robe toute seule, il n'y a pas de « on met la robe », impossible de rentrer dedans à deux je te ferais dire !

Ma mère et son humour ras des pâquerettes... Sa boutade m'arrache néanmoins un sourire.

— J'aime mieux ça !

Il nous reste quarante-cinq minutes. Malgré moi, je commence à ressentir les effets du stress. Une foule horrible de pensées m'assaille : que ferais-je si les Earth Flatteners se déchirent sur scène, ou si quelqu'un fait un malaise, ou encore si les stars de foot décident de partir parce qu'ils s'ennuient... Et puis le père Noël – coach Benette – ne répond pas au téléphone. Pourvu qu'il ne nous plante pas, il est censé monter sur scène à la fin du concert.

Le sèche-cheveux souffle de toutes ses turbines dans ma chevelure, par-dessus le peigne préféré de maman qui me décolle le scalp du crâne.

— Détends-toi, Ada, tout se passera bien.

— On ne peut jamais tout anticiper, tu sais bien...

Pourvu que je ne tombe pas sur un biscuit à la noix de coco, par exemple. Je devrais m'inspirer des stars qui vont aux oscars, emporter des snacks. Autrement dit, je vais glisser des barres chocolatées sans danger dans mon sac à main. Maman sourit en admirant son œuvre, c'est-à-dire, ma tignasse.

— La vie serait fade si tout était écrit d'avance. Songe que même une partition mille fois répétée sonnera différemment le soir où l'orchestre se produira devant un public. Parce que les musiciens sont des artistes : ils se préparent pendant des jours, des semaines, des années, pour créer une émotion nouvelle lors de la représentation.

— Vraiment ?

— Je l'ai entendu sur France Inter. C'est pourtant logique. Les sportifs aussi connaissent bien ce phénomène : ils s'entraînent, mais il n'y a que lors de la compétition qu'ils vont chercher la performance.

— Tu m'as un peu perdue. C'est juste un bal.

— Non, c'est ton bal de Noël. Avec ton comité, vous avez travaillé sans relâche pour en faire un moment spécial. Lâche-toi, profite de tout ! Et puis, tu n'as rien à perdre : vous avez vendu toutes les entrées. Le voyage en Cornouailles est sauvé, non ?

Elle a raison. J'ai le droit de savourer cette soirée dans les bras de mon prince charmant.

— C'est bon, j'ai fini !

Ma mère se recule pour juger le rendu des paillettes qu'elle a posées sur mes paupières. Elle me tend le miroir.

Les ombres bleu, blanc et argent rendent exactement l'effet recherché pour notre look d'inspiration « glacé ». Élégant, léger, mais festif. Ce n'est pas le soir où se complaire dans la discrétion. J'enfile des gants de satin et je tourne devant le miroir, dans ma robe de princesse. Mes cheveux sont relevés en un chignon flou, qui devrait tenir la soirée, et même la nuit, voire le reste de ma vie si, comme je le soupçonne, les épingles sont directement plantées dans mon cuir chevelu. Je pousse un soupir de ravissement :

— J'adore.

— Il manque quelque chose.

Maman sourit et m'offre un petit paquet enveloppé dans un papier bleu.

— Joyeux Noël, ma chérie. Avec un peu d'avance, évidemment.

Je déchire l'emballage avec empressement. Il s'agit d'un écrin, qui renferme une chaîne en argent ainsi qu'un merveilleux pendentif : une étoile du nord.

— Il est magnifique. Merci, maman.

Elle l'attache autour de mon cou, émue.

— Il faut que je prenne une photo !

Elle en a à peine le temps : un coup de sonnette retentit à l'interphone.

— C'est lui !

Je me mets à trembler en rassemblant mes affaires, pendant que maman déverrouille la porte de l'immeuble.

— Il me faut mes clés, du Doliprane et mon chargeur de téléphone ! Et des snacks !

— Tu oublies les mouchoirs ! On en a toujours besoin !

— Maman ! Tu es encore en robe de chambre !

Elle ne peut pas le recevoir en petite tenue ! Elle enfile un sweat et un bas de jogging tout en lançant des recommandations.

— N'oublie pas le châle pour couvrir tes épaules. J'aurai ton manteau dans la voiture pour que tu n'aies pas froid ! Pourquoi tu prends un livre ?

Je repose le roman.

— Tu as raison, je ne vais pas lire. Où sont mes baskets pour la fin de soirée ?

Elle me les lance et je les fourre dans ma besace. Un toc-toc interrompt notre va-et-vient désordonné. Il est derrière la porte. Je suis à deux doigts de l'infarctus.

— J'y vais ? propose maman.

— Non. Je m'en charge.

Je repose mes affaires sur le canapé – Nœnœil a disparu en dessous. Le souffle coupé, je me redresse en remettant en place les volants en tulle de la jupe :

— Comment je suis ?

— Merveilleuse, ma chérie. Plus belle que jamais. Va ouvrir.

J'avais besoin de l'entendre. Je flotte en avançant vers la porte, consciente de ne jamais avoir été autant apprêtée de ma vie. Quand j'ouvre, je surprends Yanis en train de piétiner sur le paillasson. Il se fige, stupéfait, dans son smoking sur-mesure qui semble sortir tout droit d'un film. L'instant se suspend.

— Tu es ravissante.

Il tend la main pour saisir la mienne et me fait tourner en un geste aussi naturel que si nous nous connaissions par cœur. Je chavire par anticipation en le voyant se pencher vers moi pour m'embrasser, mais maman intervient :

— Venez par ici que je vous prenne en photo ! Le couloir est trop sombre !

— Oui, bien sûr, madame ! s'exclame-t-il d'une voix de fausset.

Il a pensé à tout, même à apporter un corsage, les fleurs qu'on attache au poignet dans les bals de promotion, assorti à sa boutonnière. Quel sens du détail...

— Je fais de mon mieux pour me montrer à la hauteur, ce soir. Tu vas rire, ajoute-t-il tout bas, mais c'est une première pour moi. Une soirée de lycéen « normal ».

Ma mère, échevelée, nous force à prendre des pauses constipées jusqu'à ce que des coups de klaxon retentissent.

— Nous sommes garés en double file, explique Yanis, gêné.

— Décidément, c'est une habitude ! réplique ma mère. Allez ouste, je vous retrouve tout à l'heure à la salle !

Il récupère mon sac, attrape ma main – sensation délicieuse –, et nous voilà en train de dévaler les escaliers. Deux fourgons noirs aux vitres impénétrables attendent devant la porte de l'immeuble. Je reconnais un couple de voisins furieux, qui oublient leur contrariété en m'apercevant. Les gratifiant de mon plus beau sourire, je laisse mon prince charmant m'ouvrir la porte de mon carrosse. À l'intérieur, d'autres beaux garçons – les anciens coéquipiers de Yanis – m'accueillent avec des sifflets admiratifs.

— On se calme, messieurs ! Elle est accompagnée !

Il s'assoit à côté de moi et saisit de nouveau ma main avec un grand sourire. Le véhicule s'ébranle. Mais, alors que nous approchons du magasin de Jeanine, je la vois se tordre le cou devant sa vitrine. Elle a repéré le convoi. Mais elle ne me verra pas.

— S'il vous plaît, arrêtez-vous sur ce parking ! J'en ai pour une minute ! Désolée !

Je saute avant que Yanis n'ait pu me retenir, le temps de me jeter dans les bras de Jeanine, qui pleure de me voir aussi belle. Mais il ne me fait aucun reproche, il se contente de sortir et de patienter près de la voiture, tel un véritable gentleman.

48

Arrivée de stars sous les flashs devant le gymnase du lycée. Des correspondants locaux nous mitraillent, puis Mme Potts nous accueille, emmitouflée dans une grosse doudoune, un plaid sur les genoux. La pauvre se gèle dans son fauteuil roulant. D'épais nuages bouchent le ciel que le crépuscule assombrit à vue d'œil. Le froid vif pique ma gorge découverte, et Yanis enroule mon châle autour de mes épaules.

Mme Potts nous précède dans le couloir, où les lycéens tirés au sort pour rencontrer les footballeurs attendent de présenter leur billet au contrôle. Ils poussent des cris en reconnaissant les joueurs, et je ne vois que des sourires sur les visages. Je n'ai pas le temps de trop y songer, car dès que j'entre dans la salle, j'en prends plein les yeux.

Cet après-midi, la lumière du jour ne rendait pas justice à nos efforts. Mais alors que la nuit tombe, que brillent les guirlandes des chalets de Noël, que le portique scintille devant le lac enchanteur, et que les spots balaient les flocons, les suspensions argentées, et les ballons bleus et blancs assortis le long de la scène, il en va tout autrement. Je suis émerveillée.

— Ada ! Tu es là, enfin !

Imani m'attrape les mains. J'ai failli ne pas la reconnaître : elle a libéré ses cheveux en une magnifique coiffure afro qui lui donne une prestance incroyable et elle porte une combinaison lamée éblouissante. Son maquillage dans le thème glacé, piqueté de perles et de strass, la transforme en fée. Je suis abasourdie.

— Tu es tellement belle ! J'adore !

En pleine conversation avec les footballeurs, Jade étincelle dans une robe fourreau bleu ciel ouverte sur la jambe. Elle m'adresse un petit pouce qui valide probablement ma tenue, aussi je lui dédie une révérence.

— Les photos auront lieu ici, indique Imani à nos VIP. Ada, on a besoin de toi pour t'en occuper.

— Pas de problème.

Léger pincement au cœur. Yanis s'éloigne déjà, accaparé par la suite des évènements. Nos regards se croisent, à la fois déçus et impatients. Le devoir avant tout.

❄

J'ai à peine le temps de souffler après les photos avec les stars, qu'il est l'heure d'ouvrir les portes de la salle, et pour moi de poursuivre les portraits des couples participant au concours. D'ailleurs, Julie a débarqué dans une robe époustouflante, toute recouverte de strass, chinée sur un marché. Non seulement elle étincelle plus fort que les boules à paillettes, mais elle a poussé le vice jusqu'à se teindre les cheveux en bleu acier.

— C'est temporaire, j'ai utilisé une bombe, m'explique-t-elle. Le bleu, ça ne tient pas bien comme couleur.

Comme prévu, elle a harponné un des joueurs afin qu'il prenne la pose avec elle pour le concours, et depuis, elle s'accroche à lui comme une moule à son rocher. Bien évidemment, j'immortalise Jade et Imani, qui participent, malgré les réticences d'Imani.

Les hostilités démarreront officiellement à 20 heures avec l'intervention de la chorale. Ensuite, il y aura les Earth Flatteners, l'annonce des vainqueurs du concours et, pour terminer, « DJ Raph » qui fera la fermeture à 1 heure. Si je tiens jusqu'au concert avec mes escarpins, ce sera un miracle.

Quand on parle du loup... Négligemment décoiffé, il porte un smoking bleu ciel, raccord avec le thème de la soirée lui aussi. Derrière lui, plus loin, je surprends le regard de Yanis, aiguisé par une pointe de jalousie. J'attrape Raphaël par le col et je l'entraîne à l'écart.

— Tu as dit à Yanis que tu allais au bal avec moi ?

— Non... (Il réfléchit.) Si, je me souviens, je lui avais dit que j'allais t'inviter. Après le badminton, on s'était bien amusés... et je m'étais rendu compte que... enfin, tu vois.

— Tu n'as pas fait exprès de me casser mon coup ?

— Mais de quoi tu parles ?

Il paraît sincèrement surpris.

— Avec Yanis, on s'était rapprochés, et tu as tout fichu en l'air !

— Il n'avait pas une copine ?

Il débarque complètement ! Quelque part, tant mieux. Il n'a pas fait exprès, il n'était pas malintentionné à mon égard, ce qui est rassurant.

— Ada, je ne sais pas de quoi tu parles. OK, je me suis comporté comme un crétin sur toute la ligne, mais je ne voulais pas te blesser. (Il m'adresse un regard de chien battu.) Est-ce qu'on pourrait éviter de se fâcher de nouveau ? Je te présente toutes mes excuses et je ne t'embêterai plus, c'est promis.

Attendant à côté de l'arche, Yanis m'adresse un signe. Raphaël suit mon regard, hoche la tête.

— J'ai bien saisi le message, tu sais.

Les choses sont claires, désormais. Je ne peux m'empêcher de sourire à Yanis qui, décidément, ne paraît pas tranquille. Ce qu'il est mignon quand il est jaloux...

— Passe une bonne soirée, Raph, je conclus.

❄

Toute de blanc vêtue, Mme Potts se charge d'accueillir les « chaperons ». Après les recommandations d'usage, une fois ses tickets boissons récupérés, ma mère me rejoint. Elle étincelle dans sa robe, courte et décolletée, en traînant dans son sillage un Martin très élégant en costume noir.

— Coucou, ma chérie ! Ton maquillage tient ? Tu as vu, Martin, elle est sublime, n'est-ce pas ?

— Aussi belle que sa mère. Tu immortaliserais le moment, Ada ?

Ma mère s'accroche à sa pochette argentée en gloussant.

— Du calme, maman !

Je les fais poser devant le lac sous le portique. J'ai beau la taquiner, je suis émue de la voir vivre ce bal dont elle a rêvé adolescente.

— Tu ne t'inquiètes pas, me dit-elle, je m'assurerai de te prendre en photo avec ton cavalier quand tu danseras avec lui...

— Je préférerais que tu surveilles que tout se passe bien, comme un chaperon.

— Oui, oui, fait-elle, ce qui signifie, non, non en langage Sandra.

Le temps que la salle se remplisse, nous prenons du retard sur l'horaire prévu. Je finis par être remplacée aux photos par une bénévole, ce qui me permet tout juste d'avaler un verre d'eau avant que la chorale ne s'empare de la scène. Un tonnerre d'applaudissements célèbre le premier morceau, puis la prof d'anglais utilise une rampe à l'arrière et roule jusqu'au micro.

— Bonsoir à toutes et tous, je suis Mme Potts, l'enseignante qui doit emmener les 1res A et B en Cornouailles, voyage que finance cette soirée. De la part de nos élèves, je tenais à vous remercier pour votre présence à notre bal en cette veille de Noël.

Elle toussote avant de consulter sa fiche :

— Vous vous êtes toutes et tous mis sur votre trente-et-un – vous êtes magnifiques, bravo, les enfants –, et je vous rappelle que le concours du plus beau couple a commencé. Rendez-vous sur le compte Instagram du bal de Noël et lâchez vos likes !

La foule réagit à grand bruit. Satisfaite, elle reprend :

— Je voulais aussi remercier les membres du comité, qui ont travaillé d'arrache-pied depuis le mois d'octobre pour faire de cette fête un succès. Ils ont admirablement arrangé le gymnase pour en faire un décor inoubliable. Veuillez monter sur scène : Florent, Kévin, Jade, Léa, Imani, Ada, Pierre, Yanis et Raphaël !

Je rejoins mes camarades sous les bravos et les coups de sifflet. Une fois sur scène, j'ai un peu le tournis en contemplant tous ces lycéens en tenue de gala. Imani saisit ma main droite, et la personne qui attrape ma gauche, à mon grand soulagement, n'est autre que Yanis.

— Je ne te lâche plus ! me prévient-il tandis que nous saluons sous les vivats.

❄

C'est au tour de Earth Flatteners de prendre possession de la scène. En robe bustier bleue et santiag noires, les yeux surlignés de khôl, Léa a tout d'une rock star et, dès les premières notes, elle enflamme le public. Très vite, nous quittons l'espace VIP et nous nous mélangeons au reste des lycéens pour danser, incapables de résister à l'appel de la musique, happés par l'énergie du moment. Au revoir la pression !

— Je crois qu'on a réussi ! me braille Jade à l'oreille alors que nous sautons partout. Le bal de Noël est un succès !

— C'est grâce à toi !

— C'est un travail d'équipe ! décrète Flo, qui tire sur son nœud papillon. On a bien bossé, toutes et tous ! Allez, viens par là !

Spontanément, il me serre contre lui, ce qui lance une tournée de câlins. Les filles lui rendent volontiers l'accolade, et Kévin se fait soulever de terre par le grand rugbyman.

— Je t'adore, mon petit cake à la vanille, me souffle Imani avant de me pousser dans les bras de Yanis.

Évidemment, notre étreinte n'a rien d'amicale, et quand nous nous écartons, les doigts enlacés, et qu'il se penche vers moi, je me lève sur la pointe des pieds, prête à l'embrasser dans le bruit joyeux de la fête. Mais un effet Larsen nous interrompt. Le morceau s'arrête et Léa tapote sur son micro.

— Quelques miettes d'attention, s'il vous plaît. Je vous rappelle qu'à l'issue de ce concert sera désigné le couple phare de la soirée, alors n'oubliez pas de liker les photos sur le compte Instagram du bal. Je vous demande aussi de lever vos téléphones pour partager ce fabuleux concert avec le monde entier et nous aider à nous faire connaître. Maintenant, je vais vous interpréter un titre à la demande de mon copain, Kévin. Je la dédie à tous les cœurs amoureux en cette veille de Noël...

Elle adresse un clin d'œil à Pierre. Il compte un, deux.

— *Don't cry, snowman, not in front of me...*

Oh mon Dieu. Ma chanson de Noël préférée... Yanis m'attire contre lui pour le plus doux des moments, mi-valse, mi-slow. Je soupire de bonheur.

— J'ai du mal à comprendre ce que tu me trouves, quand même.

— Tu crois que les filles comme toi courent les rues ? rit-il. Tu te fiches de savoir quels gens connus je fréquente, tu ne me bombardes pas de questions sur ma vie de « star », tu sais qui est Liu Cixin et tu vois même en moi un potentiel astrophysicien. Mais surtout, je ne m'ennuie jamais avec toi. Et à mes yeux, tu es la plus jolie.

Que répondre à ça ? Quelque part au milieu du refrain, nous nous embrassons, comme si nous étions seuls au monde, anonymes dans la foule. Je perds tous mes repères, je flotte sur mon nuage, je ne veux plus m'arrêter. Il n'y a plus que sa bouche et ses baisers enflammés.

I want you to know that I'm never leaving
'Cause I'm Mrs. Snow, 'til death we'll be freezing
Yeah, you are my home, my home for all seasons…

❄

Lorsque le concert touche à sa fin, après deux rappels, à mon tour de prendre le micro. Je suis remontée comme un coucou suisse : je transpire, mes escarpins ont transformé mes pieds en charpie, mais je sors avec le plus beau mec du lycée et j'irradie de confiance en moi.

— J'espère que vous passez une bonne soirée ! je braille.

Alors qu'un « oui » tonitruant me répond, à demi aveuglée par les projecteurs, j'aperçois Kévin et Léa qui s'embrassent comme des fous furieux. Je ne peux m'empêcher de rire.

— Quelle énergie ! Merci pour le merveilleux accueil que vous avez réservé aux talentueux Earth Flatteners !

Nous leur souhaitons un incroyable succès et une longue carrière ! Applaudissons-les encore bien fort !

Je joins le geste à la parole, imitée par mon auditoire.

— Avant de passer au clou de la soirée, les résultats du concours, sachez qu'on cherche toujours le père Noël ! Il devait distribuer des bonbons et faire des photos, mais on ne l'a pas vu pointer le bout de sa hotte...

— Il est là ! hurle quelqu'un dans le fond.

Un bras rouge se tend ensuite et un passage s'ouvre devant lui. Il est penaud, le père Noël, un peu crotté, avec la barbe de travers, mais il monte courageusement sur scène. J'essaie de ne pas (trop) rigoler.

— Père Noël, que vous est-il arrivé ?

— J'ai eu un petit problème avec Rudolph. Il a glissé sur une plaque de verglas, et pof, mon traîneau s'est renversé dans le fossé. J'ai dû appeler les lutins pour qu'ils me dépannent, et puis je n'ai pas fait gaffe, zou, j'ai glissé moi aussi, et je suis tombé dans la boue. Désolé. Je me suis dit qu'il fallait que je vienne quand même, ce qui n'aurait pas été possible si j'étais retourné chez moi, au Pôle Nord, vous comprenez.

Rires du public.

— Vous ne vous êtes pas fait mal ?

— Un peu à l'ego, mais je suis une légende, donc je devrais survivre.

Applaudissements et coups de sifflet dans l'assistance.

— Père Noël, est-ce que je peux vous demander un service avant de vous laisser vous asseoir là-bas, devant le lac, pour prendre des photos ?

Je pouffe en lui confiant le micro :

— Tenez-moi ça, que je découvre qui a gagné...

Kévin a profité de notre petit numéro pour vérifier les scores des participants et il m'a envoyé le résultat par texto. Je pousse un cri de joie en reprenant le micro à mon assistant inopiné.

— Vous pouvez y aller, père Noël. Raph, roulement de tambour, s'il te plaît... Nos gagnantes sont... Jade Srinivan et Imani Hersi !

Elles écarquillent les yeux, poussées par Flo sur la scène, sous un tonnerre de bravos. Imani se cache le visage, abasourdie. Jade est éberluée, mais elles sont si belles que cela me semble une évidence.

Elles totalisent plus de votes qu'il n'y a eu de billets vendus. Elles ont explosé les compteurs ! Flo les place l'une à côté de l'autre, me tend une écharpe customisée, Bal de Noël promo 1, que je passe autour du cou de ma meilleure amie pendant qu'il s'occupe de Jade. Nous offrons à chacune une couronne de galette des Rois – il n'y avait vraiment plus de budget. Se tenant par la main, elles avancent, émues, pour saluer le public. Une explosion de confettis se produit au-dessus d'elles. Après un regard, elles s'embrassent, ce qui déclenche une vague d'hystérie sans précédent.

Enfin ! Je suis tellement émue ! Il ne manquait plus qu'Imani soit aussi heureuse que moi pour que le bal soit parfait. J'attends que la liesse retombe avant de reprendre le micro.

— Et maintenant que nos reines ont été couronnées, il est temps de revenir à la raison pour laquelle nous sommes réunis... La fête ! Amusez-vous bien, je vous souhaite à toutes et tous un Joyeux Noël et une excellente soirée !

De mon côté, je sais que plus rien ne peut la gâcher. Je cours vers les marches de la scène, à la rencontre de Yanis, qui m'attrape par la taille et m'embrasse de façon à me laisser un souvenir impérissable.

Épilogue(s)

Je n'ai jamais réussi à aller chercher mes baskets, alors j'ai fini par danser pieds nus.

❄

Le club de danse nous a concocté une chorégraphie surprise à laquelle plusieurs professeurs ont pris part, c'était incroyable.

❄

Pendant que Léa interprétait *Snowman*, maman a enfin proposé à Martin de venir passer le réveillon à la maison. Ce n'est pas une demande de PACS, mais elle progresse.

❄

Mme Potts a été vue en train de rouler une pelle au père Noël. L'information a fait le tour des réseaux en moins d'une minute.

Léa et Kévin ont rompu au cours de la soirée. Et ils se sont remis ensemble un quart d'heure plus tard. Mon nouveau « petit frère » a l'air heureux, mais il n'a pas choisi la personne la plus facile à vivre du lycée.

Octavie, la fille qui avait créé l'affiche, a jeté son dévolu sur Raphaël, après qu'il lui a proposé de mixer avec lui au cours de la soirée. Lui aussi, il a eu son *happy end*!

On pensait voir cette brute de Louis nous poser des problèmes à un moment ou à un autre, mais il se serait fait surprendre en train de fumer un pétard dans la cour du lycée la veille du bal. Exclusion avec effet immédiat, il n'y a pas mis les pieds. Décidément, ce n'est pas le pingouin qui glisse le plus loin.

❄

Le dimanche matin, le ménage a été éprouvant. Les chalets ont été stockés avec toutes les décos dans une réserve, afin de resservir l'an prochain. Mme Potts est décidée à renouveler l'évènement avec un nouveau comité !

❄

Nœnœil a vécu son plus beau Noël lui aussi, il a reçu un gigantesque arbre à chat. Bien entendu, pour l'instant, il préfère le fauteuil. Il semble acté que nous ne pourrons plus jamais nous y asseoir, maman et moi.

❄

Imani a adoré son coussin chauffant en forme d'utérus ! Elle m'a offert en retour une boule magique à laquelle je peux poser mes questions, soi-disant pour m'aider à prendre de meilleures décisions. J'avoue, elle m'aide bien.

Après une longue enquête, Jade a découvert que sa mère avait mal noté mon adresse et que les courriers qu'elle m'avait envoyés en primaire s'étaient perdus… car elle avait oublié de noter l'expéditeur au dos des enveloppes. Nous sommes définitivement réconciliées.

Quant à Yanis, je file toujours le parfait amour avec lui. De façon surprenante, tout se déroule à merveille.

Sur ce, je vous laisse, je dois préparer mon voyage en Cornouailles !

Remerciements

Ce livre n'existerait pas si Floria Guihéneuf ne m'avait pas envoyé un mail en juillet 2023 me proposant d'écrire une nouvelle comédie de Noël, pour ados cette fois. Ce n'était pas raisonnable en vertu des plans diaboliques de conquête littéraire que j'avais échafaudés (sans certitude de succès), et j'ai donc dit « oui », parce que j'ai aussitôt vu le film du roman dans ma tête. Encore merci à elle d'avoir pensé à moi, et d'avoir lancé et validé ce projet.

Sandra Lagrange est en partie inspirée de Lorelei Gilmore, le personnage de *Gilmore girls*, mais également de Silène Edgar, ma BFF, passionnée de plein de choses, entre autres de vide-greniers. J'espère secrètement que l'amour de Sandra pour les lutins à paillettes lui donnera quelques idées. Et je la remercie pour son soutien, son enthousiasme fidèle, et ses ricanements chaque fois que je lui raconte mes blagues.

Pour l'anecdote, le personnage d'Ada est un savant mélange de Dévi de la série *Mes premières fois* et d'Enid Sinclair de la série *Wednesday*. Celui d'Imani est un reflet de Mercredi Adams mélangé avec Bianca Barclay (je suis très fan de ce personnage) et Jade est inspirée de Tahani dans *The Good Place* et Paris dans *Gilmore Girls*.

Si vous me suivez un peu, vous savez qu'au quotidien, le Cercle des Murmures agite les pompons, me remonte le moral au besoin, est toujours prêt à venir à mon secours en cas de questionnement profond et perturbant. Merci Nadia, Maëlig, Cindy, Agnès et encore Silène pour votre soutien indéfectible. Je vous aime !

Je remercie de nouveau Agnès pour ses encouragements, son regard précieux sur ce manuscrit, sa disponibilité et sa réactivité qui m'ont permis d'écrire cet opus avec sérénité.

Je n'oublie pas Emmanuelle Ripoche, qui nous a rejoints sur la deuxième phase de travail édito, qui a été super réactive (en plus de rire à mes blagues) et à qui vous devez aussi cette belle mise en page !

Enfin, mes remerciements à toute l'équipe de Scrineo et à vous qui tenez ce livre, d'être encore là pour ces derniers mots. J'espère que vous avez passé un bon moment ! 😉

Imprimé en Europe par Abedik

Cet ouvrage a été imprimé sur un papier issu
de forêts gérées durablement, de sources contrôlées.

*Loi n° 49-956 du 16 juillet 1949
sur les publications destinées à la jeunesse,
modifiée par la loi n° 2011-525
du 17 mai 2011.*